JN161041

# アインシュタインとヒトラーの科学者

ノーベル賞学者レーナルトはなぜナチスと行動を共にしたのか

## The Man Who Stalked Einstein

How Nazi Scientist Philipp Lenard Changed the Course of History

ブルース・J・ヒルマン
ビルギット・エルトル＝ヴァグナー
ベルント・C・ヴァグナー
大山晶 訳

原書房

# アインシュタインとヒトラーの科学者

## ノーベル賞学者レーナルトはなぜナチスと行動を共にしたのか

# 序文

『アインシュタインとヒトラーの科学者』は、第二次世界大戦直後に生まれたユダヤ系アメリカ人と二〇歳年下のドイツ人カップルという三人が協力した結果できあがった作品だ。ともに、ナチの虐待の道徳的不名誉をまだ身近に感じてきた世代である。一〇年以上友人関係にある私たちは、共通の目的を達成するために、異なるけれども補完する視点から本書の執筆に取り組んだ。私たちは重要なテーマを扱った歴史の本を書きたかった。また、小説のように読めて広範な人々にアピールする面白くて創造的なスタイルの物語を書きたかった。必要なときには語り手を務めるが、できるだけ登場人物が自分の言葉で自分の考えを述べる手法をとった。歴史的な記録が許す範囲内で、彼らの固有の声で語らせることにしたのである。

その結果、説得力のある物語が生まれ、魅力的な登場人物や劇的な行動を、彼らの生きた騒然たる時代と結びつけることができたと考えている。さらに、すべての読者に親しみやすいように、わかりやすい英語で、フィリップ・レーナルト、アルベルト・アインシュタイン、そして彼らの同時代人の研究や科学哲学について説明した。

私たちが本書の執筆を思い立ったのにはいくつかの理由がある。まずはアルベルト・アインシュタインとフィリップ・レーナルトの敵対関係から印象的な性格劇が生まれるという点だ。アインシュタインとレーナルトはあらゆる点で正反対だったと言える。ともに優れた科学者でノーベル賞受賞者だが、重要で信頼に値する科学とは何かに関する考えは正反対だった。そうなれば衝突は避けられない。だが、ふたりが互いに感じていた敵意の根底には、科学の域をはるかに超えたものがあった。「個人的な問題」である。レーナルトは彼自身のナルシシズム、アインシュタインの名声に対する妬み、そしてユダヤ人に対する嫌悪の虜（とりこ）になっていた。そのせいで彼は自らの科学を傷つけ、個人的偏見のために科学者の仲間内での評判も悪化した。

創造的で優秀な科学者と評価されていたレーナルトが、人種的嫌悪に囚われ、アドルフ・ヒトラーとナチ党を早くから支持するに至った背景にはどのような影響やできごとがあったのかを、私たちは追跡している。また、「ドイツ物理学」、つまりアーリア人の科学的優秀性に関するレーナルトの不合理で非常識な哲学を開花させた環境についても詳述している。ナチの最高指導部が「ドイツ物理学」を支持し、第三帝国が成立させた反ユダヤ法によって根拠を与えたために、レーナルトや同志ヨハネス・シュタルクはドイツの研究機関や大学から当時のもっとも偉大な科学者を数多く追放することができた。彼らはドイツとやがて交戦することになる国々へと移住していく。

妙な話だが、本書のアイデアは、スコットランドのアバディーンの北にあるクルーデンベイのゴルフ場の月世界のような風景のなかで生まれた。運命の巡り合わせで、私はふたりの兄弟とコースを回ることになった。彼らの父親はカナダ軍士官で、初期の核兵器実験を観察するために米軍に出向していたという。一八ホールを回る間、ずっと父親の体験談についての話で盛り上がり、さらに近くのパブで酒を飲みながらの夕食の間も止まらず、ラストオーダーの声がかかるまで話は続いた。私は一般読者のための医用画像に関する本を書き終え、新たなテーマを探しているところだった。原子爆弾を開発した民族という視点は、ひとつの手がかりのように思われた。出だしで何度もつまずいたのちたどり着いたのが、一九四六年の医学雑誌の丸まって黄ばんだページである。そこにはルイス・E・エッター大佐が終戦後に行ったフィリップ・レーナルトへのインタビューが掲載されていた。当時エッター博士は米軍医療予備隊を除隊し、放射線医学における研修を終えるため合衆国に戻る予定だった。あらゆる反証にもかかわらず、インタビューのなかでレーナルトは、X線発見の功績がヴィルヘルム・コンラート・レントゲンではなく自分にあると主張している。さらに調査を進めた結果、レーナルトがイギリスの物理学者J・J・トムソン、さらにはマリー・キュリーやアルベルト・アインシュタインとも、科学的発見の名声を巡って対立していたことがわかった。レーナルトの驚くほど自己中心的で偏執性の性格をもとに、私は迫力ある物語が書けると考えたのである。

もちろん、問題はあった。『アインシュタインとヒトラーの科学者』を執筆するのに絶対必要な手紙や文書や二次情報源の多くがドイツ語でしか存在しないという点だ。とくにレーナルトの文書は、英訳したものを入手するのが難しかった。ドイツ語を翻訳できない私は、ビルギットとベルントに話を持ち掛けた。

ビルギットとは二〇〇一年からの知り合いである。当時彼女はアメリカで医学特別研究員に応募して採用され、私の指導下にいた。数か月後には医学学会のためにアメリカにやってきた彼女の夫ベルントにも会っている。二〇一二年にウィーンでカクテルを飲みながら、私とビルギットは協力のための条件を話し合い、合意に達した。私は調査し、執筆し、エージェントや編集者や出版社とかかわる。私たちは幸運にも出版社を見つけることができた。ビルギットとベルントは調査し、翻訳し、編集し、私が見落とした素材を盛り込むよう助言する。私たちは『アインシュタインとヒトラーの科学者』を興味深く面白いものにするため、共通のビジョンを持った。私たちの協力の結果、本書が期待どおりの出来栄えになったと読者諸氏に思っていただけることを願ってやまない。

ブルース・ヒルマン、ビルギット・エルトル＝ヴァグナー、ベルント・ヴァグナー

二〇一四年一〇月

## レーナルトの科学とアインシュタインの科学の違いについて

自然科学は本書で扱っている時代、すなわち一八〇〇年代末から第二次世界大戦の終わりまでに大きく躍進した。この時代に科学者たちは原子模型を作り、宇宙の仕組みに関する新たな理論を発展させた。

レーナルトの実験物理学とアインシュタインの理論物理学は、ふたつの対立する学派を代表しており、それが二〇世紀の最初の数十年間に、ヨーロッパ全域（ドイツがもっとも顕著だった）で衝突を起こすようになった。アイザック・ニュートン、ニコラウス・コペルニクス、ヨハネス・ケプラーといった偉大な人々の発見から得られた古典力学に関する研究に基づいて、実験主義者は有効な新たな知識は「帰納」から生まれると考えた。帰納は科学者が仮説を述べることを求める。仮説の正しさを検証するために実験を計画し、その結果が仮説を裏づけるか、あるいは仮説を却下するかを観察する。そして最後に、証明された仮説を使って自然現象の性質を説明する法則を構築するのだ。

対照的に、理論物理学はそもそも「演繹」に基づいており、科学者たちは実証された知識と未知の原理に関する仮定をもとに宇宙がどのように機能しているかについての新たな見解を述べる。アインシュタインが自らの理論の妥当性を示すために、なじみ深い日常の現象を使った「思考実験」を考案し、彼の理論を関係づけ理解できるようにしたことは有名だ。それでも、アインシュタインの理論の正確さと有用性が最終的に確定するには実験的観察の結果を待たねばならなかった。

ニュートンの万有引力の法則は、帰納の典型的な例である。ある物体の重力はその質量に比例し、ふたつの物体間の距離の二乗に反比例するという法則だ。言い換えれば、大きい物体には小さい物体より大きな重力が働き、重力の影響は物体間の距離が離れるほど小さくなる。ニュートンの重力に関する研究は、観察から始まった。観察に基づいて、ニュートンは重力がどのように働くかについての仮説を立てた。彼はそれから一連の実験を考案し、その結果をもとに仮説を受け入れるか却下するかを決めた。一連の仮説についてこのプロセスを繰り返すことによって、彼は最終的に重力の法則にたどり着いたのだった。

しかし問題もある。古典物理学の法則は多くの事実とよく合致するものの、とくに原子や亜原子粒子といった極小の質量を持つものや高速度が関係する場合には十分に対応しないのだ。一般的に、人間の知覚できる領域外の現象は、古典物理学の法則を使って解釈するのが難しい場合が多い。自然のできごとについて計量する器具の精度が向上したことにより、ニュートン物理学を適用できない現象がより明確になった。

アインシュタインの理論物理学で古典物理学の法則の例外をうまく説明したのが、ケプラーの法則である。ケプラーの法則では、惑星は太陽をひとつの焦点とする、再現可能な楕円軌道上を周回することになっている。しかしアインシュタインの時代には、水星の軌道にわずかだが明確なずれがあり、ケプラーの法則と矛盾していることが明らかになっていた。惑星がもっとも太陽に近づく点、すなわち「近日点」が、水星の場合、軌道ごとに実際に移動しているのだ。アインシュタインの一般相対性理論に基づく計算で、近日点の移動は説明がついた。本書で詳述しているように、水星の近日点移動についてのアインシュタインの説明は、一般相対性理論の有用性を立証する重要なファクターだったのである。

理論物理学が受け入れられるようになったもうひとつの例は、アインシュタインが湾曲した宇宙の概念を用いて、太陽に近接した恒星から放射された光が太陽の重力の影響で曲がると予測したことである。一九一九年の日食の際に、アーサー・エディントンが鳴り物入りでアフリカと南米に遠征して行った観測は、本書でも述べているように、アインシュタインの正しさを証明した。このできごとが注目されたことでアインシュタインは国際的な名士となり、彼の理論への転換が進んだ。

実験主義者と理論主義者との意見の重要な相違点は、アインシュタインによる空間と時間の統一した構成概念にあった。一八世紀の哲学者イマヌエル・カントが最初に提案し、アインシュタインの相対性理論の基盤となった概念で、アインシュタインは空間と時間が独立して存在するのではなく、観察者の座標系によって決まると考えた。この考えは、空間と時間は明確かつ絶対的存在だという実験主義者の考えとは相容れないものである。理論主義者の考えを理解するために、次の思考実験を検討してみてほしい。

一両の電車が線路を走っている。電車のなかにいる人間は光線が電車の天井から床まで行き来するのにかかる時間を計測する。別の人間は電車が通過する線路のそばに立って同じ計測をする。電車のなかにいる人間には、光線は垂直軸に見える。電車は動いているので、線路際に立っている人間には、光は垂線よりも長い斜めの線に見える。光の速さは不変なので、長い斜めになった光線では天井と床の間を行き来する時間が長くかかることになる。座標系はどちらも妥当だが、双方で異なる結果が生まれる。ゆえに、光線がその経路を進む時間は相対的であって、観察者の視点によって決まる。

本書で後述するように、レーナルトは一九二〇年にアインシュタインとの公開討論で相対性理論のこの重大な側面を嘲笑し、アインシュタインに過ちを認めさせようとしたが、失敗に終わっている。

実験主義者はまた、理論主義者が演繹を高度な数学で表現することを偏好した点にも異議を唱えた。実験物理学は科学者が基本的な数学力で成果を上げることを求めており、古典的なユークリッド幾何学に精通していればこと足りた。概して、二〇世紀初頭の実験物理学者は、数式を示すよりも観察を記述するほうを重視した。実験主義者は理論主義者が頻繁に高等数学を使用するのは、明らかな嘘を広めるためとは言わないまでも、研究内容を曖昧にするためではないかと疑っていた。新たなパラダイムへ移行できない、あるいは移行することに乗り気でない実験主義者は、新たな物理学に参加する、または理論主義者の数学的に引き出された概念をうまく批判する準備ができていなかった。若手の学者たちは理論的なアプローチの可能性に興味を抱き、年長者よりも高等数学の能力に長けていたが、とくにレーナルトは、アインシュタインがこういった若い支持者を引きつけたことに憤慨するようになった。

最終的に、アインシュタインとレーナルトは「エーテル」の存在を巡って衝突した。重力と同様に、光やX線といった電磁波の空間移動がいわゆるエーテルに依存しているという考えに、レーナルトはとくに固執していた。レーナルトは大の実験主義者だったのだから、これは皮肉な話だ。広範な実験が行われたにもかかわらず、クリスティアーン・ホイヘンスが一七世紀にこの考えを示して以来、レーナルトを含む誰ひとりとしてエーテルの存在を立証できなかったからである。アインシュタインの理論による宇宙は、エーテルの存在を退けた。エーテルが存在するとすれば、電磁気学において絶対的な座標系があることになり、特殊相対性理論と矛盾するからだ。アインシュタインは光量子と他の放射エネルギーは、空間を移動する際に自立しているという説を唱えた。レーナルトがアインシュタインにつきまとった二〇年間に、レーナルトはアインシュタインがエーテルの存在を信じなかったことを、宗教における道徳的欠陥のように繰り返し指摘している。

レーナルトとアインシュタインの科学的相違は、激しい個人間の不和に拍車をかけ、知的な騒乱の時代を際立たせ、ドイツの自然科学の崩壊を引き起こした。結果的に、当時もっとも優れた科学コミュニティを形成していたドイツの自然科学者たちの流出を招き、そのことは今日の科学にも大きな影響を与えている。

# 第一章 引き合わない勝利

ジークハイル！

その男の叫びに一〇〇〇人が唱和した。一九三三年五月一〇日、空気の澄んだ涼やかな晩のことである。聞きなれたナチの挨拶を群集が繰り返すなか、激励する見物人たちの前を、大学生たちがベルリン国立歌劇場広場の開けた場所へと行進していく。褐色シャツ姿のナチの突撃隊が先ほどから準備し燃え上がらせていた巨大な炎の周囲に、学生たちは整列した。晩春の夜空に火花が舞いぱちぱちと音を立てたが、その音は四万人を超える見物人の歓声によってほとんどかき消された。

若者たちの顔は、焚き火の熱と、この歴史的な瞬間に周囲の目がすべて自分たちに注がれているという興奮で上気していた。合図を機に最前列の学生たちが前進しかがみ込むと、両腕いっぱいに本を抱え、火に投げ込んだ。彼らは後列の学生に場を譲り、それぞれ暗記しておいた所定の詩句を朗唱した。

階級闘争と物質主義に対抗し、民族共同体と理想的な生き方を目指すために！
退廃や道徳の低下に対抗し、家庭と政府の品位と習慣を守るために！

儀式は二万五〇〇〇冊の本を焼き尽くすまで繰り返された。これらの本はあらかじめ図書館から歌劇場広場にトラックで運び込まれていた。カール・マルクスのような社会主義者、ヘレン・ケラーのような社会活動家、アーネスト・ヘミングウェイのようなヒューマニストなど、その著者は数十人に上る。主催者はまた、多くのユダヤ人科学者の著書も、目につく限り図書館の書架から取り出してきた。革新的な発見でドイツの科学を世界から崇敬されるレベルに押し上げた人々である。しかし新たなナチ政権下で、彼らは軽んじられていた。

炎がぱちぱちと音を立てながら風に揺らぎ、燃料の薪が残り火にくべられると、ひとりの人物が広場の前に置かれた急ごしらえの演壇へと、足を引きずりながら上ってきた。ナチの宣伝相ヨーゼフ・ゲッベルスである。聴衆を見渡す汗ばんだ獰猛な顔は、揺らめく光を受けて輝いていた。群衆の期待で緊張が限界まで張り詰めたのを見計らって、ゲッベルスは話し始めた。

ユダヤ人が極端に磨きをかけた主知主義の時代は終焉を迎え、ドイツの革命はドイツ人の特性にふさわしい道を再び明確にした。この一四年というもの、一一月革命の屈辱に黙って苦しむことを強いられてきた間に、図書館はユダヤ人の下品でくだらないアスファルト文学であふれかえった。

彼は少し間（ま）を置き、群衆が賛同の声を上げるに任せた。

このような深夜、諸君は非常によくやってくれた。過去の穢（けが）れた精神は燃え尽きた……古きものは火中に没したが、新しきものはわれわれの心の炎から生まれる。……燃え盛る火にわれらの誓いを立てよう！　国家（ライヒ）と国民とわれらが指導者アドルフ・ヒトラー万歳！

ゲッベルスは涼しい夜気のなか、指を伸ばした掌をまっすぐ前に突き出してナチ式の敬礼をした。耳を聾（ろう）するほどの歓声が止むと、学生の一団がナチ党の賛歌とも言うべきホルスト・ヴェッセルの歌を歌い始めた。他の学生、さらには取り巻く数千人があとに続く。儀式はまだ始まったばかりだった。そしてずっと夜更けまで続いていくことになる。

歌には加わらなかったものの、この夜のできごとに有頂天になっている人物がいた。フィリップ・レーナルトだ。一九〇五年のノーベル物理学賞受賞者にして、ハイデルベルク大学物理学研究所所長、アドルフ・ヒトラーの有力な科学アドバイザーでもある。レーナルトはめったに見せない笑顔を浮かべていた。長くかかったとはいえ、ついにアルベルト・アインシュタインに勝利した喜びに浸ることができた。彼は約一五年間反対派の先頭に立ち、相対性理論を唱えるユダヤ人を生地ドイツからとうとう追い出したのだ。アインシュタインのくだらない落書きがその夜ベルリンで、そして祖国のあらゆる場所で燃えたことで、相対性理論というアインシュタインの突飛な考えは忘れ去られる。この理論についてレーナルトはこう書いていた。「……今ですら、まったく破綻している」

学者としての意見の違い、アインシュタインが世間から崇拝されることに対する強い妬(ねた)み、敵意に満ちた反ユダヤ主義に駆られて、レーナルトは容赦なくアインシュタインを攻撃し、相対性理論を公然と誹謗した。一九二〇年の二度に及ぶ劇的な対決以降、レーナルトと取り巻きたちは、科学における恥ずべきユダヤ的精神の具現であるとともに、アーリア的ドイツ文化への脅威の具現だとして、アインシュタインを公然と攻撃した。レーナルトは一九二〇年にベルリン・フィルハーモニック・ホールで催された反アインシュタイン講演会の黒幕だった。その一か月後、バート・ナウハイムで相対性理論についてアインシュタインと討論したこともよく知られている。孤立せざるを得ない場面は非常に多かったが、レーナルトは攻撃を続け、アインシュタインと妻エルザがアメリカに逃れた今となっても、攻撃の手を緩めてはいなかった。容易なことではない。だがこの夜、アインシュタインの著作を焼き捨てたことで、すべてが報われた。

アインシュタインに執拗に反対し評価を逆転させたのは、レーナルトとその少数の支持者たちである。一九三〇年代初めには、アインシュタインは生国でのけもののような気分を味わわされていた。彼は以前よりもずっと長期間ドイツを離れ、旅行したり、相対性理論について講演したり、ドイツの軍国主義について平和団体に直言したりするようになった。予想どおりヒトラーが権力を強化しようとしたまさにそのときに、アインシュタインのドイツでの役目は終わりを迎えた。

一九三二年の秋、アメリカでの二か月の滞在を控え、妻エルザは荷造りをしていた。アインシュタインは、カリフォルニア州パサデナにあるカリフォルニア工科大学で三度目の教授職を終えたらベルリンに戻ると友人には明言している。しかし、おそらく彼はこれが希望的観測にすぎないことを承知していた。台頭しつつある国家社会主義は肌に合わないと、しだいに感じるようになっていたからだ。アインシュタインはユダヤ教を信仰しておらず、自分の民族性を「ユダヤ人の息子」と形容するほどだったし、ヨーロッパで、とくにドイツの科学者仲間に囲まれているときには居心地よく感じていた。しかし同時に、ヒトラーがどんな人間であるかや、彼が何に駆り立てられているかについては楽観視していなかった。ドイツを離れて数年後、アインシュタインはニュージャージーの安住の地から、権力を掌握するまでのヒトラーに対する印象を次のように書いている。

それからヒトラーが登場した。知能に乏しく、有益な仕事には向いていないし、妬みと嫌味の宝庫で、自分よりも恵まれた人間すべてに対抗心を燃やす。……権力への野心を抑えきれずにいるなか、自分の支離滅裂で憎しみにあふれた演説が、境遇の似た人間から猛烈な喝采を受けることに気づいた。……しかし、彼が指導者になり得たのは、あらゆる異質なものに対する憎しみと、とくに無防備な少数派、ドイツ・ユダヤ人に対する強い嫌悪感があったからだ。ユダヤ人の知的感受性に彼は不安になり、正当化して、ユダヤ人を非ドイツ人とみなした。……「アーリア人」や「北欧人」の優秀性とやらについての欺瞞を喧伝した。これは反ユダヤ主義者が邪悪な目的を押し進めるために考え出した神話だ。

一九三一年初頭、アインシュタインは辞職する旨の手紙をマックス・プランクに書いていた。ドイツ物理学会の重鎮で、彼をベルリンに呼び寄せた人物である。しかしさんざん迷った末、手紙を送るのはやめにした。その後、同年一二月に、アインシュタインは日記にこう綴っている。「今日、私はベルリンでの仕事をやめようと決心した」。しかし彼は再び思いとどまっている。一九三二年一二月、カプートの休暇用の別荘からアメリカに向けて出発する直前に、アインシュタインは妻にこう告げた。「家をよく見ておくがいい。これが見納めになるだろうから」。エルザは夫の言葉を非常に深刻に受け止めた。短い研究休暇だというのに、エルザが準備した荷物は三〇個に及ぶ。政治状況が悪化した場合の心構えはふたりともできていた。

アインシュタインの予感は根拠十分であることが判明した。ベルリンで再び学究生活に戻れるという望みは、三か月後、ふたりがカリフォルニアで帰国の準備をしているときに消え失せた。

明日はパサデナを発とうという一九三三年三月一〇日、ベルリンのアインシュタインのアパートにいたエルザの娘マルゴットが、義父を威嚇しようとする褐色シャツの突撃隊員に二度急襲されたのである。アパートはその後数日にわたり、さらに三度襲撃を受けた。侵入者はアインシュタインの私物を数多く持ち去った。大切なヴァイオリンもそのひとつである。アインシュタインはマルゴットに電報を打ち、多数の蔵書と文書類をなんとしてもアパートからフランス大使館に移して守ってほしい、そしてできるだけ早くドイツから脱出するようにと告げた。マルゴットはなんとかやりおおせ、パリで夫と落ち合った。エルザのもうひとりの娘イルゼとその夫も、時を同じくしてオランダに逃げた。数か月後、アインシュタインがアメリカへの移住を決めたのち、アインシュタインの文書類は大部分が彼とともに船に積み込まれた。

最後の侮辱的行為が実行されたのは、アインシュタインが汽船ベルゲンランド号でヨーロッパに戻る最中のことだ。田舎の別荘がポツダム当局に捜索されたという知らせが届いたのである。突撃隊が侵入した表向きの理由は、革命分子への武器供与の容疑だった。ナチは彼のお気に入りのヨット、テュムラー号まで押収している。社会主義者に禁制武器を密輸するのに使われる可能性があるからだという。アインシュタインとエルザがベルリン中心部から車で少し行ったところにあるカプートの小さな村に別荘を建ててから、まだ四年も経っていない。ふたりとも日常生活のざわめきからほど近い距離にある田舎の美しさと平穏さをこよなく愛していた。「私たちにとって、この家は心地よく安全な場所だった」と彼はのちに書いている。「誰もが幸福と充足感を味わえる場所だったのだ」。アインシュタインにとって別荘の捜索は、ドイツに戻れば命の保証はないという間違えようのない信号だった。「あなたは髪をつかまれ、通りを引きずり回されるでしょう」とある友人は彼に警告している。武器隠匿の容疑でポツダム警察から家宅捜索を受けた件について尋ねられると、アインシュタインは曖昧な答え方をした。「人はみな、自分の靴の大きさでものごとを測るのさ」

アインシュタイン夫妻はアントウェルペンで下船し、個人的に親しかったベルギー国王アルベール一世と王妃エリザベートに援助を求めた。エリザベートはバイエルン出身でミュンヘンに近いポッセンホーフェンの小さな町で育った。エリザベートがアインシュタインに初めて会ったのは一九二九年のことである。彼女はアインシュタインを食事に招き、相対性理論についての説明を受けた。その夜の終わりには王妃との二重奏で、アインシュタインはヴァイオリンを演奏した。一年後に再び食事に招かれ、「私は心あたたまる真心で迎えられた。このように純粋で博愛に満ちた人々はめったにいない」とエルザに書き送っている。科学者と国王夫妻の間には深い友情が生まれた。いまやアインシュタインは祖国を持たぬ人間となり、アルベールとエリザベートはアインシュタイン夫妻を国王の保護下に置いた。

アインシュタインはこれからどこで暮らしどこで仕事をしていくか心を決めかねていたので、エルザとともにル・コック・シュル・メールのコテージで時機を待った。ベルギーの海岸沿いにあるこの住まいは、彼が取り急ぎどうすべきかを検討するための精神的な余裕を与えてくれた。

万事順調だったが、ただひとつ気がかりだったのは、ナチの扇動家アルフレート・ライブスがアインシュタインの暗殺に五〇〇〇ドルの賞金をかけたという噂が届いたことである。大切な客人の安全を考えた王妃は、筋骨隆々のボディーガードを二名コテージに配置した。このボディーガードを恐れてか、あるいはたんに誰も攻撃する危険を冒す気になれなかったからなのか、アインシュタインはコテージで安全に暮らした。

アインシュタインが次に下した決定で、彼の名は永久に国家の敵（ライヒ）として刻み込まれた。プロイセン科学アカデミーを退会したのである。決断にはかなりの熟慮を要したことだろう。ナチが勢力を伸ばす前ですら、反ユダヤ主義はドイツのエリート科学者の間にはびこっていたため、名誉ある団体のメンバーになるには苦労が伴ったからだ。プランクはアインシュタインを会員にするために精力的に運動しなければならなかった。実際、支持を得るためにフィリップ・レーナルトにまで協力を求めている。レーナルトがアインシュタインへの恨みを募らせていたことを知らなかったのだ。レーナルトが躊躇しているのに気づいたプランクは、アインシュタインのように有名な理論物理学者が同じくらい著名な人々の仲間に入るのは当然だと思わないかと無邪気に尋ねた。レーナルトが次のように答えたのは有名な話だ。「ヤギを厩（うまや）に入れたからといって、立派なサラブレッドにはならない」

一九三三年三月二八日付けのプロイセン科学アカデミー宛の手紙で、アインシュタインは次のように認めている。「アカデミーが私に職業的な義務を負わせることなく、科学的研究に没頭する機会を与えてくれたことに感謝の念を抱いています。どれほどの恩恵を受けたことでしょう。長きにわたり私が享受してきた知的刺激と素晴らしい人間関係を考えても、退会は不本意極まりないものです」。退会理由は「現在のドイツの情勢」であり、彼がそれで一件落着と考えていたのは間違いない。

残念ながら、そうは問屋が卸さなかった。アカデミーは四月一日付けの新聞発表で、「アルベルト・アインシュタインがアメリカやフランスで不愉快な反ドイツ運動に加担したという新聞報道に、会員たちは衝撃を受けた」と述べ、アインシュタインが「外国で扇動者のような真似をした」と非難している。さらに、アインシュタインはアカデミーを退会したことにより、会員になるための前提条件であるプロイセンの市民権も放棄することになる、とも報じた。実際はドイツ政府はめったに適用されない税法を持ち出して、彼の市民権放棄を当初遅らせようとした。そうすることで亡命に対する罰金をアインシュタインに払わせようとしたのである。アインシュタインは命令をあっさり無視した。自分をドイツに帰還させ逮捕するための見え透いた策略だとわかっていたからだ。

アインシュタインが反ドイツ運動に加担したというアカデミーの非難に根拠がなかったわけではない。アインシュタインはそれまでの数か月にわたり、アメリカの平和主義団体に多くの発言をし、ドイツ・ユダヤ人に対するナチの敵意を非難していたからである。

それにもかかわらず、一九三三年四月五日付けのアカデミーへの手紙のなかで、アインシュタインは憤慨し、容疑を否認している。アインシュタインはドイツ国民が「精神疾患」に苦しんでいると描写したこと、「ドイツで露わになっているこのような恐ろしい集団精神疾患は文明世界に対する脅威であり、それがさらに広がるのを全力で阻止すべきだ」と主張したことは認めたものの、自分はいかなる不快な運動にもかかわっていないと明言した。彼は自分の過去の言責を重んじ、公正な立場で、自分の活動に対する弁明をアカデミー会員や一般国民に広めてほしいと頼んだ。

アカデミーの不当な告発はアインシュタインの名誉を傷つけた。彼はアカデミーから退会し、プロイセンの市民権を放棄した。「個人が法のもとに平等な権利を持てない国、さらには言論や教育の自由のない国で暮らしたくはない」というのがその理由である。

プロイセン・アカデミーとの議論を終結させたアインシュタインは、ブリュッセルのドイツ領事館にパスポートを預け、将来の勤め先を決めることに再び注意を向けた。オランダの友人パウル・エーレンフェストは、ライデンで一緒に働こうとアインシュタインの説得にかかった。アインシュタインが過去に非常に幸福な日々を過ごしたイギリスのクライスト・チャーチ・カレッジの学者たちも、彼がしだいに専門的な関心を強めるようになっていた、宇宙の構成要素すべてをまとまった統一体に組み込む総合的な場の理論の研究を続けていくのに、オックスフォードは最高の環境を与えてくれると主張していた。アインシュタインはこれらの選択肢を十分に検討したが、もっとも好ましく思われたのは、アメリカ合衆国への移住である。合衆国を三度訪問して、アインシュタインはアメリカ人が享受している自由に好印象を抱いた。また、ヨーロッパと異なり、劣った境遇に生まれた人間の昇進を阻む堅苦しい階級制度がない点も評価していた。

物理学者ロバート・ミリカンは、知り合った当初からアインシュタインをパサデナに招聘したいと考えていたため、カリフォルニア工科大学へのドアは開かれていた。ミリカンがアインシュタインを有名なアメリカの教育改革者でロックフェラー財団の役員でもあるエイブラハム・フレクスナーに紹介するという間違いを犯さなければ、アインシュタインはカリフォルニア工科大学を選んでいたかもしれない。フレクスナーはユダヤ人で、アメリカの医学教育に革命を起こそうとしていた。怪しげな医学校を閉鎖し、より的確な医学カリキュラムを作り上げる手助けをしていたのである。一九三二年の春にロサンゼルスを訪問した際、フレクスナーはミリカンの許しを得て、当時二度目の客員教授を務めていた、この評判のドイツ人物理学者への面会を果たす。ふたりはうまが合った。連れ立って歩きながら深遠な会話を交わすうちに夜になり、エルザが夫とフレクスナーの面会時間として設定していた時間をはるかにオーバーした。

フレクスナーはアインシュタインに、小規模だが研究に専念できる研究大学もしくはシンクタンクの設立計画があることを打ち明けた。百貨店業界の大物ルイス・バンバーガーが五〇〇万ドルの資金援助を約束してくれている。十分に吟味された一流の教授団を作り上げる。客員教授も受け入れることになるが、序列はつけない。プリンストン大学と正式に提携することにはなっていなかったものの、フレクスナーは研究所をニュージャージー州プリンストンに設立することに決めていた。

アインシュタインはプリンストン大学で数回講義を行った経験があり、好印象を抱いていた。カレッジの緑豊かな散歩道とゴシック様式の石造りの建築物は、南カリフォルニアの異質で実利的な雰囲気よりも、アインシュタイン、そしてとくにエルザの気持ちを引きつけた。勝利を確信したフレクスナーは、唯一残ったハードルを越えるべく、アインシュタインにどれほどの報酬を希望するかと遠慮がちに尋ねた。ロックフェラー基金から潤沢な資金を得ていたものの、これほど偉大な人物の注意を引くにはひょっとしたら足りないかもしれないと考えたのだ。ところがアインシュタインは無邪気に年三〇〇〇ドルと答えた。アメリカ人の基準からすれば、かなり低い金額である。フレクスナーは笑って、報酬の件はエルザ夫人と話し合って解決しましょう、とアインシュタインに言った。アインシュタインは快諾し、報酬は一万六〇〇〇ドルで決着した。

自由に考えたり書いたりできることや、フレクスナーが約束した取り決めの柔軟性に大いに魅力を覚えたアインシュタインは、原則的に数学者ヘルマン・ワイルに次ぐ研究所二人目の教授になることをすみやかに承諾した。だからと言って、アメリカのような勝手の違う場所に移ることにアインシュタインが不安を感じなかったわけではない。特殊相対性理論に関する研究をともに行っていた友人ミケーレ・ベッソに宛てた一九二五年の手紙のなかで、アインシュタインは合衆国について次のような感想を述べている。「ヨーロッパが快適な場所だと知りたければ、合衆国に来るのが一番だ。偏見はさほどでもないが、アメリカ人は虚栄心に満ち、面白みに欠ける。その点はヨーロッパの人間よりもひどい」。同じくらい軽蔑を込めて、彼はこうも述べている。「アメリカの男たちは妻のペットにすぎない。みな、いつも退屈しているように見える」

夫婦の生活が脅かされれば、そういった考えも改めざるを得ない。最終的にアインシュタインは、プリンストン高等研究所で一年に四か月から五か月を過ごすことに同意した。最悪の場合には、オックスフォードかライデンかマドリードで残りの月を過ごせば、アメリカに欠けている知的な部分を補えるだろう。正式な契約ではないが、さまざまな大学からの招聘に応じていたのだ。しかしそうはならない。その後の二二年間の人生で、アインシュタインは二度とヨーロッパに足を踏み入れることはなかった。

合衆国への移住とプリンストンへの迎え入れ準備が整ったという知らせがフレクスナーから届くのを待つ間、アインシュタインはル・コック・シュル・メールでの家庭生活では飽き足らなくなっていた。そんなとき、裕福な英国会議員で元パイロットで軍司令官だったオリヴァー・ロッカー＝ランプソンから招待されるという異例の事態が訪れる。アインシュタインは以前オックスフォードで彼に会ったことがあった。ベルギーの海沿いの静かな生活を好むエルザを残し、アインシュタインはひとりでイギリスに向かった。

アインシュタインを崇拝していたロッカー＝ランプソンは、招待に応じてもらったことで有頂天になった。滞在したわずか数週間の間に、ふたりはよい友人同士になった。アインシュタインの要望を受け、ロッカー＝ランプソンはユダヤ人がドイツからイギリスに移住しやすくするための法案を議会に提出した。法を発案するにあたり、ロッカー＝ランプソンは当日下院の傍聴席に立っていたアインシュタインに会釈し、こう述べた。「ドイツはそのもっとも偉大な市民を追放した。……ドイツ野郎は氏の貯金を盗み、家で略奪を行い、ヴァイオリンまでも持ち去った。……氏に避難所を提供できるというのはわが国にとってなんと名誉なことだろう」

ロッカー＝ランプソンが提供した避難所は、ノーフォークのムーアにあるコテージだった。エルザがル・コック・シュル・メールで合衆国への船旅の準備をしている間に、夫はロッカー＝ランプソンが「助手」だと称するふたりの魅力的な若い女性に守られながら宇宙について熟考していた（と彼は言っている）。アインシュタインはイギリスでの最後の日々を、スタイル抜群のボディーガードとビールを飲んだり、高名な科学者に会いたがる訪問者を迎えたりして、幸せに過ごした。マスコミはショットガンを携えた「ボディーガード」とアインシュタインの写真を撮って喜んだ。ボディーガードが正確なショットを撃てるかどうか不安ではないのかと問われて、アインシュタインはこう答えた。「私のボディーガードの美しさは、銃弾よりも速く暗殺者を骨抜きにするでしょう」

夫がイギリスでのんきな生活を送っていると聞いてエルザが喜んだはずはないが、驚いたとはとうてい思えない。結婚一四年目のエルザとアインシュタインは一九一二年に交際を始めたが、当時彼は最初の妻ミレヴァ・マリッチとまだ婚姻関係にあった。一九一四年にアインシュタインがベルリンで教授職を得てマリッチと別居した際、彼はこう記している。「子どもたちの消息をめったに聞けなくても、別居できて私はこのうえなく幸せだ。平穏と静けさは非常に心地よい。いとことの恋愛も同じだ」

アインシュタインより三歳年上のエルザは、アインシュタインにとって母方、父方どちらの家系から見てもいとこだった。母の姉妹と父の兄弟の娘だったのである。エルザはアインシュタイン家の一員として生まれ、その後最初の夫と結婚してレーヴェンタール姓になった。そして一九一九年にアルベルトと結婚して再びアインシュタイン姓に戻った。子どものとき、エルザと小さな「アルベルトゥレ」は一緒に遊んだ仲である。エルザはアインシュタインの皮肉たっぷりのウィットと知性と名声が女性に及ぼす圧倒的な影響を十分承知していた。

「ある偶然のできごとを維持しようとする不幸な試みを結婚という」とかつてアインシュタインは言った。エルザは通常は夫とともに旅し、厳しく夫を見張っていたが、やがてミレヴァと同じ心の痛みを経験することになる。結婚して四年目となる一九二三年、アインシュタインは二三歳の秘書ベティ・ノイマンと恋に落ちた。エルザは気づいていたが、夫が関係を絶ったと確信できるまで約二年かかった。それでもエルザはアインシュタインの心からノイマンを追い払うことはできなかった。アインシュタインはノイマンにこう書き送っている。「私は地上で拒否された愛を、星々のなかに見出さなければならないだろう」。エルザはそれ以外の女性がいるとは疑っていなかった。ロッカー＝ランプソンの助手たちなど気晴らしにすぎない。エルザは文句を言うつもりはなかったし、差し迫る出発の準備に集中した。

汽船ウェストモーランド号は一九三三年一〇月初旬、エルザを乗せてアントウェルペンを出航し、一〇月七日にサザンプトンに寄港してアインシュタインと助手のワルター・マイヤーを乗せたのち、ニューヨークに向けて大西洋横断の旅に出た。船がエリス島で通関する際、フレクスナーは騒ぎを避けるために船に連絡するタグボートを手配し、アインシュタイン一行はタグボートから車に乗り替え、プリンストンに向かった。差し当たり、アインシュタインは公的には故国を持たない人間だった。彼に続き、約二〇〇〇人のユダヤ人科学者、数学者、技術開発者が、気がつくと解雇され、家族を養うことができなくなり、まもなくヨーロッパ全域に誕生するナチの死の工場への移送に脅かされることになる。そのなかには一四人のノーベル賞受賞者もいた。

宿敵との長期にわたる反目を回想しながら、フィリップ・レーナルトはアインシュタインを「自然界の研究にユダヤ人集団が及ぼす危険な影響の最たる例」だと名指しした。ひと月後、アインシュタインのプロイセン科学アカデミー退会を巡る議論は、無意味なものとなる。ユダヤ人がドイツの大学で教えることを第三帝国が禁じたのに続き、ユダヤ人の血統を持ついかなる人間もアカデミー会員には不適格とされたからである。レーナルトは自分の立場をナチのヒエラルキーとさらに強固に結びつける好機を得た。彼はこう記している。「ドイツ人がユダヤ人の思考に追随するのは恥ずべきことだと、われわれは認識しなければならない」。レーナルトは意見を同じくする同僚ヨハネス・シュタルクと組んで、一連の法律のもと、ユダヤ人研究者を大学から解雇させようと精力的に動いた。

マックス・プランクは総統アドルフ・ヒトラーに直接働きかけることで大虐殺を食い止めようとした。だが努力は無駄に終わる。「われわれの国策は、たとえ科学者のためであっても、撤回されたり修正されたりすることはない」。ヒトラーは明確に言い切った。「ユダヤ人科学者の解雇でドイツの科学が壊滅するというなら、数年間科学なしでやっていくだけのことだ」

あとから考えれば、ヒトラーのプランクへの回答はひどく自滅的に思われるが、当時レーナルトが望んだすべてがそこに言い尽くされている。あらゆる点で完璧な勝利を収めたと、レーナルトには思われたに違いない。当時は認識されていなかったが、アインシュタインとユダヤ人研究者に対するレーナルトの復讐の成功は、思いがけない結果を引き起こす。知らないうちに、非常に重大な失点を招いてしまったのである。レーナルトの活動により、世界の科学的知性の優位性はドイツからその敵、とくに合衆国へと移った。彼らは最終的につけを支払うことになる。

# 第二章　事件の核心

晩年、アインシュタインは親友ニールス・ボーアにこう書き送っている。「人生において、あなたのようにただ存在するだけで私を喜ばせてくれた人間はそうそういない」。このように述べることができたのは、ふたりが三〇年以上にわたり、素粒子物理学を支配する法則について友好的に論争してきた証である。時折、議論があまりに白熱したために、周囲の状況がまったく目に入らなくなることもあった。有名な話だが、あるとき彼らは会議に向かう途中、会話に夢中になりすぎて市街電車の駅を乗り越してしまった。やがて行き過ぎてしまったことに気づいたふたりは、電車から降り、通りを渡って逆向きの電車に乗った。だがまたもや降りるはずの駅を乗り越したという。

細かい点では意見が一致しなかったものの、ボーアとアインシュタインはともに、日常的な現象を司る物理法則（ニュートンとその後継者によって説明されたもの）が、原子や原子の構成要素の世界では当てはまらないと確信していた。そういった世界では、扱う対象があまりに小さく、しばしば動きもずっと速い。これは理論物理学の領域である。理論物理学の難解な数学によって伝統的なニュートン物理学の確実性は崩壊し、フィリップ・レーナルトのように旧式な教育を受けた自然科学者が正しいと信じる科学では対処できないという問題が生じていた。

レーナルトは新たな科学から顔を背け、何世紀も昔の発見を基にした物理的現象の解釈にしがみつき、数学的に導き出された理論を理解することを嫌がった、あるいはできなかった。レーナルトとアインシュタインが科学的な立場の違いで衝突するのも無理はない。しかしこの衝突は、探求心にあふれ議論を好んだアインシュタインとニールス・ボーアの関係とは異なる。レーナルトとアインシュタインが互いに抱いていた感情は、尊敬の念に満ちた理解とは対極にあった。鬱積する個人的な冷戦で、それがときには周囲をも巻き込む大火へと燃え広がった。

アインシュタインに対するレーナルトの激しい憎悪は、科学原理を巡って意見が対立した程度の話ではない。歩みののろい保守的な物理学界で、アインシュタインは流星だった。アインシュタインの一般相対性理論が一九一九年に初めて実証されると、報道陣は沸き立った。新聞の第一面で、アインシュタインはニュートンやコペルニクスやケプラーにたとえられた。レーナルトが科学の神として畏敬してきた名前である。アインシュタインは古典物理学者が宇宙の機能を説明するのに用いた、長らく定説とされてきた見解を覆(くつがえ)した。ウィットに富んだぼさぼさ頭の思慮深げな理論家は大衆から敬愛されたが、レーナルトは学会というきわめて限られた世界の外ではほとんど知られていなかった。

科学者がそのような喝采を受けるのは見苦しい、というのがレーナルトの考えである。アインシュタインの理論にどんな根拠があるというのだ？　数学的に導き出されたものにすぎず、抽象的な理論から始まって、実験証明という基準も満たしていないではないか。あっけないほど従順でだまされやすい報道陣がアインシュタインの自己宣伝を歓迎し、共謀しているのではないか？ごますり作家のアレクサンドル・モスコフスキーがアインシュタインの全面協力で出版したうわついた本『探求者アインシュタイン（Einstein the seeker）』は？　そうだ。そう、こういった罪だけではない。まだある。アインシュタインはユダヤ人なのだ。彼の振る舞いはユダヤ人そのものだ。いかにもユダヤ人らしい考え方が、彼が悪であることを何より証明しているではないか。「典型だ」とレーナルトは書いている。「疑いようもなく純潔のユダヤ人。……彼の相対性理論は、物理学全体を変え、支配しようとした。……それがけっして真実を目指すものでないのは明らかだ」

レーナルトは、アインシュタインが特権的な生活を送っているのは不当だと感じていた。アインシュタインが成功している一方で、自分のような成功に値する真のアーリア人はひどく苦しんでいる。屈辱的なヴェルサイユ条約と、第一次世界大戦停戦条約の抑圧的な文言をヴァイマル政府が愚かにも厳守したことは、ドイツ国民に苦しみをもたらしたにすぎない。

そのうえ、アインシュタインは名声のおかげで裕福になっている。一九一四年にマックス・プランクによってチューリッヒからベルリン・フンボルト大学教授兼カイザー・ヴィルヘルム物理学研究所所長へと招聘（しょうへい）されて以来、アインシュタインは特権を享受していた。プランクの主張により、アインシュタインは名誉あるプロイセン科学アカデミーの会員に選ばれ、ドイツ市民権を与えられた。レーナルトが抗議したにもかかわらず、スウェーデン王立科学アカデミーは一九二一年、レーナルト自身の発見から派生した、学童にもできるような平凡な業績に対してアインシュタインにノーベル賞を授与している。レーナルトの息子ヴェルナーは腎機能障害を患い、戦時の物不足で亡くなったが、アインシュタインのふたりの息子は、ノーベル賞の賞金のおかげで、チューリッヒで母親と快適な生活を送っているという。挙句の果てにプランクは、授業を受け持つ負担を最小限にしてほしいというアインシュタインの要望を受け入れ、高い報酬を得て外国で講演を行う時間を与えた。アインシュタインのオランダ人の友人パウル・エーレンフェストがアインシュタインの報酬をオランダで預金して、レーナルトも含む多くのドイツ人を破滅させた狂乱インフレから金を守ったという噂も流れている。

反ユダヤ主義で超国家主義的なレーナルトと、もしゃもしゃ頭で平和主義のユダヤ人であるアインシュタインとの差異は、このうえなく明確だった。若いときの経験も科学に関する考え方も性格も正反対だった。

フィリップ・エドゥアルト・アントン・レーナルトはワイン商の息子である。彼はオーストリア＝ハンガリー帝国の小都市プレスブルク（現在のスロヴァキアのブラティスラヴァ）で育った。子どものときから自然科学以外の学問を深く軽蔑しており、長じるにつれ、偏見はますます強まった。レーナルトは研究者となるべく、ヨーロッパの一流の研究所でブンゼンやヘルムホルツやヘルツといった一八八〇年代と九〇年代のもっとも偉大な科学者たちに師事した。当時は実世界での実験に基づく発見の時代であり、レーナルトは熱心な実験主義者だった。高エネルギーの陰極線管の放射に関する研究で一九〇五年にノーベル物理学賞を受賞し、最終的にハイデルベルク大学の教授に任命されている。しかし同時に、その生い立ち、伝統的な教育、型どおりの人生経験によって、レーナルトは特権意識、つまり他者に対し挑戦的とも言える振る舞いをしても自分が正しいという意識を抱くようになった。

レーナルトの生涯は不和の連続だった。他の科学者の名声に対する妬みや、「あのときああしていたら……」といった強迫観念から、レーナルトは自分自身もしくは実際にはほとんど通用しないイデオロギー上の先祖、すなわちアーリア人の優越を主張することになる。彼はマリー・キュリーや偉大なイギリス人科学者J・J・トムソンとつまらぬことで口論した。彼の先駆的な業績があったからこそ、トムソンは電子がどのようなものかを述べることができたというのだ。しかし、レーナルトのもっとも悪名高い主張のひとつは、X線の発見だろう。レーナルトは陰極線管の放射を研究する多くの物理学者のひとりだった。X線の存在を認識し得る現象を、レーナルトも目撃していたのはほぼ間違いない。ヴィルヘルム・コンラート・レントゲンは一八九五年に「新種の光線について」と題した驚くべき論文を発表し、今日レントゲンについて知られていることのほとんどをそのなかで詳述している。それよりも前にレーナルトはX線を発見できなかったわけだが、だからといって、レントゲンは自分の業績を利用したにすぎない、自分こそが「X線の生みの親」だ、と主張するのをあきらめる気など、レーナルトには毛頭なかった。

皮肉なことに、レーナルトがノーベル賞を受賞した一九〇五年は、アインシュタインの「奇跡の年」でもある。この年、ほとんど無名で、さほど専門的な教育を受けたわけでもないスイスの特許事務所の事務員が、四本の重要な論文を発表したのだ。光電効果、ブラウン運動、質量とエネルギーの等価、そして特殊相対性理論についての革命的な論文である。数学的に導き出された彼の洞察は、激流のように生まれ出た。自然に、それもどうやら先例もなしに。

レーナルトの華々しく多様な学歴とは対照的に、アインシュタインはスイスのチューリッヒ工科大学にしか通っていない。彼は博士論文のテーマを受け入れてもらえるまで四苦八苦し、何本か提出したのだが、教授から数回拒否され合格には至らなかった。彼は最終的に博士号を一九〇五年の「奇跡の年」に取得している。その際、アボガドロ定数（物質一モルに含まれる粒子数）の計算ミスが判明した。実際よりも少なく、定数をほぼ三分の一にあたる二・二×一〇の二三乗と見積もってしまったのである。彼はのちに自分の代数の誤りを見つけ、修正した。

ふたりは性格も正反対だった。レーナルトは短気で厳しく、他者に対して支配的で、とくに部下には不快な態度をとった。レーナルトの助手、ヤーコプ・ヨハン・ラウプもそのような扱いを受けたひとりである。これには研究者として歩み始めたばかりのアインシュタインも多少関係している。ラウプはアインシュタインの研究に心酔しており、博士号のテーマも特殊相対性理論を選んだからだ。アインシュタインとラウプは一九〇九年から文通を開始している。

当初、ラウプはレーナルトに雇われたことを感謝し、一九〇九年五月にアインシュタインに次のように書き送っている。「レーナルトが、彼も気にしているとおり、助手に対して暴君だとあちこちで噂されているのは事実です。私に言わせれば、こういった人々は腹ばいに倒れるにふさわしい。レーナルトは私にはまったくそんな態度はとらないと言い切れます。私はこのうえなく自由です」

しかし一九一〇年八月には、事情はがらりと異なってくる。アインシュタインの理論はレーナルトが重要な科学的要素と考えていた「エーテル」の存在を否定するものだった。それに対し、レーナルトは光やX線といった電磁放射が空間を伝わるためにはエーテルが欠かせないと信じている。ラウプがエーテルの存在を信じていないにもかかわらず、レーナルトはエーテルの実在を証明するため、この助手に自分の研究は犠牲にして、なかなか成功しない詳細な実験を行うよう求めた。アインシュタインはラウプにこう書き送っている。「多くのことがらにおいて、レーナルトはひどくおかしな方向に進んでいるに違いない。非現実的なエーテルについての彼の最近の講義は、私にはまったく幼稚に思える。さらに君に要求した研究ときたら、……ばかげているとしか言いようがない。そのような愚かな行為に君の時間を浪費しなければならないのかと案じている」

一一月にはレーナルトとラウプの関係はさらに悪化し、アインシュタインがラウプに新しい仕事探しを手伝うと申し出るほどになっている。しかし、ラウプがレーナルトに転職先を探しているることとその理由を伝えたときですら、レーナルトは新しい勤め先と契約するまではエーテルの実験を続けるよう要求した。これを聞いたアインシュタインは、「まったくひねくれた人だ、レーナルトは」とのちに述べている。「厚かましさと策略でできているような男だ。だが君は彼よりもずっとよい。君は彼から離れることができるが、彼は死ぬまで怪物と取引していかなければならないのだから」

レーナルトとは対照的に、アインシュタインの風変わりな服装、控えめな親しみやすさ、上品なウィットに、大衆は非常に肯定的な印象を抱いた。自分自身のみならず自分の研究すらも笑い飛ばすアインシュタインの能力は、あらゆる階層や身分の人々に愛される要因となった。自分のことには上の空といった彼の様子から、数え切れないほどの逸話が生まれている。アインシュタインが就職して間もない頃、最初の妻ミレヴァ・マリッチは、仕事のときはもっとふさわしい服装をすべきだと夫に忠告したという。「なぜそんなことをしなければならないのだ?」と彼は尋ねた。「職場の人間は、みな私のことを知っているのに」。夫が初めて大きな会議で講演をすることになったとき、ミレヴァはまた同じ忠告をした。答えはこうだ。「なぜそんなことをしなければならないのだ。会場にいる人間は誰も私のことなんて知らないのに」

しばしば攻撃にさらされた相対性理論でさえ、アインシュタインのユーモアのネタになった。有名な逸話がある。一般相対性理論を裏づける実験データが示されたことを受けて、相対性理論を簡単に説明してほしいと求められたアインシュタインはこう答えた。「すてきな娘さんと交際しているときには、一時間が一秒のように思えるだろう。赤く焼けた燃え殻の上に座っていたら、一秒が一時間のように思えるだろう。それが相対性だ」

別のとき、長年運転手を務めていた人物がアインシュタインをある講演会に送っていく際、こう言った。「その講義なら何回も聴いていますから、私にだってできますよ」。アインシュタインは賭けに応じた。運転手の講義はアインシュタインを満足させる出来栄えだったが、その後聴衆のひとりが難しい質問をした。運転手は少しも動じることなく、部屋の後方で運転手になりすまして座っているアインシュタインを指し示し、こう言った。「それは非常に単純な質問ですね。私の運転手にだって答えられる」。そのとおり、アインシュタインは答えた。

レーナルトに言わせれば、この種のスタンドプレーはレーナルトの正しさを証明するものにほかならない。アインシュタインは世論を相手に、彼の科学についての国民投票を行っているのだ。笑いをとれるからといって、理論に価値があるわけではない。じつはまったくの反対だ。アインシュタインがやっていることは、本当は科学などではない。彼の理論はあまりにも抽象的だ。実際、数学的な屁理屈にすぎない。トランプのように薄っぺらな推論で組み立てられた信用できない知の神殿だ。街角で行われているいんちきの賭けトランプのような、相手を小ばかにしたでっちあげだ。アインシュタインは自分のアイデアを売り込み、名声と金のために自分を卑しめている。共謀するユダヤ人の新聞やドイツの他の報道関係者と馴れ合って、実直な市民をペテンにかけている。それだけでも十分にけしからぬことだ。さらに腹立たしいことには、レーナルトのアーリア人の同僚の多くが従来の考えを捨て、アインシュタインと相対性理論を支持している。軽蔑と嫉妬と反ユダヤ主義がごたまぜになった苦々しい感情に煽られて、レーナルトの攻撃はアインシュタインの科学よりもアインシュタイン自身に向けられるようになった。

レーナルトの反ユダヤ主義は生まれながらのものであるのに加え、さらに経験が後押しをした。二〇世紀初頭、ユダヤに対する嫌悪感は東欧全域に漠然と存在していたが、レーナルトが少年時代および青年時代を過ごしたハンガリーの国粋主義者の間では、そのことはとくに公言されていた。レーナルトは民族的にはドイツ人だったにもかかわらず、自分はハンガリー人だと考えており、熱烈な国粋主義者たちの影響を受けていた。成人するとレーナルトは自分の忠誠心をドイツに向けたが、熱狂的愛国主義はけっして衰えなかった。それでも青年時代のレーナルトからは、のちの人生で彼の著作の特徴となる反ユダヤ主義の激情はまったく窺えない。

おそらく、レーナルトが初めてユダヤ人と不愉快な交流をしたのは、あちこちの研究所を渡り歩いていたときのことだろう。その経験が偏見の土台作りを助けたに違いない。レーナルトが師事した教授のひとり、ハインリヒ・ヘルツは優れた科学者だったが、レーナルトが著書『科学の偉人たち（Great Men of Science）』に記しているように、「ユダヤ人の血が混じって」いた。実際はヘルツの家族はカトリックに改宗していたし、レーナルトによれば、科学の才能はアーリア人である母方から受け継いでいた。レーナルトはヘルツと大体においてうまくやっていたが、重要な発見をし損なったのはヘルツの倹約のせいだと非難していたふしもある。ヴィルヘルム・レントゲンがX線を発見した際に使用したような上等な陰極線管を購入してほしいというレーナルトの要望を、ヘルツは必ずしも却下したわけではない。ヘルツはただ、コストに見合うかどうかをよく考えろと言っただけである。しかし、ヘルツが積極的に新しい管を購入してくれてさえいれば、X線の発見者として称賛されたのは自分だったとレーナルトは信じていた。

第一次世界大戦の停戦条約締結後、レーナルトは一連の経済的破綻を経験する。原因は国際的金融市場を支配するユダヤ人にあるというのがレーナルトの持論だ。きわめて国家主義的な政治観をすでに植えつけられ、偏見に満ちたナチのレトリックを毎日聞かされていたレーナルトは、ますます急進化していった。彼はナチが広めた標語にまんまとだまされたのだ。ドイツ人の不幸の原因はユダヤ人にある、と。同様にこの嘘を受け入れた多くのドイツ民衆とは異なり（彼らの多くはユダヤ人とのかかわりはなかった）、レーナルトはユダヤ人を知っているばかりか、大学で多くのユダヤ人教授とともに働いていた。実際、彼はあるユダヤ人の振る舞いを非常によく観察している。レーナルトにとって、アインシュタインこそが「ユダヤ人」だった。彼は自分の反ユダヤ主義の考えを個人的な問題にすり替え、痛烈な批判をアルベルト・アインシュタインに浴びせた。

レーナルトは、科学への姿勢がユダヤ人とアーリア人のドイツ人とでは本質的にまったく異なると考えていた。科学は、じつにいかなる試みも、さまざまな人種の特性である固有の考え方の影響を受けるというのだ。自然科学に関する考えをまとめた一連の著作のなかで、レーナルトは実験に基盤を置いたドイツの物理学の優秀性を喧伝し、理論物理学は不健全な「ユダヤ的精神」にあふれた、故意に人をだまそうとするものだと非難した。ナチの科学思想を導く主要な人々について同時代の人々に向けて詳述した『ドイツ物理学（Deutsche Physik）』の序文では、次のように述べている。「ユダヤ人は、人間の思考とは無関係なたんなる事実を表面的に認めるだけで、それを超えたところにある真実を理解する能力に著しく欠けている。これはアーリア人科学者の活動とは対照的だ。アーリア人学者は真剣に、そして同じくらい頑固に真実を探求する」

レーナルトがアーリア人の優秀性を信じていたのは間違いないが、彼のレトリックには出世するための計算もある程度働いていた。一九三五年にアインシュタインは、ヒトラーの追従者たちについて次のように書いている。「（ヒトラーの）支離滅裂な性格からは、彼が実際にどの程度自分が続けてきた無意味な行為を信じているのかわからない。しかし彼の取り巻きや、ナチの起こしたうねりを潜り抜けて浮上してきた人々は、大部分が彼らの破廉恥なやり方が欺瞞だということを十分に承知している冷酷な皮肉屋だった」

レーナルトは自伝の冒頭で興味深い主張をしている。「私が生きるべき時代はここではない。……人々は、昨今もそうだが、おそらくは私のような人間を見直す道は選ばないだろう」。ある意味、これは真実だ。レーナルトは一生を通じて典型的なアウトサイダーだった。彼はその『偽書（Faelschungs-Buch）』のなかで、アイデアを書いた手書きの報告書が盗まれたのではないかと思うと記している。

しばしば感じたことだが、私には仕事で得た友人はいない。私の研究は非常に利他的で、実際多くの人の役に立ち、人はみな喜んで私の研究を利用した。下劣なミリカン［合衆国の物理学者ロバート・ミリカン］のように、ユダヤ人の支援を受けて強盗のように計画的に行動した者もいる。それどころかユダヤ人もいた。……彼らと友人になることは率直に言って不可能だし、とても興味など持てなかった（当時の私にはそれがわかっていなかったが、しだいに気づくようになった）。

しかし他の点では、フィリップ・レーナルトは彼のいた場所と時代で成功するよう、不思議なくらいうまく設計された人物だった。彼は政治を利用した抜け目のない日和見主義者で、国家社会主義に賭けて勝った。彼は党が優勢になることが明確になるずっと以前に入党し、一九二七年の党大会ではＶＩＰ待遇を受けている。時代がヒトラーを求めるはるか前から、レーナルトはナチ党とアドルフ・ヒトラーに忠誠を誓う狂信者だった。レーナルトはアインシュタインを悪者扱いしたことで、ヒトラーの政策推進において自分がいかに頼りになる人物であるかを証明した。レーナルトの政治的な運勢は、ナチの権力に呼応して上昇していくことになる。

第三章

# 親密さは軽蔑の元

事態が混乱を極める以前、アインシュタインとレーナルトの関係は尊敬の念に満ち、親しみすらこもったものだった。実際、アインシュタインのレーナルトに対する第一印象は非常に肯定的である。アインシュタインは一八九六年に一七歳でチューリッヒ工科大学に合格し、数学と物理の教員免状を取得するための四年間のコースに入学した。学生が六人しかいないこぢんまりしたクラスである。そのうちのひとりがミレヴァ・マリッチだった。アインシュタインよりも四歳年上のミレヴァはクラスで唯一の女性で、中欧でいち早く数学と科学を勉強した人物でもあった。ミレヴァが目立つほど足を引きずり、しばしば痛みに苦しんでいたにもかかわらず、ふたりの学生は自然に魅かれ合った。最初は勉強仲間として、のちには恋人同士として。

一八九七年から九八年にかけての秋冬に、おそらくはセルビア人の娘がユダヤ人であるアインシュタインと親密になりすぎることを両親が懸念したからだろうが、ミレヴァは物理を学ぶために一学期をハイデルベルク大学で過ごした。彼女がアインシュタインに書いた手紙には、最近受けた授業のことが記されている。

昨日のレーナルト教授の授業は本当に楽しめたわ。今、教授は気体の運動論について話しています。酸素分子は秒速四〇〇メートルの速さで動くのだそうよ。それから教授は何度も計算したあと、方程式を立て、微分し、積分し、代入して、最終的に分子が実際にこの速さで動くけれど、分子が移動するのは髪の毛の幅の一〇〇分の一の距離にすぎないということを教えてくださったの。

アインシュタインが返事を書いたのは数か月後のことである。ようやく書いた手紙のなかで、アインシュタインはミレヴァへの呼びかけに、親しい友人に使う「du」ではなく、ドイツ語の改まった「Sie」を使っている。彼はミレヴァに戻ってくるよう懇願し、私情よりもむしろ彼女の勉強の進捗への懸念を口にしている。

これほど長い間返事を出さなかったという罪悪感でいっぱいだったけれど、あなたに手紙を書きたいという欲望がとうとう勝り、おかげであなたの疑いの目をそらすこともできました。しかし今、たとえあなたが当然のことながら私に腹を立てていたとしても、少なくとも私が見え透いた言い訳でごまかそうとしてさらに気を悪くさせなかったことや、あなたにただ率直に許しを乞い、そしてできるだけ早い返事を求めたことをほめてくれなければなりません。

ミレヴァが留学したとき、レーナルトはハイデルベルク大学で臨時の准教授職に就いていた。正規雇用を求めながら、あちこち渡り歩いて就いた多くの職のひとつである。自分は十分に出世してきたし、妻帯するのに必要な財産も社会的地位も得たとレーナルトが確信したのは、ハイデルベルクにいたときのことだ。銀行取引についての夢のような話とともに、「私は早々に自分の研究所を立ち上げ、実験を進めた……結婚適齢期の教授の娘たちは大勢いたが、相手をどう選ぶべきかはまもなく明らかになった」と彼は自伝に書いている。レーナルトが選んだのはエジプト学者アウグスト・アイゼンロールの継娘でカッティと呼ばれるカタリーナ・シュレーナーだった。結婚後、一八九八年にルート、一九〇〇年にヴェルナーというふたりの子に恵まれている。

レーナルトは最終的に一八九八年、キール大学の物理学教授として正規教授の地位に就き、物理学研究所の所長となった。その頃には、すでに多くの科学的業績を立派に上げている。六年後にノーベル賞をもたらすことになる陰極線管の研究もそのひとつだ。長期間あちこちの大学を渡り歩いたが、レーナルトの成功はこれで保証された。一九〇七年、功績を認められたレーナルトは、教授および物理学研究所所長としてハイデルベルクに戻ることになる。

ハイデルベルク大学での一年契約の間にも、戻ってきたときにも、レーナルトが後年アインシュタインに敵意を示す予兆はまったく見られない。同様に、あからさまな反ユダヤ主義を示していた様子もない。実際、自伝によれば、当初ハイデルベルクでの正規雇用を困難にしていた煩雑な手続きをレーナルトが切り抜けられたのは、ユダヤ人数学者レオ・ケーニヒスベルガーのおかげだという。「この純血のユダヤ人は、アーリア人教授の多くよりもはるかにウィットに富み知的だった」と彼は書いている。「賢明にもケーニヒスベルガーはあまりにユダヤ人的だと思われることをよしとせず、教授団がしばしば見せる偏狭さや頑固さに彼が対抗してくれたのは、私にとってありがたいことだった」

レーナルトが学会で歩を進めていた当時、ずっと年少のアインシュタインはまったくの無名だった。彼は一九〇〇年に教員免状を取得して卒業したが、ミレヴァは最終試験に落ちた。さらに一九〇一年にも数学の点数が足りず、再び失敗している。当時ミレヴァはアインシュタインの子をみごもり、妊娠三か月だった。彼女はノヴィ・サドの両親のもとに戻って女児を産み、リーゼルと名づけた。子どもの誕生は秘密にされ、彼女の存在が知られるようになったのは、両親の死後かなりの年月を経て、当時アインシュタインが書いた手紙が発見されてからのことである。リーゼルはどうなったのだろう。幼いうちに死んだのか、それとも養女に出されたのだろうか。ミレヴァは一九〇三年にひとりでチューリッヒに戻っている。彼女とアインシュタインはその後まもなく結婚し、一九〇四年にハンス・アルベルト、一九一〇年にエドゥアルトというふたりの子に恵まれたにもかかわらず、リーゼルの一件、つまり彼女がどうなったかは、アインシュタインとミレヴァの関係に永遠の不和の種を植えつけた。

結婚問題が順調に進まないことに加え、さらに重要な問題にアインシュタインは直面した。自分と妻が食べていくため、仕事に就かねばならなかったのである。卒業から二年後、教職探しに失敗したのち、ある友人の父親が公務員の仕事を世話してくれた。アインシュタインはベルンの特許局の三級技術専門官に任命される。電気装置や磁気装置の独創性を審査する職務である。彼は結婚する頃には終身雇員となることができた。

アインシュタインは特許局の職員として充実した生活を送ったと見える。仕事を楽しみ、准教授になった場合の初任給の約二倍の報酬を得た。さらに、特許局の仕事はさほど困難なものではなかったため、思うがままに研究する時間があった。

そしてあとでわかったことだが、当時アインシュタインは多くのことを考えていた。実際、彼の脳は思考の出口を求めてはじけんばかりだったのである。特許局の仕事をこなしながら、アインシュタインは小さな哲学クラブを組織し、オリンピア・アカデミーという仰々しい名前を付けた。大学時代も、アインシュタインは退屈なカリキュラムにうんざりすると、ミレヴァとともに授業を抜け出し、科学や哲学についての本を読んでいた。この頃になって再びそういった分野に関心を抱くようになり、ふたりの気の合う工科大学の学生、モーリス・ソロヴィンとコンラート・ハビヒトを仲間に引き入れたのだ。オリンピア・アカデミーは定期的に、しばしばアインシュタインのアパートで開かれ、彼らはシュナップスを飲みながらプラトンやジョン・スチュアート・ミルやディヴィッド・ヒュームなどを読んだ。

アインシュタインはまた、最新情報を保持し新たな科学理論に精通するために、物理の学術誌を徹底的に読み込んだ。一九〇二年と〇三年にアインシュタインが読んだ出版物のなかに、フィリップ・レーナルトの光電効果に関する研究があった。アインシュタインは一九〇五年にマックス・プランクの量子仮説の視点から同じテーマを取り上げた際、レーナルトに言及している。アインシュタインは、光が金属に当たった際に生じるエネルギーの性質について、新たな洞察を引き出した。レーナルトが非常に喜んだことに、アインシュタインは論文のなかでレーナルトの業績に敬意を込めて言及している。それはレーナルトが、科学者として成功した自分にふさわしいと感じられる内容だった。アインシュタインがレーナルトの実験を「革新的」と形容した部分を読んでレーナルトは十分満足し、その結果アインシュタインに非常に好印象を抱くようになった。

一九〇五年、それまで自分の研究について何の素振りも見せていなかったアインシュタインが、突然オリンピア・アカデミーの仲間であるコンラート・ハビヒトへの手紙のなかで、いくつかの新しいアイデアに取り組んでいることを明らかにした。アインシュタインが手紙を書いたのは、一見ハビヒトの博士論文に興味を示し読みたくなったからのように思えるが、注意深く読めば、それがちょっとした策略だったことがわかる。その手紙は、ハビヒトの近況を知りたくて書いたというよりも、自らの狂おしいほどの創造力に興奮を抑えきれず書いた、という類のものだった。アインシュタインは友人へのこの手紙のなかで、自画自賛している。

われわれの間に重苦しい沈黙の空気が立ち込めてきたので、なんだか罰当たりなことをしているような気分になっている。だから的外れのたわごとで沈黙を破ろう。それで君は何をしているんだい？　凍ったクジラ君。魂を燻して、乾燥させて、缶詰にしているのかい？　なぜ私に論文を送ってくれないのだ。私が興味と喜びをもってそれを読む一・五人のうちのひとりだということを知らないのか？　不幸なやつだ。お返しに論文を四本送ってやろう。最初の論文は放射線と光のエネルギー特性について論じたもので、非常に画期的だ。君の論文を先に送ってくれたらわかるだろう。二本目の論文は原子の実際の大きさの決定について論じている。三本目は、液体中に漂う約一〇〇〇分の一ミリの大きさの物体が、熱運動の結果、観察可能なほどの不規則な動きをすることを証明している。四本目の論文は今のところ草稿にすぎないが、空間と時間の理論に変更を要する運動体の電気力学だ。

アインシュタインがハビヒトに手紙を書いた同じ頃、レーナルトはアインシュタインに自分の最近の論文を見本として送っている。なぜレーナルトはアインシュタインに学術論文を送ったのだろうか。おそらくレーナルトは、光電効果に関する初期の論文でアインシュタインが自分に言及してくれたことに応えたのだろう。アインシュタインは次のような返事を書いている。「尊敬する教授！　論文を送っていただき、本当にありがとうございます。教授の以前の論文と同様に、私はこの論文を感嘆しながら読ませていただきました」。さらに、アインシュタインはレーナルトの研究の結論について意見を述べている。それはエネルギーの状態によって原子によるスペクトル線がどのように発生するかに関する研究だった。

レーナルトがアインシュタインの手紙に返事を書いたのは四年後のことである。あまりに間が空きすぎてしまったので、自分が先にレーナルトに手紙を書いたことをアインシュタインが忘れてしまったのも無理はない。実際、彼はレーナルトがなぜわざわざ手紙をくれたのか、おそらく不思議に思っただろう。ひょっとしたら、アインシュタインの高まりつつある名声に興味をひかれたレーナルトが、接点を作りたくなったのかもしれない。アインシュタインに「大切な仲間」と呼びかけ、レーナルトは返事を出すのがあまりに遅くなったことを謝罪し、次のように続けている。

前回の手紙でのあなたの温かい言葉に感謝を述べさせてほしい。学識が深く理解力に富んだ人物が、私の研究を支持してくれるほど心躍ることはない。……電気の速さと関連事項についての私たちの見解は異なるが、それについては私にはもっともっと考えがある。はっきり言って、私たちはある意味両方正しいのだと思う。しかし、私は他の未解決な部分につながる包括的で驚異的な関係をあなたが発見するまでは満足しないだろう。それがわかれば全体

像にうまくはまるのだと私は考えている。……大きな敬意をこめて　あなたの忠実なP・レーナルト

レーナルトの手紙を受け取る頃には、アインシュタインはすでに多くの主要な学術センターから注目されるようになっていた。一九〇八年、彼はベルン大学の無給講師に採用され、さらに一年後、チューリッヒ大学の理論物理学の准教授に就任した。

ミレヴァは夫の昇進に役立った。論文を精査し、資料を調べ、計算をチェックし、写しをとる。だが、ふたりの愛情には陰りが見えていた。別の女性の登場で、アインシュタインの結婚生活はますます崩壊が進んだ。相手はアンナ・マイヤー゠シュミットという若いバーゼルの主婦である。彼女は一〇年前、一七歳のときにリゾートホテルでアインシュタインと出会っていた。彼がチューリッヒ大学に就職した記事を読んで、アンナはアインシュタインに連絡してきた。アインシュタインは彼女の気を引くような手紙を送った。オフィスの住所を書いて、チューリッヒに来たおりには訪ねてほしいと書いたのだ。アンナも同様に気があるような返事を書いたが、夫の手に渡る前にミレヴァがそれを読み、復讐心に燃えて反撃した。アンナの夫に手紙を出し、アインシュタインがこのやりとりで気分を害していると主張したのである。アインシュタインは仲裁しなければならず、シュミット氏に妻の嫉妬を詫びた。

ふたりの関係は、一九一一年に再度打撃を受けた。この頃アインシュタインはプラハに教授と

して着任したが、その後まもない一九一二年には博士号を取得したチューリッヒ大学で教授職に就くことになり、家族をスイスに戻らせている。その年、ひとりベルリンに旅したアインシュタインは、子ども時代の遊び仲間で最近離婚したばかりのいとこ、エルザ・レーヴェンタールに再び連絡をとった。エルザはミレヴァとほぼ同年齢だったが、気性は正反対である。アインシュタインはボヘミア人の陰鬱な妻から離れ、陽気で魅力的なブルジョアのエルザと会ったことで、束の間の自由を味わった。彼は帰宅するとエルザに手紙を書いている。「私には愛する人が必要だ。愛する人のいない人生なんて悲しい。そして愛する人とはあなたのことだ」。その後彼は思い直し、秘密の文通をしばらく中断したが、ロマンスは一年後に再燃し、一九一四年に彼がベルリンでの教授職を引き受けると急速に進んだ。ベルリンへの招聘を引き受けるや、彼はエルザにこう書き送っている。「ふたりで素晴らしい時間を過ごせると思うとうれしくてたまらない」

マイヤー＝シュミットの一件やエルザとの新たな関係は、夫婦間の亀裂が深まる前兆だった。アインシュタインの手紙は悲しい物語を伝えている。一九〇〇年に彼はミレヴァを「Sie」と呼ぶのをやめ、砕けた「du」に変えた。「ドリー」「いとしい人」といった親しみのこもった愛称で呼び、一九〇〇年には次のような下手な詩を彼女に書いている。

おや、まあ！　あのジョニー君ときたら！
欲望で頭がおかしくなりそうだ

ドリーのことを考えていると、
　彼の枕は燃え出すのさ

いとことの不倫を開始したのち（これによって最終的にミレヴァと離婚し、エルザと再婚することになる）、アインシュタインは妻との共同生活を続けていくうえでの条件を一九一四年に書き留めている。

A．ミレヴァが気をつけること。（一）私の服と下着を整頓しておくこと。（二）私が自室で一日に三度きちんと食事をとれるようにしておくこと。
B．社会的な体裁を整えるのに必要な場合を除き、私との個人的関係は一切断念すること。そして私からの愛情は期待しないこと……。私が要求した場合には、寝室あるいは書斎から口答えせずにすぐ出ていくこと。

ミレヴァの役割は、恋人から配偶者、そして召使へと落ちていった。この覚え書きの無慈悲な調子には無量の意味がある。そして単純な愛情移転をはるかに超えた苦さを物語っている。アインシュタインはミレヴァと過ごすことにあまりに疲れ切ったため、残酷さですら正当化できたのかもしれない。

ミレヴァはといえば、ベルリンを嫌っていた。ドイツの都市のなかでもプロイセン色の強いベルリンで、スラヴ人をユダヤ人と社会的に同等とみなす頑固なカースト制に憤慨していたのだ。また、彼女が望んでいる以上に姑の近くで暮らすことになるのも問題だった。母親は嫁をひどく嫌っていた。一九〇〇年にアインシュタインは、恋人への真剣な思いを母親に初めて打ち明けたときの様子を、ミレヴァに次のように書き送っている。当時はさまざまなことがうまくいっておらず、母と息子の恋人との関係は時を追うごとに悪化していた。

家に着くと、ぼくは母さんの部屋に入った（母さんとふたりきりだった）。まずは［最終］試験のことを話さなければならず、そうしたら母さんはごく何気ない調子で「それならドリーはどうなるの？」って聞いてきたんだ。ぼくも何気ない調子で答えたよ。「ぼくの妻になる」ってね。それから次の事態に備えたんだ。母さんはベッドに身を投げ出し、枕に頭をうずめ、子どものように泣いた。落ち着きを取り戻したと思ったら、今度は必死に攻撃してきた。「お前は自分の将来をめちゃくちゃにして、チャンスを潰そうとしているのよ。まともな家ならあんな娘は嫁にしない。もし妊娠でもしたら、おまえは本当にたいへんなことになるよ」

一家がドイツの首都に到着してからほどなく、ミレヴァはアインシュタインと別れ、息子のハンス・アルベルトとエドゥアルトを連れてチューリッヒに戻った。子どもを失ったことは、アインシュタインにとってひどい痛手となる。頻繁に息子に会いに行きはしたものの、とくにハンス・アルベルトは母親から離れない。アインシュタインが息子たちとの関係を修復できたのは何年も経ってからのことだった。

ミレヴァとの別居後、離婚にこぎつけるのにそれほど長くかかるとはアインシュタインも予想していなかった。離婚までには五年の歳月とかなりの苦難を要することになる。離婚をしぶる妻を説得するために、アインシュタインは異例の契約を結んだ。一九一〇年以後、彼はノーベル物理学賞候補として毎年のように名前が挙がるようになっていた。そこで彼が現実にノーベル賞を受賞したら、それによって得られる高額な賞金をミレヴァに与えると約束したのである。離婚の条件として、その金は銀行に委託されることになった。ミレヴァは利子を好きなように使ってよいが、元金はアインシュタインの同意がなければ使うことはできない。彼女が再婚したり死んだりした場合には、金はふたりの息子が相続することになる。

しかし事態の変化により、当初予定したようにはことは進まなかった。次男エドゥアルトは優秀な学生で、精神科医になるという目標をもって医学を学び始めたが、二〇歳のときに健康を害した。彼は統合失調症と診断され、五五歳で亡くなるまで、病状に応じて入退院を繰り返すことになる。治療費に加え、ベルリンで暮らすアインシュタインを襲った深刻なインフレは、関係者全員にかなりの経済的圧迫を与えた。ミレヴァは、とくにエドゥアルトが退院して家で暮らしている間は、金銭的な苦労を強いられた。

　夫婦間のドラマが続く一方で、アインシュタインの研究も着々と進んでいた。彼はレーナルトの助手ヨハン・ヤーコプ・ラウプとの文通を受けて、一九〇九年から一〇年頃にはレーナルトに対する見方を改め始めた。もともとラウプはアインシュタインに、研究所周辺にはレーナルトが暴君だという通説があるが自分はそうは思わない、と書き送っていた。それにもかかわらずラウプの手紙からは、レーナルトの科学的信念とラウプ自身の信念との間に、勤務開始当初から緊迫感が漂っていたことが窺える。一九〇九年五月のラウプからアインシュタインへの手紙に次のようなくだりがある。「私たちはポッケル［ハイデルベルクの教授陣のひとり］の家でレーナルト抜きの私的な会合を開き、相対性理論について議論しました。今後数日のうちに光量子理論に進む予定です。……あなたが来てくださることを楽しみにしています。ハイデルベルクはそう遠いところではありません」

　レーナルトとラウプの対立により、アインシュタインは最終的にラウプの側に付くことになったが、最初からそうだったわけではない。アインシュタインからラウプへのレーナルトを激賞する手紙は、ラウプの手紙と行き違いになった。「私は［あなたがレーナルトのもとで働くという］知らせを聞いてたいへんうれしい」と彼は書いている。「レーナルトのもとで働けるということは、助手手当その他の収入以上にはるかに価値のあることだと思います。……彼は偉大な指導者であるとともに創意あふれる思想家だ！」。こう称賛してはいるものの、アインシュタインは凶兆を感じ取っていたのかもしれない。最後にそれとなく警告している。「おそらくレーナルトは自分が尊敬する人間の前では、非常に愛想がよいでしょうから」

この点でアインシュタインのレーナルトへの尊敬は報いられた。レーナルトは新設されたハイデルベルク科学アカデミーの一九〇九年六月の会議で、ラウプが書いた特殊相対性理論に関する論文の発表すらしている。翌年レーナルトの同意を得て、ラウプは最初の論文をもとに、『相対性原理の実験的原理について』と題する論文を書いた。この論文はヨハネス・シュタルクが編集した本に収められた。将来レーナルトと共謀してアインシュタインを攻撃する人物である。レーナルトとシュタルクの共生関係を考えれば、レーナルトがシュタルクを説得して助手の論文を出版させたのもわかる。いずれにせよ、この一件からレーナルトがアインシュタインの手掛けていた研究に非常に精通していたことがわかる。論文にはその時点でアインシュタインが発表していた論文の完全な目録が含まれていたからだ。

レーナルトとアインシュタインの関係は明らかに「友好的」だったにもかかわらず、ふたりの科学哲学の重要な違いは表面化し始めていた。とくに意見が合わなかったのが量子論についてである。アインシュタインはこの理論を強く提唱していた。このことはとりわけ重要になる。アインシュタインは光電効果の研究においてレーナルトの説に従っていたからだ。とくに彼は新たな物理法則を展開するためにエネルギー量子の概念を用いた。この物理法則は後年彼にノーベル賞をもたらすことになる。アインシュタインの立場は、極小の粒子にかかわる新たな現象を説明するために、古典物理学の制限に見切りをつけようとする彼の意志を反映していた。一方レーナルトは、自分が知っていることに拘泥し、たとえ従来の方法を通すのに非常に複雑な策謀が必要だとしても、一般に認められた原理をあてはめ、修正し、展開するほうを好んだ。一九一〇年に発表した『エーテルと物質について』のなかで、レーナルトは次のように明言している。「私は困難だからといって既存の考えを発展させたり守ったりすることができないとは思わない。なぜなら、そうしなければ、われわれは既存の考えどころか自然の些末な可解性までも退けることになるからだ」

量子論を巡る意見の違いを斟酌してさえ、当時の両者の関係は心温まるものだった。しかしまもなくレーナルトの新物理学への忍耐は限界に達する。アインシュタインに対するレーナルトの好意は、エーテルの問題を巡って薄れ始めた。レーナルトはこの神秘的な媒質が、電磁放射線の空間移動を助け、重力効果にも関与していると考えていた。約二〇〇年間幅を利かせてきたこの考えに、強くこだわっていたのである。アインシュタインの特殊相対性理論ではエーテルが不要になるが、レーナルトにとって、宇宙に関する構成概念からエーテルをはずすことはとても考えられない。彼は「エーテルの仕組みを明らかにするために、たとえエーテルとその組成を立証したあとにさらに別のエーテルについて立証しなければならないとしても」エーテルの存在を主張するつもりだった。

理論物理学者たちがエーテル不要の仮説を示したことにより、エーテル擁護派はなんとしてもエーテルの存在を証明しなければならないと躍起になっていた。一九一〇年から一一年にかけて、レーナルトは共同研究者であるノルウェー人ヴィルヘルム・ビヤークネスが立てた方程式に基づく新たな実験を考案し、ラウプをその実験にあたらせた。レーナルトはラウプが疑問視しているにもかかわらず、エーテルの存在を明らかにする研究をひたすら続けさせたのである。努力は無駄に終わった。もしエーテルが実在すれば、フィリップ・レーナルトのように熱心な探求者にとって、これ以上価値あるものはない。アインシュタインは若き科学者との文通によって、レーナルトとラウプの間に緊張が高まるのを遠くから見ていくうちに、自分が称賛してきた人物の暗黒面に気づいた。

エーテルの存在をラウプが証明できなかったことにレーナルトが落胆したのは明らかである。自分が間違っている可能性を認めたくなくて、レーナルトは実験結果が思わしくないのはラウプのせいだと責めた。レーナルトは一九一一年二月にビヤークネスに手紙を書き、ラウプが与えられた研究の原理に納得していないと述べている。「ラウプ氏のために一生懸命お膳立てをしてきたというのに、彼はいつも相対性原理のことばかり考えている。私は彼が正しいはずはないといつもひどく心配している」

アインシュタインと同じく、レーナルトも私生活が研究に没頭する妨げになった。彼の息子ヴェルナーは子どものときから病気がちで、青年になっても健康面で問題を抱え続けていた。ヴェルナーは病気のために大戦中軍務に就かずに済んだが、レーナルトのような大の国粋主義者にしてみれば、それは屈辱的な衝撃にほかならない。レーナルトの見立てでは、息子が病気なのは「個人を無視する偏狭な学校教育と戦争中の栄養不良に悩まされた」せいだった。一方、娘のルートは学問好きな女性に成長した。父親の強い反対にも負けず、ルートは教師になるという目標のもと、歴史と言語を学ぶために大学入学に必要な資格をひそかに取得した。

最終的にレーナルトとアインシュタインの関係が悪化した原因には、科学的な違いだけでなく個人的な違いも影響した。光電効果について研究する着想を与えてくれたと称賛されたことにレーナルトは当初喜んでいたが、アインシュタインに対する評価はより否定的なものに変わっていく。一九一五年にアインシュタインは一般相対性理論に関する最初の論文を発表し、特殊相対性理論で述べたような定常状態だけでなく、すべての物理的環境に当てはまるよう概念を広げた。彼は自分の理論を実験的に証明するため、水星の近日点について説明することにした。水星の軌道で太陽にもっとも近づくこの点が、なぜケプラーの法則に反して軌道を一周するごとにずれていくのか、解明されていなかったからだ。

アインシュタインの批判者たちは攻撃を続けた。熱心な反相対性派の科学者エルンスト・ゲールケもそのひとりだ。彼は後年アインシュタインの信用を落とすべく、レーナルトと結託することになる。一九一七年、ゲールケは《アナーレン・デア・フィジーク》誌に、パウル・ゲルベルという物理学者による一九〇二年の論文を再掲載させた。ゲルベルは相対性理論を用いなくても近日点移動を説明できる式を案出していたのだ。ゲルベルの論文に注目を集めることで、ゲールケはアインシュタインがゲルベルのアイデアを盗んだと主張するチャンスをつかんだ。彼はアインシュタインの先取性と品位を一気に攻撃した。これがアインシュタインは盗作者だとする、批判者たちの嵐のような告発の第一弾となる。アインシュタインがオーストリアの無名の物理学者フリードリヒ・ハーゼノールの研究を盗用したというレーナルトの主張も、そのひとつだ。

当時オムニバスの論文集『放射能・電子工学年鑑』の編集者だったヨハネス・シュタルクにレーナルトが宛てた手紙からも、レーナルトがゲールケと結託していたのは明らかだ。ゲールケがゲルベルの論文を再掲載させたあとで、レーナルトは次のように書き送っている。「私が書いた、……エーテルと重力についての短いオリジナルの文章を……年鑑ですぐに発表できるかどうかをお尋ねしたい」

シュタルクはこう答えている。「私の編集済みの年鑑に、エーテルと重力に関するあなたの論文を喜んで掲載しましょう。……ゲルベルの研究をあなたがともに支持してくださるとは、じつに価値あることです」。アインシュタインの一般相対性理論に直接言及する形で、シュタルクはこう続けている。「ゲルベルの論文は物理学的に熟考されており、私から見れば、よくある理論ばかりの論文よりもずっと好ましい。その手の論文は、弁証法的な魔法を使って難解な物理学の問題を解決したふりをしているにすぎません」

レーナルトはすぐに自分の論文を掲載してくれることへの感謝を述べている。この論文にはいくつかの目的があった。エーテルが存在する根拠を補強する、ゲルベルのアイデアをアインシュタインが侵害したことを正す、一般相対性理論の弱点を立証する、といったことだ。レーナルトは次のように述べている。「重力をエーテルで説明すること［当時放射性の磁気波として働くと信じられていた］……は私には非常に価値あることに思える。なぜなら、それでこそすべて筋が通るからだ」

レーナルトにとっては不運なことに、さまざまな事情が重なって、彼は守勢に回らざるを得なくなる。《アナーレン・デア・フィジーク》誌のまさに次の号で、非常に尊敬されている天文学者フーゴ・フォン・ゼーリガーとアインシュタインの親友マックス・フォン・ラウエが、ゲルベルの論文を批判したのだ。そうなればレーナルトは、彼らの主張に反論するか、あるいはアインシュタインについての由々しき懸念を撤回するかのどちらかを選ばねばならない。当時、彼は研究所にかかわる科学上および管理上の問題で多忙を極めていたため、後者を選択し、シュタルクの年鑑には別の論文を提供した。興味深いことにこちらの論文は、アインシュタインの特殊相対性理論と、さらには一般相対性理論のかなりの部分を認めている。しかしレーナルトは、「この原理は一般化することは断念しなければならず、すべての運動の相関性を主張するのではなく、重力のような質量に比例する力の影響下で継続する運動にとどめなければならない」と考えた。

互いに激励しあった歴史を考えれば、アインシュタインはレーナルトの攻撃に戸惑いを覚えたに違いない。彼は《ナトゥール・ヴィッセンシャフテン》誌に『相対性理論に対する反論についての対話』を発表し、応酬した。これは「相対性論者」の擁護論に対し仮想の「批判者」が議論を戦わせるという、上品で創造的な意見交換を綴ったものである。架空の議論は定型化され丁重で、批判者の弁解がましい調子で始まり、ゲールケの盗用疑惑に直接言及している。

批判者：あなたをあまりいらいらさせてはいけないし、この（どのみち避けることができない）議論をあなたに喜んで始めさせるのもどうかと思うので、率直に言わせてもらおう。私は仲間の多くと違って、（科学読み物を扱う新聞記者や演劇批評家のような）超人的な洞力と確信に満ちた至高の存在として活動するために協会の地位に専念しているわけではない。……また、私の仲間が最近やったことだが、地方検事のようにあなたに食って掛かったり、知的財産の盗人だと責めたり、あるいは同じくらい恥ずべき行為をしたとして責めたりしようとは思わない。

そのあとに、批判者と相対性論者との広範なやりとりが続く。話題は超高速と時間の経過の緩徐化の関係、急減速の効果を考えるためのさまざまな視点、水星の近日点に及ぶ。そういった論点を簡潔に描写することで、アインシュタインは相対性がどのように誤解されているかを説明することができた。アインシュタインが創造したこの架空の議論の世界では、批判者は相対性の論理を条件付きではあるが認めている。

批判者：あなたの最後の発言を聞いて、私は相対性理論の矛盾点を導き出せない気がしてきた。……実際、この理論には矛盾がまったくないように思えるが、だからといって、この理論を真剣に考えるべきだということにはならない。

とくに水星の近日点に関しては、アインシュタインは自分の理論の正当性というよりは明白な妥当性を主張し、レーナルトに再反論している。

相対性論者：水星の永年の近日点移動は、解明しなければならなかった。もちろん天文学者はこの近日点移動に気づいていたが、ニュートン理論ではこの現象を説明することができなかった。……原則的に座標系が同等な価値を持つとすると、一部の物理システムを検討するのにあらゆる座標系が等しく便利だとは言えない。……しかし原則に基づくと、相対性理論はどの座標系でも等しく有効である。

批判者はアインシュタインが論じた特定の例について納得する。しかし批判者は我慢できない。したがってもうひとつ質問することになる。ここでアインシュタインが批判者に述べさせている内容には、レーナルトにこんなふうに話してもらいたいというアインシュタインの願望がこめられているように思われる。

批判者：この対話の結果、あなたの見解に反論するのが以前考えていたほどには簡単でないと認めざるを得ない。口にしていない反論はまだある。だがその反論であなたを悩ませる前に、私は今交わした内容についてじっくり考えてみたい。……純粋な好奇心から尋ねよう。理論物理学者の多くが明確にないと断言するエーテルについてはどうなのか。

相対性論者：もしエーテルが存在するなら、各時空点で、ある定まった運動状態があるはずだし、光学的にも役割を果たしていなければならなくなる。特殊相対性理論からわかるように、そのような定まった運動状態はない。そういうわけで、従来言われてきた意味でのエーテルは存在しない。……物質も電磁場もない空間は、完全に空っぽであるように思われる。……このような状況から、時空内の各点ごとに異なる状態を持つエーテル、いわば一般相対性理論のエーテルがあると考えることもできるだろう。ただひとつ注意すべきは、こちらのエーテルに、他の物質と同様の特性があるとは考えないようにしなければならないということだ。

レーナルトは一九一八年に反撃に出た。以前書いた論文、『相対性原理、エーテル、重力について』を改訂し、独立した刊行物として出したのである。アインシュタインの論文に登場した従順な批判者と異なり、レーナルトは喜んで同意などしていない。彼の文章には辛辣な棘がある。

「アインシュタイン氏が『相対性論者』と称して説明した内容に……私は納得しなかったし、今も納得していない。彼は一番重要な点にほとんど、あるいはまったく触れていない」

両者の根本的な違いは、アインシュタインがすべての基準系が等しく妥当だと主張している（たとえば電車や駅は基準点として等しく役割を果たす）のに対し、レーナルトは「単純で安定した共通感覚」を支持し、ある基準系を他のものよりも支持している点だ。この不満、つまりアインシュタインの相対性理論の適用には共通認識が欠けているという不満は、レーナルトをはじめとするアインシュタイン批判者にとって長く続くテーマとなる。

レーナルトとアインシュタインとの会話はこの議論をもっていったん終わり、一九二〇年のベルリンとバート・ナウハイムという公の場での対立まで持ち越されることになる。世間における現実的なできごとのほうが優先したからだ。第一次世界大戦は一九一八年一一月に終結した。皇帝は退位し、数世紀にわたる君主制は幕を閉じた。その後の政治的空白を埋めた無力な共和制は最初から汚名を着せられていた。連合国の補償要求はドイツじゅうに失業と貧困を蔓延させる結果になった。極右の国家主義者と労働者を味方につけた社会主義者や共産主義者の闘争は、命がけの暴力沙汰に発展した。昼間は不安と怒りと暴力に満たされ、夜間は刹那的な快楽主義の表れとも言うべきお祭り騒ぎに充てられた。

一方、アインシュタインは屈していなかった。相対性理論に対して高まりつつあった自然科学者の支持をさらに強固にしようとしていたのである。一九一九年の日食の際に行われた観測は一般相対性理論の予測の正しさを裏づけ、アインシュタインの理論への信頼性が強まったおかげで、彼は思いもよらず国際的な著名人となった。同じ年、ミレヴァとの離婚が成立した直後に、彼はエルザと結婚した。エルザとアインシュタインの間には暗黙の協定があり、これは互いにとって好都合な結婚となる。

エルザは有名人の伴侶として暮らし、結婚によって手に入れた社会的地位、旅行、楽しみを満喫した。アインシュタインは仕事に集中できるとともに、エルザが日常生活の雑事を処理してくれる一方で、もっと優美で情熱的な相手との恋愛を許してくれると知って安心した。アインシュタインには結婚後も幾人かの恋人がいて、少なくとも何回かは情事についてエルザと話し合っていたことが、その手紙から窺える。社交界の有名人である恋人エテル・ミハノフスキーについてエルザに書き送った手紙も残されている。

M夫人はキリスト教とユダヤ教の最上の道徳に従って行動している。（一）人は楽しめること、他人に害を与えないことをすべきである。（二）人は喜べないこと、他人をいらだたせることをすべきではない。夫人は（一）に基づき私について来た。そして（二）に基づき君に何も言わなかった。非の打ちどころがないと思うのだが？

終戦直後、レーナルトは研究所で全面的に支配力を強め、学生や助手にさらによそよそしい態度をとるようになった。彼は一人息子の死を嘆き悲しんだ。「あの子は戦争に行く名誉すら与えられなかった。……あの子が亡くなって、私の名を継ぐ者はもう誰もいない」。レーナルトはますます過激さを増していく。当時巷には、ドイツ軍は戦いで負けたのではなく平和主義者や共和制主義者や講和を求めるユダヤ人による「背後からの一突き」にやられたのだという噂が広まっており、この常軌を逸した考えを彼は信じるようになった。レーナルトの自伝にはこの時期のことが詳述されており、次のような一節によって、彼がこの頃から反ユダヤ主義を募らせていた様子が窺える。

軍が四年後に帰還してきたとき、戦いで敗れたわけではない彼らはこれまで受け継がれてきたものが精神的に滅ぼされてしまったのに気づいた。……相対性理論はまもなく表舞台に立って偽りの開花を遂げ、科学雑誌に突然頻繁に取り上げられるようになる。誰が大戦の真の勝者かを、十分な知識のない人々ですらしだいに理解するようになった。そうでなければ、こういったことも把握されなかったかもしれない。ユダヤ人は今や自由にユダヤ的精神を展開している。

一九二〇年にレーナルトは五八歳、アインシュタインはいくぶん若い四一歳だった。レーナルトは一九一八年のアインシュタインとの論争をいったん脇に置き、もっと急を要する懸案事項に注意を向けたが、忘れていたわけではない。彼らの一触即発の対立は、まさに一大事件に発展しようとしていた。

# 第四章　興味深い夕べ

ハイデルベルクの物理学研究所にあるオフィスで、フィリップ・レーナルトは《テークリッヒェ・ルントシャウ》紙の一九二〇年八月六日号から目を上げ、微笑んだ。「純粋科学を保護するためのドイツ人科学者研究グループ」という名のもと、彼とまともな考えを持った仲間たちが、健全な物理科学を取り戻すべく一斉攻撃を開始したのである。大見出しはページから飛び出さんばかりだった。「アインシュタインの相対性理論は科学的な集団ヒステリー」。記事は、アルベルト・アインシュタインと彼に好意的なベルリンの報道機関が、詐欺的な相対性理論で大衆を欺くために故意にばかげた宣伝活動を繰り広げている、と非難する内容だった。署名欄の名はパウル・ヴァイラント。レーナルトが五日前にまさにこのオフィスで会ったばかりの人物だ。

相対性理論を攻撃する急先鋒としても知られるこの著名な科学者は、ヴァイラントの激烈なアーリア人精神、そして「非ドイツ人」アインシュタインに対する大衆の崇敬を消し去りたいと望む率直さに感動した。さらに彼の身分は、レーナルトが計画しているより広範な目標と完璧に合致した。ヴァイラントは超国家主義的なドイツ国家人民党の積極分子で、反ユダヤ主義の雑誌《ドイチュ・フェルキッシュ・モーナッツヘフテ》の編集者だったからである。彼は化学エンジニアになる教育を受けたと主張していたものの、それを証明する書類を提出できず、ドイツで急成長した胡散臭い極右政治グループの広報係として生計を立てていた。ヴァイラントを批判する人々によれば、半分だけ真実を話すことによって大衆の心の底にある激情を煽る特別な才能が、彼にはあるという。レーナルトはヴァイラントを利用して、アインシュタインの自己宣伝と相対性理論人気を徹底的に攻撃できると考えた。新聞記事を読み返してみたが、ヴァイラントが適材で、計画の達成を妨げるような良心を持ち合わせていないことはやはり間違いない。

ヴァイラントはこの時代のために生まれたような男だった。ベルリンは第一次世界大戦の余波で大きく変化していた。くそまじめなプロイセン人がありがたがる厳格で陰気な都市から、なんでもやる活気にあふれた都市になったのである。がんじがらめの道徳観から解放されて、市民は科学、文化、芸術の分野で目新しいものを追求した。カフェ、キャバレー、エロティックなナイトクラブは早朝まで営業していた。

同時に、政治の空気は緊張をはらんでいた。ドイツは懲罰的な停戦条約であるヴェルサイユ条約に調印した結果、三三〇億米ドルに相当する賠償金を請求されていた。狂乱インフレにより多くの市民が一生涯の貯金を数週間で使い果たした。戦前にはドイツマルクは一ドルあたり約四マルクで取引されたが、交換レートは一九二三年七月に一ドル一万八〇〇〇マルクに、五か月後には四〇億マルクにまで下落した。

貧困は過激で反動的な政治グループの狂暴なごたごたを引き起こし、それが脆弱なヴァイマル政府を脅かした。一九二〇年だけを例にとっても、ヴァイラントが反アインシュタインの攻撃文を掲載するまでの間に、国家主義の活動家がすでにかなりの破壊行為を扇動している。右派のリュトヴィッツとカップの一派によって企てられたクーデターは、もう少しで政府を打倒できるところまでいった。ゲッティンゲンでは大学生の自治会の代表団が、ドイツの全大学からユダヤ人学生を追放するよう提案した。「ユダヤ人問題」はドイツ労働者党（ＤＡＰ）の演壇でも叫ばれている。二月にミュンヘンのホーフブロイハウスの大ホールで、二〇〇〇人の興奮した支持者を前に、アドルフ・ヒトラーが国家の威信を回復するための二五か条の党綱領を発表したのだ。綱領のなかにはヴェルサイユ条約の破棄、国内のユダヤ人からのドイツ市民権剝奪も含まれており、ヒトラーはドイツの経済不振の元凶は多くがユダヤ人にあると主張した。

ＤＡＰは金属工のアントン・ドレクスラーとジャーナリストのカール・ハラーが一九一九年に創設した新興の党である。結成時のメンバーは二四人で、ほとんどがミュンヘンの鉄道施設にいたドレクスラーの友人たちだった。ＤＡＰの会合は小さなパブの奥まった部屋で開かれていたが、やがて党はミュンヘンのビアホール、シュテルネッカーブロイ、それからガストハウス・コーネリウスに事務所を構える。皮肉なことに、アドルフ・ヒトラーはもともと政府のスパイとしてＤＡＰに入党した。ドイツ軍は戦後も兵として残っていたヒトラー伍長をＤＡＰに潜入させ、党の活動についての情報を仕入れさせたのだ。ヒトラーはこの組織の政策に夢中になり、まもなくDAPの議長となる。

ヒトラーはまたたく間にDAPを滑稽な非主流派のものまね政党から地方選挙でまじめに戦える政党へと変えた。そして組織名を国家社会主義ドイツ労働者党（NSDAP）に変えた。ナチという呼び名のほうが有名だろう。彼は敵対する政党が集会に乱入するのを防ぐため、新たに若者を党に呼び込み、これが民兵組織である「褐色シャツ」、つまり突撃隊の前身となった。命令には絶対服従だった。

ヴァイラントはアインシュタインに対する恨みごとを一般市民にぶつけた。彼らの多くはドイツの厳しい経済状況によってすでに急進化していた。ユダヤ人迫害者を標榜するヴァイラントは、DAPが「ユダヤ人問題」についてあまりに手ぬるいと公に叱責し、外国人に対する聴衆の被害妄想に付け込んだ。彼はアインシュタインが他人の論文を盗用したと非難し、相対性理論は「とんでもないはったり」にすぎないと結論づけている。露骨な反ユダヤの言葉を使わなかったにもかかわらず、彼はユダヤ人であるアインシュタインを真のドイツ人として信頼することはできないのではないかという疑いの種を植えつけた。また、記事のなかで「特定の報道機関、特定のコミュニティ」を引き合いに出し、彼らを非難した。アインシュタイン支持の宣伝キャンペーンを行い、アインシュタインの理論に賛成する雰囲気を国民のなかに作り上げ、彼らの祖先のために人気者を作り上げようとしたというのがその理由である。ヴァイラントが指しているのが一部の人間から「ユダヤ人の新聞」と呼ばれている《ベルリナー・ターゲブラット》紙のことだと、レーナルトにはわかった。実際、ベルリンで少しでも過ごしたことのある人間なら誰でもわかっただろう。

「研究グループ」の人間は、ヴァイラントの告発の証拠は議論の余地がないと考えていた。物理学界では、理論家と実験主義者との間に大きな亀裂がある。たんなる学問的な違いではない。文化的な違いでもあった。レーナルトは最近の《ベルリナー・ターゲブラット》の記事に激怒していた。アインシュタインの数学的に推定される理論（ユダヤ人の科学にありがちなことだ）と、ニュートン、コペルニクス、ケプラーといった不朽の名声を持つアーリア人実験主義者の業績とを比較するというばかげた真似をしたからである。その筆者はますます調子に乗って、アインシュタインの理論を「天からの神託」にまでなぞらえた。この手の大げさなレトリックにそそのかされて、アインシュタインを巡る大衆の熱狂はとんでもない域にまで達している。そうなった真の原因はアインシュタイン自身にある。自己宣伝にかかわるなど、真の科学者にはふさわしくないことなのに。

ヴァイラントとの会見の翌日、レーナルトは若き同志ヨハネス・シュタルクに手紙を書き、会見の内容を知らせた。「ヴァイラント氏は非ドイツ人の影響を食い止めるというわれわれの計画に熱狂的に賛同してくれている。彼とは昨日ここで会った。われわれはドイツ人科学者の研究グループが科学の純粋性を維持するための計画について話し合った。私がとくに示唆しておいたのは、彼と君とでやることが重複して非効率的にならないよう連絡を取り合うこと、そしてバート・ナウハイム（翌月に年一回のドイツの重要な科学会議が予定されていた）でのわれわれの計画に不利な影響を与えないようにすることだ」

レーナルトとヴァイラントの利害が一致して、広範な反相対性キャンペーンの計画が始動した。ヴァイラントの記事はほんの始まりにすぎない。あのユダヤ人は今なお注目の的だが、まもなく移り気な世論の変化を経験することになるだろう。八月六日、ヴァイラントは計画を次の段階に進めると知らせてきた。「研究グループ」で相対性理論を攻撃する講演会を催そうというのだ。レーナルトの指図で、ヴァイラントは公開講演会を計画した。弁士となるのは、非常に評判の高い真のドイツ人実験主義科学者二〇人。彼らはアインシュタインの数学的詭弁と伝統的な科学的思考の否定が嘘だと非難してくれるだろう。

レーナルトの知らないうちに、ヴァイラントはレーナルトとさらに他の幾人かが講演に同意したとしてリストに記載した。実際は、その時点で彼らは参加を承知してはいない。事実、レーナルトはヴァイラントの誘いをはっきりと断っている。著名な科学者であるレーナルトは、すでにアインシュタインの理論の本質的な部分に異議を唱えていることが公に知られていた。ヴァイラント（実のところ、ただの扇動家にすぎない）とあまりに親しく見られるのは望ましくなかったのだ。このような不快な人物につながっていると大衆に思わせるのは得策ではない。レーナルトはさしあたり表には出ないことにした。機が熟したら登場するつもりでいたのである。

レーナルトにとって、アインシュタインはドイツの研究者につきまとうはるかに大きな問題の象徴だった。彼の理論は、ユダヤ人が科学についてどう考えているかを如実に示していた。すべて理論。実験による裏づけは不十分だ。実験はドイツの科学思想の根幹であるというのに。相対性理論は数学的なまやかしにすぎない。アインシュタインがばかげたことを書きなぐった紙と同じくらい薄っぺらな、信用できない知の神殿なのだ。最終的にレーナルトは四巻からなる著書『ドイツ物理学』のなかで、「ユダヤ人の科学」の品位について詳細に述べることになる。今のところ、主たる告発についてのヴァイラントとレーナルトの意見は一致していた。アインシュタインは迎合する報道機関を抱き込んで、支持することなどとうてい不可能な理論を宣伝させている。世間では、彼の理論がアーリア人の考えてきた自然律をしのぐとまで言われるようになってしまった。

アインシュタインが神にも近い扱いを受けていることにレーナルトはいらだち、真のドイツ人として状況を正すのが自分の務めだと考えるほどになった。「それからあのユダヤ人が登場し、エーテルの概念を捨て去って大混乱を引き起こしたのだ」と彼は当時書いている。「まったくばかげたことだが、権威ある長老格の学者たちまでもが彼の意見に従っている。あのユダヤ人と対決して突然無力さを感じたのだ。こうしてユダヤ人の精神が物理学を支配し始めた」

だまされたのは大衆だけではない。科学者仲間も同様だ。真のアーリア人精神を持った自然科学者たちが今こそ進んで団結し、ユダヤ人の影響を断ち切らねばならない。私の指揮のもと、

「研究グループ」はこの粗悪で厭世的な原理を打倒するのだ。「研究グループ」はアーリア人の科学をそのあるべき場所に戻す。人間の知的業績の究極の表明だ。

アインシュタインを批判して二週間が過ぎた八月二四日、ヴァイラントは一六〇〇席を擁するベルリン・フィルハーモニック・ホールの演壇に立った。この催しについては、彼とその一味が広範な宣伝を打っている。ヴァイラントは幸せそうにホールを見渡した。三つのオーケストラ用の区画から中二階桟敷席、正面桟敷席へと視線を移す。どの席も埋まっており、見晴らしのよい場所を選んで立ち見をしている者たちもいた。ベルンブルガー通りに建つネオクラシック様式の白い煉瓦造りの建物の外、そして表玄関に続く広い階段では、右派組織の代表が、ユダヤ人の世界主義の危険性を力説するブックレットを通行人向けに山と積み上げている。ホールのロビーでは露店商人が、鉤十字の襟章や、一般相対性理論に異議を唱えるレーナルトの小冊子『相対性原理、エーテル、重力について』の第二版を売っている。文字どおり、そして比喩的にも、ヴァイラントがアインシュタインと彼の論文に抗議するお膳立ては整った。

「紳士淑女の皆さま方」とヴァイラントは始めた。「科学システムが一般相対性理論のようにプロパガンダを行って構築されることなどめったにありません。さらに詳しく調べたところ、一般相対性理論には何よりも証拠が必要だということが判明したのです」。ヴァイラントは故意に露骨な言い方をした。アインシュタインの理論はたしかに数学的な推論に基づいている。しかし一九二〇年の時点では、理論の裏づけとなる実験的証拠がまったくなかったわけではない。実際、ヴァイラントの講演会に出席したもっとも情報に疎い者でも、イギリスの探検家アーサー・エディントンの観測については知っていただろう。

エディントンはブラジルとアフリカ西海岸への科学調査隊を組織し、一九一九年の日食の結果起こる現象を観測した。一番の目的は、アインシュタインの一般相対性理論から引き出される予測の正しさを評価することである。理論が正しければ、太陽の重力のせいで、遠くの星から放射された光は太陽の近くを通る際に曲がって見えるはずだ。短い皆既日食の間に太陽の近くにある目に見える星の位置を広範囲で写真に撮り、エディントンはアインシュタインがほぼ予想したとおりの角度で、わずかにだが紛れもなく光が曲がることを確認した。一九一九年一一月にイギリス王立協会に提出されたエディントンの調査報告書は、アインシュタインをスターダムへと押し上げた。エディントンの立証により、メディアはアインシュタインが古典物理学を打倒し、新たな科学世界の秩序を創り出したと宣言した。

ヴァイラントはエディントンの発見を無視するだけでなく、水星がもっとも太陽に近づく点、すなわち近日点が周回ごとに少しずつずれていく現象が一般相対性理論によってうまく説明できるという点にも触れていない。その結果、彼は科学的な討論を省いて（いずれにせよ彼にそんな能力はない）、予定どおりの議題に話を向けることができた。聴衆が無知であることを確信したヴァイラントは、デマゴーグとしての本領を発揮して、ユダヤ系新聞が画策した相対性理論を支持する宣伝活動の首謀者はアインシュタインだと非難した。彼らはアインシュタインの相対性理論を広めることで、でっちあげが真実であると純真な大衆に思い込ませているのだ、と。
アルベルト・アインシュタインはその晩聴衆席にいて、義娘のマルゴットと桟敷席に座ってい
た。ときには侮辱的な批判に笑い声をあげたり拍手したりして、周囲の人には、彼が面白がって
いるように見えたという。一五分の休憩に入るとヴァイラントは罵倒を中断し、六マルクという
割引価格で『相対性原理、エーテル、重力について』を買うよう聴衆に呼びかけたが、そんな居
心地の悪い雰囲気のなかでさえ、アインシュタインは平静を保っているように思われた。彼は引
き続き行われたエルンスト・ゲールケによる講演も穏やかに聞いていた。ゲールケは相対性理論
とその発案者が「科学的な集団催眠状態」を引き起こしたと非難した。
そういった態度をとってはいたものの、アインシュタインが何も感じていなかったわけではな
い。彼は反ユダヤ主義の風潮が高まりつつあるのを熟知していた。ユダヤ人に対する露骨な中傷
はなかったものの、彼はその晩の本当の目的が科学的なものではなく政治的なものであることを
理解していた。アインシュタインが「非ドイツ人」だという非難の裏には、真の意図があった。
おそらくドイツ全土でもっとも有名なユダヤ人として、かつて国家主義を「人間に寄生するサナ
ダムシ」と形容したことで有名な進歩的国際主義者として、そして平和主義者であるとともに
ヴァイマル政府の擁護者として、アインシュタインは自分が反動的な活動家の標的になるのはや
むを得ないと認識していた。とはいえ、その晩の催しが精巧に計画され準備されていたこと、さ
らにはヴァイラントの非難に込められた憎悪は彼を驚かせたに違いない。

八月二七日、アインシュタインは《ベルリナー・ターゲブラット》に「反相対性理論会社に対する私の回答」という皮肉なタイトルの文章を寄稿し、反撃に出た。フィルハーモニック・ホールの主な参加者としてまず標的にされたのが、ヴァイラントとゲールケである。

「寄せ集めの集団が団結し、『純粋科学を保護するためのドイツ人科学者研究グループ』という仰々しい名のもとに会社を興した。その目的はただひとつ、非科学者の目で相対性理論、さらにはその発案者である私個人を中傷しようというのである。……ふたりの弁士が私のペンで回答する価値もない人間であることは十分に承知している。というのも、この企みの奥底には真実の探求以外の動機があると考えるのが当然だからだ。……私が回答するのはただ、善意ある人々から私の考えを知りたいという再三の要求があったからである……」

記事はさらにヴァイラントを酷評している。「……まったくの門外漢と思われる（彼は博士なのか？　技術者？　それとも政治家？……）」。それからゲールケのだまされやすさをたしなめ、アインシュタインをばかにするためにアインシュタインの無関係な発言を取り上げた点を非難した。

アインシュタインは次に自分の理論の正当性を主張した。彼を根本的に支持してくれると思われるドイツの著名な科学者を多数挙げた。マックス・プランク、アルノルト・ゾンマーフェルトといった人々である。そのあとでフィリップ・レーナルトをその晩の黒幕のひとりとして名指しした。「国際的に評価されている物理学者のなかで」と彼は続けた。「相対性理論を無遠慮に批判しているのはレーナルトだけだ」

アインシュタインがそこでやめておけば、おそらくその後の不和はかなり避けられただろう。しかし、彼は自制できなかった。「私は実験物理学の師としてレーナルトには敬服しているが」とアインシュタインは書いている。「……彼は理論物理学ではまだ何も功績を残していない。私が今まで詳細に回答する必要はないと感じてきたのは、彼の一般相対性理論に対する反論があまりに薄っぺらだからだ」

記事の終わり近くで、アインシュタインは講演会の共謀者だとして、とくにレーナルトの名を挙げた。「こういった状況下で、ゲールケ氏とレーナルト氏が私に対する個人攻撃を開始したのは、この分野の真の専門家からは不当だと一般的に考えられている。私はそんなことについて無駄口をたたくのは品位にかかわると考えていた」

一九二〇年八月の講演会に対する反応は、両陣営で過熱した。アインシュタインの反論について綴ったゲールケの手紙が、黒い森（シュヴァルツヴァルト）で休暇を過ごしハイデルベルクに戻ったレーナルトを待ち受けていた。同じ日に、事件のあらましを説明したシュタルクからの手紙も届いている。「アインシュタインのスキャンダルについての記事をおそらくご覧になることでしょう。最近ベルリンでも地方でも繰り返し報じられていますから。アインシュタインはあなたの理論物理学への貢献を否定し、表面的なことだけを取り上げて判断したのです」

講演会に加担したというアインシュタインの非難は真実以外の何物でもなかったが、レーナルトは苦労して黒子に徹しようとしたのにかかわりを非難されて非常に憤慨した。九月八日付けのシュタルクへの手紙でレーナルトはこう述べている。

私はアインシュタイン氏とフォン・ラウエ氏［アインシュタインの友人で一九一四年のノーベル賞受賞者。フィルハーモニック・ホールでの催しへの批判も表明した］があの件に固執していること、そして私に刃向かえると考えていることに驚いている。……私の反論は純粋に事実に基づいており、一般相対性理論の誤りを証明するものだ。それゆえに、アインシュタインは駄々をこねず正しく立証しなければならない。……要するに、［彼の理論を］無視する、あるいは却下する側の人間でないなら、……私はアインシュタインにかかわりたいとはほんの少しも望まない。

講演会にレーナルトもかかわっているとアインシュタインが新聞で推断したことを知って、レーナルトはアインシュタインに対しさらにいっそう敵意を抱くようになった。以後、彼の言葉も書く内容も、露骨に反ユダヤ的になっていく。最初は科学的立場での対立だったものが、ごく個人的な対立に変わっていったのである。

アインシュタインを支持する人々のなかには、アインシュタインがうっかり感情を先走らせて、証拠もないのにレーナルトがかかわったと非難したのではないかと懸念する者もいた。アインシュタインの友人や崇拝者の多くは、彼が身の危険や正しく評価されていないことに不満を抱き、歓迎される国に移住してしまうのではないかと案じた。オランダのライデン大学にいる友人パウル・エーレンフェストが、とくにアインシュタインをオランダに呼ぼうと懸命で、おそらく教授職に就けると申し出たのは周知の事実である。アインシュタインが移住に関心を示せば、他にも誘いが来ることは誰の目にも明らかだった。

六年前、チューリッヒで教授職に就いていたアインシュタインをベルリンに招聘するのは容易なことではなかった。当時彼はプラハ・カレル大学での短い在職期間を終え、チューリッヒに落ち着いたところだった。アインシュタインの星が流星軌道に乗って上昇しつつある頃の話だ。彼はドイツに移るにあたり前代未聞の心遣いを求め、承諾された。カイザー・ヴィルヘルム物理学研究所の所長とフンボルト大学の教授職を兼任したうえで、授業は最低限しか受け持たなくてよいという取り決めがなされたのである。彼を招聘するのに精力を注ぎ込んだ者たちは、今になって努力が水の泡になることを恐れた。ほかにいくらでもやりようはあったろうに、彼はなぜあれしきの災難に耐えられなかったのだろうか。

ベルリンでは反ユダヤ的な空気が高まりを見せていたにもかかわらず、アインシュタインはおそらくこの時点では、ドイツを去ることを真剣に考えてはいなかった。しかし、当時の人々にはそうは見えなかったのかもしれない。ベルリンの多くの新聞への公開状で、マックス・フォン・ラウエ、ハインリヒ・ルーベンス、ヴァルター・ネルンストは、現在のポストにとどまり続けるようアインシュタインに懇願している。また、ノーベル賞受賞者マックス・プランクとドイツ物理学会会長アルノルト・ゾンマーフェルトは私信で、アインシュタインがベルリンに引き続きとどまることを支援すると強調した。とくにゾンマーフェルトは、近づきつつあるバート・ナウハイムの会合でのあからさまな衝突を避けるひとつの手段として、ふたりの科学者の和解に尽力した。レーナルトが八月二日付けのシュタルクへの手紙で触れている会合だ。

ゾンマーフェルトは、物理学者のマックス・ボルンからアインシュタインの手紙を見せられ、停戦が成立するかもしれないと勇気づけられた。手紙には「誰でも愚行という祭壇に生贄を捧げる必要がある。……あの記事のなかで私はそれをやったのだ」と書かれていた。ゾンマーフェルトはアインシュタインにレーナルトへの謝罪の手紙を書くよう、そしてもしレーナルトが要求するなら、彼に対する批判を公の場で取り消すよう求めた。代わりにゾンマーフェルトは、バート・ナウハイムで議長を務めるフリードリヒ・フォン・ミュラーに頼んで、ヴァイラントがかかわった論争に対する警告を開会挨拶のなかで述べてもらうことを約束した。同時にゾンマーフェルトはレーナルトに手紙を書いて、アインシュタインに要求した内容を伝えた。

しかし、ふたりの科学者の間に礼節が甦るのではないかという望みは、レーナルトが次のような返事を寄こした時点で疑わしくなった。

アインシュタイン氏が私に謝罪し、さらにはことをうまく収めるために私からも彼に適切な対応をとるという提案を、私は憤りとともに拒否せざるを得ない。アインシュタイン氏の私に対する見解は、読者からすれば私をけなしているようにしか見えないだろう。あの見解はアインシュタイン氏が私個人を軽視している何よりの証拠であり、私から言質をとり、要求に応じて尊敬しているかの態度をとるというなら、彼の変わり身は非常に驚くべきことだと言えよう。

大げさな、非常に堅苦しい言い方で、レーナルトは自分が間違いなく公の場で恥をかかされたこと、それにより精神的苦痛を受けたことを明らかにした。ヴァイラントやあの晩の他の主催者たちと実際に共謀していたにもかかわらず、レーナルトは明らかに自分がアインシュタインに名指しされたのは不当だと感じていた。

アインシュタイン氏は公に発言を撤回したら、自分の言葉が恥ずべきものであり、おそらく事実に反することに気づく。気づいていれば、あれほどまでに私に対し不当な態度を取れるはずがない。研究者仲間に対する価値判断を、アインシュタインがやったように公にするのは……私にしてみれば不適切な傲慢であり、非常に下劣なことである。

レーナルトに人格をひどくけなされ、緊張緩和を図ろうとしたゾンマーフェルトの努力が失敗に終わったにもかかわらず、アインシュタイン本人は一連の不運な事件にまつわる騒動が沈静化していきそうな気配に喜んでいた。ばつの悪いできごとも、そこから生じていた心配ごともともに過ぎ去った。ベルリン・フィルハーモニック・ホールで予定されていた二〇の講演は、二人目の演者である技術者ルートヴィヒ・グラツァーによる盛り上がりに欠けた冴えない講演のあとに打ち切られた。その晩ほかに予定されていた演者は出演できなかった。危険な敵役になりかねないヴァイラントは、仲間とともに面目を失った。ゲールケはレーナルトに、ヴァイラントはたんに「革命と戦争の雰囲気が漂う街から生み出された多くのうさんくさい人物のひとりにすぎない」と書き送っている。レーナルトはこれに対し「残念ながらヴァイラントは詐欺師だということが判明した」と答えている。

ドイツ人の研究者仲間からの支援や、「研究グループ」の縮小に安心して、アインシュタインは嵐が過ぎ去ったように感じていたに違いない。アインシュタインは、「研究グループ」は次の手は打ってこないだろうと友人に嬉々として漏らしている。のちにわかることだが、アインシュタインは判断を誤っていた。次なる手はもっとあった。彼が快晴だと勘違いしていたのは、じつは台風の目だったのだ。

第五章

# 論争する紳士たち

ベルリン・フィルハーモニック・ホールでの「研究グループ」の講演会からひと月も経たない一九二〇年九月一九日の朝、ドイツ自然科学者・医学者協会の第八六回の会議が始まった。一週間にわたり三〇〇以上の会合が行われるという大がかりな催しである。ドイツ数学会、ドイツ物理学会、技術物理学会合同で会議が開かれたのだが、間際になって開催地がバート・ナウハイムに変更されたのは、計画を実施するうえで問題があったことを示している。もともと開催地になる予定のフランクフルト・アム・マインが当時政情不安で暴力的な雰囲気に包まれていたため、不逞の輩が妨害しそうにないもっと牧歌的な環境で科学会議を行おうと主催者が考えたのだ。

代替地バート・ナウハイムは非常に魅力的な場所だった。この小さな温泉町はタウヌス山地のふもとにあり、フランクフルトから三五キロしか離れていない。炭酸ガスが溶け出した発泡性の風呂で名高く、心臓や神経に効果があるとされ、何世紀にもわたり常連客がこの町にやってきては塩辛い水で健康を回復してきた。赤い屋根の「新バロック」様式の本館、シュプルーデルホーフと、同様のデザインの八つの浴場は一九〇四年にヘッセン大公エルンスト・ルートヴィヒによって発注された。一九一二年に完成し、内装はアールヌーヴォーで、海の生き物、水の精、人魚、波といった、海をテーマにした装飾が施されている。広大な公園のような敷地には多数の噴水や屋外プールが設けられていた。つまり、公式行事を十分催せる場所にも、もっと親しげな会話を交わせるくだけた場所にもなり得る、素晴らしい環境を約束してくれる施設だったのである。

この会議はドイツにおける戦後初の大規模な科学会議だったので、普段よりも大きな関心を集めた。戦争への報復として、ドイツの科学者たちはヨーロッパの他の地域での科学会議から締め出されている。孤立することにより、最先端の科学における国際競争で遅れをとるのではないかと懸念する者も多かった。二六〇〇人以上の科学者がこぞって参加した裏にそういった憂慮があったのは間違いない。出席者は科学会の注目が集まっていることを承知していた。

ミュラー議長の開会の辞に耳を傾ける人々のなかに、一七人の物理学者、化学者、数学者がいた。その革新的な研究ですでにノーベル賞を受賞した人々や、最終的に受賞することになる人々である。そのなかにフィリップ・レーナルトとヨハネス・シュタルクもいた。議長がデマゴーグに対する非難を簡単に述べたのち、集まった科学者たちに愛国心を言葉や行動で証明することを熱心に推奨すると、ふたりは元気に喝采した。会議は進行し、あとに一連の講演が続いていく。会議はレーナルトの思うような調子で進んだ。彼がいよいよ物陰から登場して相対性理論に二度目の打撃を与える時が来た。彼にしてみればもっともなその打撃は、ドイツの科学が将来歩む方向性に大きな影響をもたらすことになる。

アインシュタインはしばらく前から会議の主催者に、相対性理論についての全体討論を行う場を設けてほしいと提案していた。ベルリン・フィルハーモニック・ホールでの講演後一時の激情にかられた彼は、敵対者に公開討論を申し込むことでリスクをさらに高めたことになる。「専門的な討論の場で喜んで対決しようという者は、誰でも［相対性理論への］反論を示すことができる」。集まった学者たちは、レーナルトと彼の支持者がアインシュタインの挑戦に応じることを期待した。レーナルトが相対性理論に反対しているのは有名だったので、反相対性論者が、頻繁に口にしてきたいくつかの懸念を主張の根拠にすることが予想された。つまり相対性理論は、

◎数学的に推定されるが、物理的領域には現実には見られない。

◎裏づけとなる実験的証拠に乏しい。存在する証拠は観察者の観測における誤りによるものだったと説明できる。

◎光やX線といった電磁放射線が空間をどのように伝わるかを説明するために用いられていたエーテルの存在を否定している。また相対性理論は、何世紀も受け入れられてきたエーテルがないとするなら、電磁放射線がどのように移動するのか、そのメカニズムを十分に述べていない。

◎空間と時間に関する従来の考えを否定している。ユークリッド幾何学に依存する従来の考え方は、科学に十分役立っており、相対性理論のごまかしに取って代わられるべきではない。

さらにレーナルトは、これらの長きにわたる批判に新たな工夫を取り入れようとした。相対性理論の抽象的な性質と、裏づけとなる物的証拠がないことを前提に、バート・ナウハイムでも、そしてその後の何年間も、彼はアインシュタインの考えを、とくに「妥当な常識」の原理に反するという理由で攻撃することになる。レーナルトにしてみれば、アインシュタインの理論には信憑性が欠けているのだった。

九月二三日と、二四日の早朝に行われた会合は、相対性理論に関する講演を呼び物にしており、会議の締めくくりとなる公開討論のお膳立てのような役割を果たした。九月二四日の相対性理論に関する講演が終わると、八号浴場に続くドアは、一方の側がドイツ数学会のたくましいメンバーによって、反対側はドイツ物理学会のメンバーによってガードされた。これら学会のメンバーは優先的な入場を認められていた。全部で六〇〇人の科学者が、広々としてふんだんに装飾を施された浴場控室へと群がり、修道院のような観賞用の中庭、シュムックホーフに進み、回廊に並んだ。その後、残ったスペースは報道陣や関心を持った見物人の行列に充てられた。パウル・ヴァイラントもそのなかにいた。群衆はそわそわと落ち着かず、軽くざわめくような期待があたりに漂っていた。血を見るのではないかという期待があった。

そのような緊張した雰囲気のなかで議長を務められる人間は、当然ひとりしかいない。マックス・プランクは一般的にアインシュタイン支持派として知られていたが、相対性理論に関する彼自身の懸念も口にしていた。何より重要なのは、彼の品のよさと公正さが広く尊敬されていた点である。量子論の創始者であるこの礼儀正しい物理学者は、今回、傍観者たちにはいつになく動揺しているように見えた。プランクは過激分子の好戦的な態度にアインシュタインが懸念を増大させているのを見て、ドイツにとどまるようアインシュタインを励ましてきた。これまでのところアインシュタインはとどまっていたが、プランクは会議でのできごとが原因でアインシュタインが移住を再考するのではないかと気が気ではなかったのだ。

あとでわかったことだが、プランクは心配する必要はなかった。討論会後に書いた手紙で、アインシュタインは今のところドイツを捨てるつもりはないことを明らかにし、こう述べている。「ドイツ人の同僚ならびに権威ある研究者から常に受けてきた恩恵を考えれば、今ストレスと屈辱に悩まされているからといって、ドイツに背を向けようとするのは無礼な行為だろう」。結論はこうだ。「ゆえに私は現実的にとどまることが不可能な状況に陥るまで、この場で持ちこたえることが自分の義務だと考える」

しかし、プランクはバート・ナウハイムで会合の準備をしているときには、こういった意向について関知していなかった。彼が懸念していたのはレーナルトのことである。彼はアインシュタインの名声を傷つけたがっている反動主義者たちを先導するのではないかと噂されていた。アインシュタインとレーナルトの互いに対する激しい嫌悪は、今やプランクを巻き込み、彼に望まぬ仲裁人の役を押しつけていた。

原理上は、会議はアインシュタインの理論についての公開討論の場を提供することになっていた。しかし、それはまたたく間にレーナルトとアインシュタインの一対一の対決へと変わっていく。論調は学術的だったし、交わされたのも知的攻撃だけだったものの、論戦を交わしているふたりが憎い敵同士で互いに深い恨みを抱いているのは、誰の目にも明らかだった。

レーナルトはまもなくアインシュタインに同意できない主要なポイントにさしかかった。アインシュタインの論文は、エーテルが電磁放射線を運ぶ媒質であり重力を説明する際の重要な要素だという従来の説明を軽視している。この点でレーナルトは孤立無援ではない。科学界の保守主義者たちは、エーテル説が放棄される懸念を頻繁に口にした。二世紀にわたり実験を繰り返しても、エーテルの質量やエネルギーを示すものを検知できなかったというのにだ。

レーナルトはまた、アインシュタインが相対性原理を定常状態においてのみならず、空間におけるすべての運動にまで広げようとしているのに賛成できなかった。レーナルトは以前、一般相対性理論は「その普遍性をあきらめなければならないし、もはや『すべての運動の相対性』を主張することはできず、重力のような、質量に比例する力の影響下で生まれる運動に制限される」と書いていた。実際、レーナルトが問題視するようになったのは、重力に関する特有の問題を巡ってだった。

《フィジカーリッシュ・ツァイトシュリフト》誌に報告されているように、両物理学者のやりとりは、初めは真剣だったのが軽蔑、そしてあからさまなあざけりへと変わっていった。

レーナルト：今日はエーテルを前提とした重力理論に関する話をいくつか聞けてうれしかった。しかし私は、自然科学者の純真な精神は、重力理論から質量に比例する力以外の力へと話が移る時点で［相対性］理論に憤る(いきどお)ということを認めざるを得ない。ブレーキをかけている列車を例にとろう。相対性を物理理論の中心として置くために、君は質量に比例する力の代わりに、重力場の概念を導入している。私はまず君に聞きたい。列車そのものが減速しているのか、それとも周りの世界が速度を落としているのか、区別できないのはなぜなのか？

アインシュタイン：私たちが列車に相対する効果を観察できるのは確かだし、私たちはそれを慣性力と解釈できる。相対性理論では、これを重力場の効果だと解釈することもできる。……あなたは、これが相対性論者のでっちあげだと思い込んでいる。しかしこれは、私たちが理解し慣れている質量の効果と同じ物理学の微分法則を満たすので、でっちあげではない。人が世界の限定された範囲しか見ないとき、解釈の一部が任意になるのは正しい。一般的な微分方程式を満たし、すべての質量の影響から推定できるのだから、これが任意にでっちあげられたものではないということを簡単に述べておきたい。

レーナルト：アインシュタイン氏の説明はなんら新しいことを示してはいない。私は付加された重力場はできごとと一致する必要があるということ、そしてこれらの体験は体験されても観察されてもいないということを確信している。

アインシュタイン：ひとつ強調しておきたいのだが、人間が明白だとか明らかに妥当だなどと考えることは変わっていく。明白さや明らかな正当性についての見方は時間とともにいくぶん変化するものだ。私は物理学は明らかに正当だなどと考えるのではなく、概念的であるべきだと確信している。

レーナルト：私の考えは刊行した論文『相対性原理、エーテル、重力について』にまとめてある。私は相対性は重力場に適用される場合にのみ有用だと理解している。私はすべての力が質量に比例しない場合には、この理論は妥当ではないと考える。

アインシュタイン：ものごとの性質において、相対性原理が自然界のすべての法則に有効なら、その妥当性を主張することができる。

レーナルト：君が付加的な領域をでっちあげたときだけだろう。

科学界で「アインシュタイン論争」と呼ばれるこの論争は、しばらくこのような調子で続いた。多くの聴衆に、ふたりの子どもがお気に入りのおもちゃを巡って口論しているかのように見えたのは間違いない。結局ふたりは相手への敵意を、会合が始まる前よりもさらに募らせることになった。アインシュタインの理論の有用性をよりよく理解するために何かを解明したり、未解決の部分をきちんと関連づけたり、一致点を見出したりするといったことは一切行われていない。アインシュタインの友人、ヴァルター・ネルンストやマックス・フォン・ラウエも含めた多くの物理学者たちは、不穏な空気を感じ取り、レーナルトをなだめようとした。フォン・ラウエは冗談めかして大声で叫んだ。「結局、アインシュタインは子どもにすぎないのさ！」レーナルトはこう反論した。「子どもなら《ベルリナー・ターゲブラット》に寄稿したりしないさ」

聴衆が散会すると、アインシュタインはレーナルトと控室で話そうとした。レーナルトは受け入れず、「もう手遅れだ」と言って無愛想にアインシュタインの提案を拒否し、そそくさと立ち去った。ゲールケが駅のプラットフォームへとあとを追ったが、追いつくことはできなかった。彼は出発する汽車の窓からアインシュタインを見たと報告している。レーナルトの姿はあとかたもなかった。

公開討論での激しいやりとりのあと、アインシュタインがレーナルトに何を言おうとしていたかはわからない。もしレーナルトが喜んで耳を傾けていたなら、両者になんらかの変化はあっただろうか。おそらくけっしてそうはならなかっただろう。科学的な面で、レーナルトもアインシュタインも自らの信念に固執していたからだ。しかしひょっとしたら、両者の個人的な悪感情はある程度緩和されたかもしれないし、その後の影響もさほど深刻にはならなかったかもしれない。

この対決後、アインシュタインは二度とあのように反対派のせいで動揺したりしないと決意を新たにした。「私にはどうしてもわからない」と彼は書いている。「私があのようなユーモアのかけらもない状況で、くだらない人々とやり合って自分を見失ってしまうとは」。数週間後、パウル・エーレンフェストに書き送った手紙のなかでは、アインシュタインは《バート・ナウハイム》での一件をあまり問題視していない。「バート・ナウハイムでは、相対性理論についてのちょっとした小競り合いがあった。敵方でとくに目立っていたのはレーナルトだ。私の知る限り、君が予想したような示威行動はまったく見られなかった」

「君が予想したような示威行動」という一節で、アインシュタインは明確に反ユダヤ主義に触れている。しかし、アインシュタインも一般誌も会議録を掲載した《フィジカーリッシュ・ツァイトシュリフト》誌も人種主義者について触れていないからといって、レーナルトに偏見がなかったことにはならない。人種主義の演説が当たり前の国家主義右派組織に、レーナルトはすでにかなり関与していた。かなり時を経た一九三八年に、レーナルトはアインシュタイン論争時に自分がどう考えていたかについて回想している。

私は当時の見解に従い、討論であのユダヤ人を適切なアーリア人と判断し、そのように扱っていた。それは間違いだった。……教授たちが集まったあの会議では「科学に関するユダヤ人の考えの欠陥を指摘しても」役に立たなかっただろう。教授たちは今なお盲目なのだから。プランクが議長を務めた。議論はアインシュタイン派の三人による退屈な発表から始まった。

レーナルトは傷を癒すために引きこもった。彼は出席した科学者の大部分がアインシュタイン側についていると知ったときの苦痛と孤独感について書いている。「ナウハイムでの会議の結果、再びエーテル説の放棄が宣言された。……誰もおかしいと思っていないのだ。空気がないと宣言されたのとどう違うのかわからない」。この事件にかかわる品として、レーナルトは科学技術雑誌《ディー・ウムシャウ》誌の切り抜きを保管していた。W・ヴェイル氏によるある記事は（レーナルトはその名のそばに「ユダヤ人」と書き込んでいる）次のように伝えている。「明言しておくべきだろう。レーナルトはアインシュタインの学説の本当の意味を理解していない。それゆえ、互いに接点が見つからないのだ。戦いは偽物で結論は出ていない」

アーリア人研究者の多くから見捨てられたと考えてはいたものの、アインシュタインとの衝突によって、レーナルトはアインシュタインの意見の誤りを暴く努力を続けようと固く心に誓った。レーナルトはこう記している。「この夏に出した手紙で、一二人の紳士が団結した。このドイツ人たちなら、悲惨なベルリン物理学研究所［アインシュタインが所長を務めていたカイザー・ヴィルヘルム物理学研究所のこと］をドイツ人の手に取り戻す計画に十分取り組める」。レーナルトの意味するところは明白だ。憎むべきアインシュタインに仕事と住居を与え保護している学術施設は、非ドイツ的な態度を取っている。そんな姿勢は変えなければならない。レーナルトがリストアップした一二人のなかには、レーナルトが最終的に「ドイツ物理学」を託すヨハネス・シュタルク、ヴィルヘルム・ヴィーン、そして分光学者のゲールケがいた。ゲールケはフィルハーモニック・ホールでヴァイラントに続いて演壇に上がった人物である。

「一二人の紳士」は会期中に集まり、《ベルリナー・ターゲブラット》に掲載されたあまりに侮辱的な発言をアインシュタインに取り消させなければならないということで一致した。彼らはこの考えを公の場で主張しようとした。適切な謝罪を引き出すか、あるいは、真のドイツの科学者たる血統も高潔さも持ち併せていないからこそ自分の誤りを認めないのだと糾弾するか。このふたつの方法のどちらかで、彼らはアインシュタインに恥をかかせるつもりだった。

ところがアインシュタインが次にとった行動で、レーナルトの計画は混乱した。バート・ナウハイムの会議が終了した翌日にあたる九月二五日、アインシュタインは「ユダヤ人の新聞」として軽蔑されている《ベルリナー・ターゲブラット》紙に、一種の謝罪文を載せたのだ。不評だった「私の回答」を寄稿したのと同じ新聞である。謝罪は代理人によるもので、マックス・プランクとフライブルク大学の著名な物理学者フランツ・ヒムシュテットが執筆した。プランクは、アインシュタインがフィルハーモニック・ホールでストレスを味わうに至った状況を簡潔に説明している。ヴァイラントの発言が引き起こした誤解のせいで、アインシュタインはレーナルトが関係しているという間違った思い込みを抱き、レーナルトを厳しく批判することになったのだ、と。短い記事は次のように続けている。「バート・ナウハイムで最近開催された科学会議で、われわれはレーナルト氏の名が彼の意志とはかかわりなく［フィルハーモニック・ホールの］講演者リストに挙げられていたことを知った。この事実によりアインシュタイン氏は、尊敬してやまないレーナルト氏を記事で非難したことへのはなはだしい遺憾の意を示してほしいと、われわれに委任したのである」

アインシュタイン自身ではなく他の者たちが彼のために書いたこの短い発言に、レーナルトは満足するどころか怒りを燃え上がらせた。アインシュタインとの問題は終わっていない。好機が到来するのを待つだけだ。また別の機会が訪れるだろう。

あとでわかったことだが、アインシュタインは彼の人格に対するさらなる攻撃材料をレーナルトに提供することになる。二年前の一九一八年、アインシュタインは肝臓病を患い、胆石と黄疸の症状が出て、全身状態の悪化により、数か月間寝たきりになった。回復期に訪れた多くの見舞客のなかに、有名な作家で風刺家のアレクサンドル・モスコフスキーがいた。モスコフスキーはアインシュタインを説得し、一般の読者向けに簡単な言葉で相対性理論を説明する本を共同執筆することにした。レーナルトとその一派がアインシュタインの自己宣伝を一般誌で集中攻撃していたちょうど同じ頃、モスコフスキーは『アインシュタインとの対話（Conversations with Einstein）』の最後の仕上げを終えている。

友人たちにしきりに責め立てられて（そのなかには物理学者マックス・ボルンと、彼の妻で劇作家のヘートヴィヒもいた）、アインシュタインは共同出版することの影響を考えた。ボルン夫妻はこの本が広く世間に知れ渡れば、アインシュタインが自慢屋だという批判者の主張に信憑性を与えるのではないかと心配していた。モスコフスキーの本が出ることによって、すでに広がっている反ユダヤ感情がさらに煽られるかもしれないと思えば、ユダヤ人であるボルン夫妻にとっても他人ごとではない。

一九二〇年一〇月、ヘディ・ボルンはアインシュタインに次のように書き送っている。

『アインシュタインとの対話』の出版許可を撤回しなければだめよ。厳密に言うなら、すぐに、それも書留郵便でモスコフスキーに連絡なさい。外国でも許可すべきではありません。……その人はあなたの人格の本質についてまったくわかっていないわ。……もし理解しているなら、あるいはわずかでもあなたを尊敬し愛しているというなら、そんな本は書かないでしょうし、あなたの親切心につけこんでこんな許可を無理やり得ようとはしないでしょう。「もしあなたがその本の出版を許可したら」あなたはあらゆるところで引き合いに出され、あなたが言った冗談が薄ら笑いとともに、今度はあなたに浴びせられるでしょう。……二行詩が書かれ、また新しい、すさまじい中傷キャンペーンが繰り広げられるでしょう。ドイツだけでなく、あらゆる場所で。それに対する嫌悪であなたは息がつまってしまう。……あなたを知らない人には、間違いなく慢心していると思われるでしょう。四、五人のあなたの友人を除いたあらゆる人にとって、この本はあなたのモラルに対する死刑宣告となるでしょう。

大衆の称賛を求めることがマイナスになる時期に『アインシュタインとの対話』を出版するのはよくないと諭されて、アインシュタインは許可を与えるのをやめた。当初モスコフスキーは出版中止に同意したが、出版社は彼の意見を却下した。金銭がすでに動いていたのだ。かなり進行しているものを止めるには手遅れだった。出版社の許可を得て、モスコフスキーとアインシュタインは、アインシュタインが本の内容に関与していないように見せるために、化粧直しを施した。もっと曖昧な『探求者アインシュタイン（Einstein the Seeker）』というタイトルに変えたのである。そして序文にはアインシュタインが本の内容を読んでいないという一文を入れた。さらに、モスコフスキーと出版社は、アインシュタインから直接得た題材の多くを削除した。

アインシュタインはボルン夫妻に、一九二一年の『探求者アインシュタイン』の出版の結果を軽視する内容の手紙を書いている。

今回の件は私にはささいなことだ。人々がどよめいたりあれこれ意見を言ったりするのと変わりない。……ところで、私にとってＭ［モスコフスキー］はレーナルトやヴィーンよりもはるかに好ましい人物だ。レーナルトやヴィーンは騒ぎ立てたくて問題を起こすが、モスコフスキーは金を稼ぐためにやっているだけだからだ（本当はそのほうが道理にかなっていてよいのだがね）。私は無関係の傍観者を装って、待ち受けるあらゆることを切り抜けるつもりだ。

ハイデルベルクではレーナルトがここ最近のできごとについて思案していた。彼は「無関係」でもないし「傍観者」でもない。モスコフスキーの一件は、「研究グループ」による非難をさらに裏づけるものだった。あのユダヤ人が加担しているのは間違いない。アインシュタインから公に侮辱されて約一年が経った。レーナルトは忘れていない。アインシュタインは今なお悔い改めないままだ。ハイデルベルク大学のオフィスで、レーナルトは次なる手を思案した。やがて、彼はどうすべきかを悟る。それもそのはず、彼は以前にも同様の状況に対処していたのだ。

# 第六章　逃したチャンス

ベルリン・フィルハーモニック・ホールでのアインシュタインへの攻撃やバート・ナウハイムでの討論よりもずっと以前、レーナルトはX線の発見者ヴィルヘルム・コンラート・レントゲンを敵視していた。レーナルトとレントゲンの場合も、レーナルトとアインシュタインの場合も、その根底にある要素はほとんど同じである。また、そうなった理由もよく似ている。レントゲンの場合は、幸運な発見をしたせいで、レーナルトから生涯にわたる妬みを買うことになった。

レーナルトは一八九三年には陰極線管を使った研究を始めている。彼は当時著名なドイツの物理学者ハインリヒ・ヘルツのカールスルーエ大学の研究所にいた。「陰極線は、希薄な気体に電気が放出された際に起こる現象だ」とレーナルトは説明している。

希薄な気体を含んだガラス管のなかに電流を通すと、気体中、そして電流を運ぶ金属線あるいは金属棒の周囲で放射現象が見られる。これらの現象は、気体がさらに希薄になると状態と性質が変化する。……光線は陰極から放射され、これは肉眼では見えないが、特別な効果を通して観察することができる。

レーナルトは一八九四年には実習期間を終え、ヒットルフやクルックスが開発した初期の陰極線管のデザインの改良も含め、多くの成功を収めていた。レーナルトが考案した新たな工夫は、管の陰極の端の開口部にアルミニウムの薄い板をつけることだった。この改良によって、レーナルトは管の外で陰極線の存在を証明することができたし、この開口部のおかげで初期のモデルよりも光線の特性を観察するのが容易になった。自ら名づけた「レーナルト管」と研究によって、レーナルトは若手の科学者たちの間でかなり有名な存在となる。約一〇年間あちこちで臨時の仕事を務めたのち、一八九四年にブレスラウ大学の教授に就任した。翌年、彼はアーヘンに移ったが、ここで働いている間に、いろいろなことが重なって大きなチャンスを逃し、レーナルトは苦々しい思いを抱くことになる。

一八九五年一一月八日、ドイツのヴュルツブルクの学園都市で、他の者たちがぐっすり眠っている間に、ヴィルヘルム・コンラート・レントゲンは革命的な発見をした。住居の下にある研究室で、レントゲンは管を設置し、陰極線の特性に関する一連の実験の準備をしていた。レントゲンがその夜ヴュルツブルクで研究をしていたのは、彼がとくに勤勉だったからではない（もっともその後の行動は、彼が勤勉だったことを物語っている）。完全な暗闇でないと研究結果をうまく観察できないからだった。その夜の実験が間違いなく成功するように、レントゲンは窓を厚いカーテンでしっかりと覆い、誰かがうっかり入ってこないよう、研究室のドアに鍵をかけた。そして管のなかから生じる光をよく観察できるように、陰極線管を厚手の黒いボール紙で包んだ。準備がすべて整うとレントゲンは明かりを消し、眼が暗闇に慣れるのを待った。

その夜、管の電源を入れたレントゲンは、近くの壁に立てかけてある物体からかすかな光が出ているのを見て驚いた。光の出所を確認すると、シアン化白金バリウムを塗ったボール紙片だった。この物質は陰極線が当たると蛍光を発することで知られている。真空管を使った実験が当時盛んに行われていたことを考えると、レーナルトも含め、他の誰かが研究中に同様の現象を観察していた可能性は大いにありうる。だがもし観察したとしても、彼らはそれを無視するか、あるいは見たものを陰極線のせいだと誤解していたに違いない。そういった人々は科学において重要な罪を犯したことになる。自分たちが実際に何を見たかよりも、何を見るつもりかに注意を払ったからだ。しかしレントゲンは自分が観察したものの重要性を認識していた。光る紙片は陰極線管から何十センチも離れている。陰極線が届くと考えられている距離よりもはるかに遠い。レントゲンは蛍光発光を引き起こしているのは陰極線ではあり得ないと考え、自分が観察しているのはこれまでに報告されていない現象だと正しく推論した。偶然が寄り集まり、新たな可能性につながる判断力をレントゲンが持っていたおかげで、彼はわれわれが今日「アハ・モーメント」と呼ぶ瞬間に到達したのだった。

レントゲンはすぐに観察を発表しようと考えたに違いない。しかし、もしそうしていたら、関連する重大な実験をレーナルトや他の科学者に行われてしまって、科学史におけるレントゲンの地位は確かなものにはならなかっただろう。発表する代わりに、レントゲン自身の言葉を借りれば、彼は「考えず、ただ実験をした」。将来に大きな影響を及ぼす重要な発見であると彼はすぐに認識したが、誰かに言いたいという人間的な衝動を抑え、ひとりで実験を続けた。「私は研究について誰にも話さなかった」と彼はのちに書いている。「妻［アンナ・ベルタ。彼は「ベルタ」と呼んでいた］には、人が知ったら『レントゲンは頭がおかしくなった』と言われるような研究をしているんだとだけ言っておいた」

しかしまもなくベルタは重要な研究が進行中であるのを知った。現象を最初に観察してから数夜後、レントゲンは妻を研究室に呼んだ。夫にそんなことを頼まれるのは、初めてだったかもしれない。発見した最初の夜から、レントゲンは新たな光線の性質を研究し始めていた。おそらくもっとも驚くべき発見は、管とシアン化白金バリウムを塗った紙の間で手を動かすと、指と手首の骨のようなものがぼんやりと見えることだ。彼はそれをさらに研究したいと考えるようになっていた。

ベルタがやってくると、夫は彼女をテーブルのそばに座らせた。そして何の説明もせぬまま妻の手を感光板の上に載せ、光線を当てた。これを遮蔽せずに一五分照射するのは過剰だということが今では知られている。その結果できあがったのが、すなわち人類最初の放射線写真だ。ベル夕の手の骨と薬指の結婚指輪がくっきりと写っていた。夫に写真を見せられると、彼女はこう口にしたという。「自分が死んだのを見ているようだわ」

レントゲンは秘密にしたままひとりで研究を続け、今日X線についてわかっていることの多くを導き出した。最初に発表した一八九五年一二月二八日の論文「新種の光線について」は著者の人となりを驚くほど反映しており、謙虚で遠慮がちなものだった。誇張した言葉は用いず、レントゲンは自力で発見の価値を読者に確信させた。論文に詳述された主要な内容のいくつかはX線にかかわるものだった。

◎肉眼では見えない。
◎可視光線のように反射したり屈折したりしない。
◎磁場に反応しない。
◎ぶつかる物質の密度や厚みとの関係に応じて吸収される。

新光線に関するレントゲンの報告書は、まもなく《ネイチャー》誌や《サイエンス》誌、《サイエンティフィック・アメリカン》誌に英語で再掲載されたが、その頃には噂が広まった。一八九六年の元日に、レントゲンは論文の写し九〇部をヨーロッパじゅうの著名な科学者や研究仲間に郵送している。うち一二通は、彼がもっとも支援を受けたと感じている人々への書状で、九葉の写真が同封された。そのなかにはベルタの手の写真も含まれていた。

　論文を受け取ったひとり、フランツ＝ゼラフィン・エクスナーは、レントゲンのチューリッヒ工科大学のクラスメートで、ウィーンで実験物理学の教授になっていた。エクスナーは友人に写真を見せた。友人の父エルンスト・レッヘルはウィーンの一流の日刊紙《ディー・プレッセ》の発行人である。いい記事になると思ったレッヘルは、これがスクープであることを悟り、文字どおり印刷機を止め、一面のスペースを空けて、翌日、レントゲンの発見物語を「驚くべき発見」という大見出しのもと掲載した。先見の明にあふれたレッヘルは、こう予測している。「想像力を自由に働かせれば、……この発見が数えきれないほどの病気の診断に計り知れないほど役立つということがわかるだろう」

　このニュースは他紙のウィーン特派員によって本国に伝えられ、世界中に広まった。報道機関はレッヘルの予想をさらに拡大させた。ロンドンの《デイリー・クロニクル》紙は「素晴らしい発見だ。もしこの報告が立証されれば、物理学および医学にとって素晴らしい結果を生むことになるだろう」と述べている。《スタンダード》紙は読者に、「でっちあげやいんちきではない」と請け合っている。レントゲンはこの放射線の神秘的な性質を暗示するために「X線」と呼ぶほうを好んだが、報道機関は「レントゲン線」という呼び名をつけた。のちに光が曲がるというアインシュタインの予測をエディントンが立証したときと同様に、大衆はX線の発見と発見者をおそらくは一夜のうちに受け入れた。

当初科学界の反応はさほど熱狂的なものではなかった。しかし、一八九六年一月二三日以後、懐疑的な見方は急速に消えていく。その夜、ヴュルツブルク物理医学協会はヴュルツブルク大学物理学研究所の大講義室で、新光線についてのシンポジウムを開催した。観察に関する包括的な発表の締めくくりに、レントゲンは著名な解剖学者ゲハイムラート・アルベルト・フォン・ケリカーを前に呼び、妻ベルタにしたように、この科学者の手を撮影した。その夜の出席者の驚きやいかに。彼らは新光線についての話を聞くだけでなく、予想できないほど劇的な光景をその目で見ることができたのだ。シアン化白金バリウムのプレートには、フォン・ケリカーの手の像が鮮明に写っていた。ケリカーの写真はベルタの手に比べると広くずんぐりして見える。薬指にはベルタの指にあったような指輪がひとつではなくふたつはまっていた。フォン・ケリカーは群衆に三度喝采を求め、全員の歓呼の声に応え、すぐに新光線に発見者の名をつけることを提案した。

専門家の称賛の声も殺到した。ヴュルツブルク大学はレントゲンに栄誉ある名誉医学博士の名を贈った。学生たちは祝賀の松明行列を行い、恥ずかしがり屋で有名な教授に演説を求めた。彼はさまざまなメダルを国から授与され、世界中で講演する機会を与えられた。一九〇一年、レントゲンは第一回ノーベル物理学賞を受賞した。彼の発見から医用画像に関するまったく新しい分野、つまり放射線診断学が生まれ、さまざまな発展（超音波検査、コンピュータ断層撮影、磁気共鳴映像法、核医学）につながった。これらはすべて一八九五年に彼がふと気づいた一瞬のできごとから生まれたものである。

レントゲンの発見から数か月と経たないうちに、X線は初めて医学に応用された。グラスゴーで、ジョン・マッキンタイア博士が腎臓結石と飲み込んだ異物の存在を映し出し、医用画像の将来性を示したのである。これと張り合うかのように、合衆国のダートマス病院ではエドウィン・フロスト博士が骨折の診断にレントゲン写真を使用してその利点を示している。レントゲン線はボーア戦争や第一次世界大戦で広く医療に使用された。マリー・キュリーが二度目のノーベル賞で得た賞金を使って移動式のX線装置を購入し、装置を搭載した自動車で前線を走り回って負傷兵のレントゲン写真を撮影し、治療に役立てた話は有名だ。

X線に対する熱狂は医学への応用以外にも広がった。X線を長く、あるいは繰り返し照射することが非常に有害である、さらには過度の被曝（ひばく）が将来ガンにつながる可能性があるといった短所が認識される前には、レントゲンの発見に投資しようとする企業家たちが新たな消費財や娯楽にまでX線を使用した。大道商人は無害だが効果もない液体を、家庭用治療薬として鳴り物入りで販売している。その液体にはX線が照射されていて、頭痛や便秘といった日常的な病気に効果があるというのだ。X線装置が普及すれば個人のプライバシーが侵害されるのではないかと懸念する者もいた。破廉恥な輩がX線を使って女性の衣服を透視するという噂が流れ、ある会社はこれに乗じてX線を防ぐ衣類を売り出し、儲けようとした。このとっぴな思いつきに合わせて、滑稽な詩が作られている。

当節じっと覗き込むやつがいるらしい
マントやガウンや果てはコルセット
いたずらな、いたずらなレントゲン線

レントゲンの人気が高まるなか、傍観者の立場に置かれていらいらしていたのがレーナルトである。レーナルトは最終的に高エネルギーの真空管を使った研究で一九〇五年にノーベル賞を受賞したが、それで彼に対する大衆の認識が変わったわけではない。報道陣はレントゲンを賛美したが、「レーナルト」の名はとくに言及されなかった。彼は大発見を逃し、冷淡な扱いを受けた。レントゲン同様、X線を発見してもおかしくない研究をしていたにもかかわらず、レーナルトは比較的無名だった。

レーナルトとレントゲンとの確執は、そこから四半世紀のうちに行われるアインシュタインへの攻撃の前兆となった。なんと不公平なのだろう！　レントゲンが説明したことはすべて、私の貢献の上に成り立っているのに。レントゲンは運がよかっただけだ。彼の発見はたんに私が作った土台を次の段階に必然的に進めたにすぎない。浅はかで単純な大衆を非難するには及ばない。ことの次第がわかっていないのは彼らの責任ではないのだから。悪いのはレントゲンだ。なぜレントゲンは私が全面協力者だと認めて事実関係を明確にしなかったのだろう。彼の観察を可能にできたのは私なのに。

レーナルトとレントゲンとの関係は、アインシュタインの場合と同様に、当初は温厚で、称賛すらこめられていた。一八九四年にレーナルトに書き送った初期の手紙のなかで、レントゲンはレーナルト管に使われているアルミニウム製の窓を入手したいと述べている。レーナルトは発注している機械工が彼自身に必要な量も十分に供給できていないのだと謝罪し、それでも「私の手元にあるものから二枚を送りましょう」と答えている。

　レントゲンが彼の発見を発表して三年後、レーナルトは手紙でこう述べている。「疑うまでもないことですが、あなたが私に好意的であることがわかって非常にうれしいです。私はしばしば、もっと違った態度をとられるようになっていたのではないかと考えるし、そうなっていたら残念でたまらなかったでしょう」。レントゲンの目に触れたであろう「反論」については知らぬふりをして、レーナルトはこう続けている。「あなたの素晴らしい発見があらゆる領域から注目を集めたおかげで、私のささやかな働きも脚光を浴びています。それは私にとってはとりわけ幸運なことだったし、とくにあなたが発見したX線の存在を通じてあなたが友好的に接してくださったことは二重の喜びです」。彼は自分も同じ現象を目にしていながら、それがX線ではなく陰極線によるものだと思い誤ったことを認識していた。レントゲンが最初の発見者であると認めたことによって、レーナルトは歴史に文字どおり動かぬ証拠を与えたことになる。自分こそがX線の発見者だというレーナルトののちの主張にとっては不利な証拠だ。

　レントゲンの側ではレーナルトに対し、研究仲間で尊敬しているという同様の態度を示していた。一八九七年四月に書かれたレーナルトへの手紙によれば、レーナルトが思いがけなくヴュルツブルクに訪ねてくれたときに不在で迎えられなかったことを、レントゲンは残念がっている。「近いうちにまたお会いできることを願っています」とレントゲンは書いている。「賞とメダルを受け取ったことで、私たちには互いに何度か祝辞を述べ合う理由がありました。……私の業績をあなたが即座に認めてくださってとてもうれしく思っていることを心に留め置いてください」

レントゲンはさらに、元助手で親友のルートヴィヒ・ツェンダーが書いた「軽率な新聞記事」について謝罪している。ツェンダーとは学生時代からの知り合いだった。レントゲンはツェンダーへの手紙のなかで、X線を発見したのが自分ではなく用務員だという噂が立っていることについて愚痴をもらしていた。彼はレーナルトに、話のついでにレーナルトの名前は挙がったが、彼は「生まれたての赤ん坊のように潔白で、記事に憤慨した」と述べている。

興味深いことに、一九二三年に亡くなった際、レントゲンは遺書のなかで書類の破棄を命じる一方で、レーナルトとの書簡はヴュルツブルク大学に保管することを求めている。おそらくX線の歴史的起源についてレーナルトが権利を主張するのではないかと懸念してのことだろう。彼がそうしたのは正解だった。ナチの権力者集団との関係でレーナルトがもっとも影響力を及ぼしていた一九三〇年代に、レントゲンのヴュルツブルクの同僚たちは、レーナルト派の人間が手紙を破棄しようとするのではないかと恐れた。そこで研究所の重鎮たちは写真を複写し、共感してくれる科学者たちのもとにそれを送り、保管を依頼した。

彼らの用心は確かな根拠に基づいていた。レーナルトは政治的立場を強めると、X線の発見についてますます強引に主張するようになったからである。第三帝国の科学機関は、一八九五年のできごとに関する歴史を改竄（かいざん）しようとした。一九三五年にヨハネス・シュタルクは論文のなかで、レントゲンが独自に行ったことはほとんどなく、むしろレーナルトの業績を継いだにすぎないと結論づけている。シュタルクの下で准教授を務めていたフリードリヒ・シュミットは、その頃にはベルリンの国立物理学工学研究所の所長になっていたが、レーナルトの味方についた。彼は物的証拠がないにもかかわらず、レーナルトがレントゲンの最初の論文よりも先にX線を認識していたことを示すメモ書きを残していたと結論づけている。

　レントゲンはX線発見によるノーベル賞受賞をレーナルトが妬んだと考えていたが、ほかにも多くの要因が重なっていたのかもしれない。レーナルトの疑い深い性質を考えれば、レントゲンのツェンダーへの手紙を彼が根に持って、レントゲンが否認したにもかかわらず、レントゲンが自分について否定的な意見を書き、それがのちに世間に伝わったと思い込んでいたとも考えられる。さらに批判的に言うならば、アインシュタインの栄誉を妬んだことからも明らかなように、レーナルトはまず間違いなく、レントゲンが世間から受けている称賛と自分が受けている称賛とを比較して憤慨していた。自分がノーベル賞を受賞しても、レントゲンが脚光を浴びた際に感じた苦痛を癒すことはできなかった。彼は自分のノーベル賞受賞講演でレントゲンの貢献を過小評価し、「抜け目なくレーナルト管を使用していれば、誰でもX線を発見できたはずだ」という立場をとっていた。

もしレーナルトが主張する一番の根拠が、X線が発見された一八九五年の夜、レントゲンがレーナルト管を使用していたことにあるのだとしたら、それを裏づける証拠はない。レントゲンが観察から発見へと躍進した際にどの管を使用したかはさだかでないからだ。購買記録を調査したところ、ヴュルツブルク大学物理学研究所が一八九五年に購入したレーナルト管は一本きりだが、同時にヒットルフ管とクルックス管を多数購入している。レントゲンが一八九五年一一月八日の夜に使用した管のタイプはいまだに論争の的だ。

レントゲンが発見できたのは当たり前、とレーナルトは述べているが、それならなぜ彼はX線を発見しなかったのだろうか。レーナルトの研究室の実験ノートを見ると、彼が陰極線と思い込んでいるものが乾板を感光させる様子や、陰極線では届かない距離に置かれたプレートが蛍光を発すること、そしてあまり強力でない流れなら止めるであろう遮蔽物を貫通してしまう現象を目撃していたことがわかる。

レーナルトはX線を発見し損なった理由を四つ挙げている。うち三つはシュタルクとレーナルトがもっとも大きな影響力を誇った一九三五年に、シュタルクが論文のなかで繰り返している。その項目がほぼ同じ言葉で述べられているということは、レーナルトが自分の言い分を述べるにあたり、シュタルクと共謀したことを示唆している。

一、臨時契約で助手を務めていた時期に、あまりに頻繁に研究所を変わっていたため、落ち着いて実験を思うように行うことができなかった。
二、当時、レントゲンが使用したようなボール紙ではなく、光の放射を防ぐために錫で覆われた管を使用していた。錫はX線をより多く吸収した可能性があり、それゆえに線の強度が低下した。
三、ヘルツ教授に従わねばならなかった。教授は彼が研究に安い材料、つまりシアン化白金バリウムではなくケトン（ペンタデチールパラトリールケトン）を使うことを好んだ。実際、レントゲンが行った実験は、この短所の深刻さを立証している。レントゲンは、ケトンが陰極線を照射した際には非常によく蛍光を発するものの、X線にはあまり反応しないことを発見している。
四、レーナルトの陰極線管はガラス吹き工ルイス・ミュラー＝ウンケルが作った粗悪品だったが、それに対しレントゲンの管は完璧な仕上がりだった。この点で、レーナルトは再びヘルツの吝嗇を非難している。レーナルトはもっと上質な管を購入するよう教授に掛け合ったと自伝に書いている。ヘルツははっきり「だめだ」と言ったわけではないが、明らかに納得しておらず、新しい管が本当にその値段の高さに見合ったものだと感じるようになってから購入するよう指示したという。

最後のふたつについては、さらに詮索しておく必要がある。ユダヤ人の血が混じったヘルツのせいで、レーナルトはX線の最初の発見者になれず、レントゲンのように脚光を浴びることができなかった。その一方で、「偉大なる科学者」の人生と業績を綴ったレーナルトの著書の概略に、ユダヤ人の系統であるにもかかわらず、ヘルツの話は登場する。この本に掲載された科学者六一人のなかにはレントゲンもアインシュタインも含まれてはいない。

一九三三年にハイデルベルク大学物理学研究所所長を引退したあとも、レーナルトはヒトラーの首席科学アドバイザーとして、ドイツの科学政策と第三帝国の科学者に大きな影響力を長く及ぼし続けた。レントゲンの主張を疑わしくするために、レーナルトは繰り返し問題を提起している。なぜレントゲンは死後、遺言執行人に研究ノートや他の書類を焼くよう求めたのか、と。《フェルキッシャー・ベオバハター》や《ダス・シュヴァルツェ・コーア》(親衛隊の週刊機関紙)といったナチの定期刊行物は続報を出してレーナルトをX線の発見者として公認するよう派手に主張し、国は喜んで従った。

ナチはレントゲンの業績の記憶を根絶し、仲間であるレーナルトを賛美する歴史にすり替えるべく最善を尽くした。一九四四年にはレントゲンの発見を初めて発表したヴュルツブルク物理医学協会が、レントゲンの発見五〇周年記念切手を発行するよう郵政大臣ヴィルヘルム・オーネゾルゲに求めたが、オーネゾルゲはレーナルト門下の物理学者だったため、要求を却下している。

一九四五年、第二次世界大戦も終盤に入り、米軍がベルリンに接近すると、レーナルトはハイデルベルクから逃げ出した。シュタルクとともに、ドイツの大学でユダヤ人の雇用を禁止する法の施行にかかわっていたからである。彼はナチの戦争犯罪人を捜し出し拘束する任務を負った者たちが自分を監視すると考えた。しかし意外だったことに、彼らはレーナルトを探しもしなかったし彼の行方など眼中になかった。彼はメッセルハウゼンの小さな農村に約二か月間隠れ住んだあと、出頭し自宅軟禁された。

一か月あまりののち、米軍医療予備隊所属のアメリカ人医師、ルイス・E・エッター中佐は、レーナルトのコテージの控室に座っていた。エッター博士は軍のルートを通じてフィリップ・レーナルトへの面会を求め、二度にわたってインタビューする許可を与えられていた。ナチ・ドイツ以外ではX線の発見者とされているヴィルヘルム・コンラート・レントゲンとレーナルトとの関係について話を聞くためである。レントゲンに対するレーナルトの主張が話題に上ったのは、その年のもっと早い時期にヴュルツブルクのレントゲンの研究室を訪ねた際のことだった。エッターのレーナルトへの関心は学術的なものである。開戦当初、エッターはイギリスで放射線物理学について広範な研究をし、その後、ヨーロッパのいくつかの軍の医療施設で放射線医学のチーフを務めていたからだ。そして数か月後、除隊して市民生活に戻り、神経放射線学の研究員、ピッツバーグ大学の放射線学の講師を務め、やがて頭蓋骨の放射線解剖学における第一人者となる。

一九四五年九月二〇日、エッターは黒っぽい木のテーブルのかたわらに置かれた布張りの椅子に座っていた。テーブルの滑らかなつやがランプの明かりを反射している。彼はそばに置いた厚い本を閉じたところだった。二週間前に初めてレーナルトに面談し、著書『ドイツ物理学』（老科学者が地元のある医師から借りてくれた）の各巻を読んでから、エッターは老人とレントゲンの論争の本質に気づいた。彼は本の見返しにレーナルトの署名入りのメモ書きを見つけていた。

本書からわかるように、私とレントゲンの争いは決着がつかないまま、ほぼ五〇年が経過した。……重ねて言うが、私が今語るのは、ただ真実を知ってほしいという根強い望みがあるからである。五〇年という長きにわたり、非常に注目され実用化されている発見が本当はどのようになされたかについて、物わかりの悪い人々は、けっして真面目に取り合おうとはしてくれなかった。

エッターはふたりの人物の間にある歴史についてはよく理解し、十分準備はしてきたつもりだった。彼はレーナルトのメモに言及されていた箇所を見つけて読み、レーナルトの言いたいことがわかる気がした。また、テキストのなかで見つけた注釈を何度も読み返した。「レントゲンが発見に際してどんな役割を果たしたかを中立のオブザーバーにわかってもらうには、比喩を用いるのが一番だ」とレーナルトは記し、こう続けている。

目からうろこが落ちるような比喩を私はここで述べよう。それによって、今なお広く伝わっている歴史的な混同と虚偽に光を投げかけられるかもしれないからだ！　レントゲンは発見において産婆の役割を務めたにすぎない。この助手は、子どもを最初に披露できる幸せ者だ。だが発見に至る手順や先行する事実について、コウノトリが子どもを連れてくると信じているのと同じくらい無知な人間は、産婆を母親と間違える可能性がある。

エッターはレーナルトの本を再び開き、見返しをもう一度眺めた。レーナルトに最初に面談してから、X線の発見に対するレーナルトの立場が変わらないのは明らかだ。そのときもレーナルトは書かれているのと同じ出産のメタファーを、もっとあからさまに述べていた。彼が真の「X線の母親」だというのだ。レーナルトは著書のなかで、「レントゲンはボタンを押すだけでよかった。すべてのお膳立ては私が済ませていたのだから。……私の助けがなければ、X線の発見は今でもとうてい不可能だっただろう。私がいなければ、レントゲンは無名のままだっただろう」とまで述べている。

二度目の面談も同じ調子でしばらく続いた。レーナルトはアメリカの軍人が自分の人生に関心を示してくれたことで高揚していた。ふたりがありきたりな話をしていると、レーナルトがさらなる主張を始めた。陰極線管の歴史について語りながら、レーナルトはヒットルフが最初の発明者だと認め、それから付け加えた。「しかし、二五年後の私の研究まで、陰極線管はさほど重要な進歩は遂げていない。私はいつもあまりに謙虚だったため、大急ぎで研究発表するということをしなかった。私はレントゲンへの手紙［一八九七年五月二一日付けの手紙］のなかで彼の偉大な発見を称賛した。レントゲンがすべては私と私の管のおかげだという返事をよこすものと考え、彼からの謝辞を待ったが無駄だった」

エッターは茫然とした。そしてその瞬間に、レーナルトがレントゲンを恨んでいる一番の原因が何かを理解した。レーナルトは発見で出し抜かれたことではなく、レントゲンが栄光を分かち合おうと誘わなかったことに侮辱を感じていたのだ。レントゲンの功績を過小評価させようという、レーナルトの長きにわたる聖戦の動機はこれがすべてだったのだろうか。それともさらに邪悪な動機があったのだろうか。エッターは、レーナルトがユダヤ人研究者に対する戦争犯罪に加担したことを熟知していた。また、『ドイツ物理学』の序文で、ユダヤ人の堕落に関するレーナルトの信念を詳述した長広舌を読んでいた。エッターはレントゲンに対するレーナルトの認識に反ユダヤの要素も含まれているのではないかと考えた。そこでずばり尋ねた。「レントゲンはユダヤ人だったんですか？」

レーナルトは答えた。「違う。だが彼はユダヤ人の友で、ユダヤ人のように振る舞った」

もう話すことはほとんどない。エッターがいとまごいをすると、レーナルトは中佐にしばし待つよう告げ、部屋を出て行った。彼はまもなく戻ってくると、三年前の八〇歳の誕生日に撮った自分の肖像写真を礼儀正しくプレゼントしてくれた。アドルフ・ヒトラーからの個人的な祝辞を受け取ったその日は、レーナルトにとって光輝くような素晴らしい一日だったという。正装し、誇らしげに顎を上げ、空を見つめるレーナルトが写っていた。写真の裏にはこう記されていた。「占領軍の代表者エッター博士に、科学的関心を寄せていただいた感謝のしるしとして。一九四五年九月二〇日」。そしてＰ・レーナルトのサインがされていた。

第七章

# ストックホルムのレーナルト

「陛下、妃殿下、ならびに紳士淑女の皆さま方」とA・リンドステット教授が呼びかけた。「スウェーデン王立科学アカデミーは本年度のノーベル物理学賞を、陰極線に関する重要な研究を行ったキール大学教授フィリップ・レーナルト博士に授与することを決定しました」。レーナルトはリンドステットのかたわらに立った。名前が呼ばれると、彼は腰を少しかがめ、口を結んだまま聴衆に向かってかすかに微笑んだ。

一九〇五年一二月一〇日の暗く寒い晩、ノーベル賞の贈呈式が開催され、会場となったストックホルム音楽アカデミー大ホールは全席が聴衆で埋め尽くされていた。スウェーデン王オスカル二世と王妃ソフィア・アヴ・ナッサウは舞台上のリンドステットとレーナルトの後ろに座り、著名な科学者のひと言ひと言に熱心に耳を傾けているように見える。オスカル王は科学と文化の後援者で、自らも素人ながら文筆や音楽をたしなんでいた。五年前、アルフレッド・ノーベルの相続人が、適用され得る法的障害を徹底的に検討し、この偉大な人物の遺言を行使すべく始まったノーベル賞の式典に、国王は大きな個人的関心を寄せてきた。

ダイナマイトを発明したノーベルは、一八九六年に亡くなった際、他にも三五五の特許を取得し、非常に裕福になっていた。彼の最後の遺言状はその前年、パリのスウェーデン＝ノルウェークラブでサインされたもので、財産のほとんど、すなわち約三一六〇万スウェーデン・クローナ（二〇一三年現在で約二億五五〇〇万米ドルに相当する）が基金の創設のために残された。基金の利子はかなり高額な賞金に使われることになり、それが重要な研究を促すとともに、「人類に最大の恩恵を与える」男女の功績への評価につながることをノーベルは望んでいた。もっと正確に言えば、ノーベルの遺言は、自分の遺産から生じる利子が、毎年物理学、化学、医学もしくは生理学の分野で「もっとも重要な発見や発明を行った」人々、「文学の分野で、理念をもってもっとも傑出した作品を創作した」人々、そして国家間の平和を推進するための活動でもっとも貢献した人々の間で分けられることを求めていた。

リンドステットはレーナルトの紹介を続けた。

陰極線の発見は、レントゲン、ベクレル、キュリーといった名をつなぐ素晴らしい発見の鎖の最初の輪であります。陰極線の発見そのものはヒットルフによってなされましたが、一八六九年というかなり昔のことであり、ノーベル基金が考慮に入れるには年月が経ち過ぎています。しかし、レーナルトがヒットルフの発見をさらに進展（これはますます重要になってきている）させることによって得た評価は、同様の研究で何人かの後継者がすでに受けている賞に、彼もまた値することを物語っているのです。

リンドステットはレーナルトの業績に先行し影響を与えた実験の背景を明らかにし、それからレーナルトをノーベル賞受賞者という高貴な地位にいざなった主要な貢献について列挙した。おそらく真っ先に挙げられるのは、レーナルトが陰極線管をある意味作り直し、管の陰極の端に薄いアルミ板の窓を作ることによって、もっと効果的に使用できるようにしたことだろう。アルミ板のおかげで光線が通過できるようになり、その結果、「以前よりもずっとシンプルでずっと便利な実験条件のもと、陰極線の研究ができるようになった」。管内部の光線とアルミニウムの窓を通過した光線との間に差異は見られなかった。さらに陰極線は、「空間でもマイナス電気を運んでおり、磁界と電界の両方によってその進路を曲げられることが判明した」。最終的にレーナルトは、真空下で発生し、磁石で曲げることができるといった性質を基に、陰極線に違いがあることを発見した。

締めくくりにリンドステットはレーナルトの発見のさらなる重要性を提示した。彼の研究は陰極線がどのように伝わるかについての疑問を提起している。レーナルトが述べているようにエーテルによって支えられているのか。それともひょっとしたら、英国人クルックスが示唆したように、光線は非常に高速で動く電子からなっているのか。リンドステットは次のように結論づけた。「陰極線に関するレーナルトの研究が、こういった現象についてのわれわれの知識を向上させるだけでなく、電子理論が発展する基盤として多くの点で役立つのは間違いありません。陰極線は放電管の外部にも存在しうるというレーナルトの発見は、とくに物理学における新たな研究分野を切り開いたと言えるでしょう」

リンドステットは紹介を終えるとレーナルトに向き直り、握手を交わして個人的な祝辞を簡単に述べた。それから舞台を横切ってオスカル王に装飾の施された証書と賞の印である金メダルを手渡すと、今度は王がそれをレーナルトに授与した。レーナルトは満面の笑みを浮かべ、群衆の喝采を受けた。

席に戻ったレーナルトはもっと愉快な気分に浸るべきだと考えたが、彼が公衆の注目の的となった時間はあっという間に終わった。朝刊は式典の様子を報じるだろうが、彼にとっては何も変わらない。数日も経てば、一般大衆はレーナルトという名を忘れてしまうだろう。それでも一生のうちにこのような栄誉を受ける人間がどれだけいるだろう。それに賞金のことも考えなければ。一三万八〇〇〇スウェーデン・クローナ。家族を養っていく費用もあるので、これは大いに必要なお金だ。彼は作り笑いを浮かべたが、全面的に納得できない気もした。公平に評すれば、自分は最初のノーベル賞、つまり一九〇一年にレントゲンが盗んだ賞をもらうべきだったのだ。控えめに言っても、レントゲンと共同受賞しておかしくないはずだった。

レーナルトの耳にはある噂が入ってきていたが、それがたんなる噂にとどまらないことを彼は知っていた。物理学賞の推薦状を吟味する委員会が一九〇一年の賞を彼とレントゲンに共同受賞させるよう勧めていたのに、専門的事項について検討する主要会議で却下されたというのだ。ある派閥が、少なくとも第一回はひとりの受賞者に絞るべきだと主張したらしい。レントゲンならそこで進み出て、レーナルトへの支持を表明できたかもしれない。適切な評価を与える機会ならいくらでもあったのだから。代わりにレントゲンは強欲になり、本性を現した。彼は大衆からあまりに喝采されたために、自分の発見が純粋に偶然の賜物であることを忘れてしまったのだ。レーナルトの研究があればこそ、レントゲンは明確な結果にたどり着けた。それがなければ、誰もレントゲンのことなど知らなかっただろう。レントゲンがX線の発見の責任を正しく共有しようなどという気にならなかったのは明らかだ。なお悪い。だが、おそらくそのとおりだったのだろう。

彼は続いて壇上に上がったノーベル賞受賞者が同国人であることが誇らしく、ちょっとした感動を覚えた。アドルフ・フォン・バイヤーは有機化学の研究で、ロベルト・コッホは結核の病因についての研究で医学生理学賞を受賞した。ドイツ人は科学における賞を総なめにした。そんなことができるのはドイツ人だけだ。

文学賞はポーランド人が受賞した。レーナルトは再度プログラムを眺めて、その人物の名前を思い出した。ヘンリク・シェンキェヴィチ。今度のプレゼンターは、スウェーデン・アカデミーの事務次官だとかで、とりとめのない話を無意味にしゃべり続けた。新たな受賞者について、恥ずかしくなるような調子でまくし立てている。「どの国にもその国の精神を自らのなかに凝縮しているまれな天才がいるものです」。くだらない！「彼らの着想は過去に深く根づいているのです。リトアニアの荒地にあるバウブリスの樫の木のように」。めめしい無駄話だ！　レーナルトは子どものときから、本当に重要なのは数学と自然科学だと考えてきた。彼は次のように書いている。「数学と自然科学は砂漠のなかのオアシスだ。……朝四時に起きて夜中にベッドに入ってもまったくだめだ。歴史と地理学は私の頭に入らない」

その夜はさらにスピーチがあったが、レーナルトはほとんど聞いていなかった。彼がこのような壮麗の極みに到達できた陰には、驚くほどの予期せぬ展開があった。父親は家業であるワイン商の仕事を継いでもらいたがったが、レーナルトは嫌がっていた。彼の抵抗を巡っては、激しいやりとりが何度も交わされた。最初の科学教育を受けたあと、彼は老父をなだめるために商売のほうで努力をしてみた。他の職業に就くかたわら研究を続けた著名な科学者たちの伝記を読んでいたからだ。レーナルトもそれを見習ったのだろう。しかし結局、彼に商売は無理だった。商売はレーナルトの体面を汚すことにほかならず、あまりにブルジョワ的で、あまりにユダヤ人的だったのだ。ユダヤ人は商売上手だと言われていたが、彼は信じていなかった。父親のパートナーはレバンという名のユダヤ人だったが、それでも商売は失敗したからである。

科学はレーナルトが初めて、そして唯一愛したものだった。少年時代、彼は両親からもらったわずかな小遣いの一部を必ず貯金していた。十分貯まると、プレスブルクのユダヤ人街のはずれにあるクラップ兄弟の書店に行く。面白そうな科学書があればなんでも購入した。店がつぶれたときにはひどく残念がったが、その後はシュタイナーの店に行った。その頃には、彼の科学への関心は抑えきれないものになっていた。両親の家の庭に化学研究室を作り、実験を行った。数年後、高校に入学すると、フィルギル・クラットという教師がかわいがってくれた。学校でも、さらには休日でさえも、ふたりは何百回も一緒に実験し、リン光を発する石を使ってベクレルの研究を再現した。

レーナルトはブダペスト大学で博士号を取得しようとしたがかなわず、ブンゼンに受け入れてもらったハイデルベルク大学で、一八八六年に高評価で学位を取得した。その頃には、注目に値する人物だという評価をすでに打ち立てていた。それでもキール大学が彼を思い切って雇ってくれるまで、正規の職に就くことは容易ではなかった。彼は臨時雇いの仕事を一、二年ごとに渡り歩いた。ヘルムホルツとともにベルリン、それからブダペスト、アーヘン、ブレスラウ、一八九六年のハイデルベルク。この頃にはすでに「滝効果」あるいは「レーナルト効果」と呼ばれる研究で、レーナルトは名声を博していた。彼にしてみれば、どう考えても耳に心地よいのは後者の呼び方である。彼は実験により、水滴が大気中を落下しながら壊れる際に正電荷と負電荷が分離することを明らかにし、水滴の形はその大きさによって異なると説明した。

一八八八年、ベルリンのヘルムホルツのもとで、レーナルトは陰極線管を使った研究を始めた。「レーナルトの窓」を考案したときにはまだ二〇代で、この発明で就職先が決まった。この窓とは、ガラス管の陰極の端の開口部に薄いアルミ箔を貼ったもので、これがあるおかげで陰極線を管外へと出すことができ、さらなる研究が進んだ。ここから光電効果の発見までの道のりは短かった。レーナルトは紫外線を金属板に照射すると、光の振動数に応じてエネルギーが発生することに気づいた。この結果は彼を驚かせた。光の強さとの間にもっと強い相互関係があると予想していたからだ。その関係が正確にどのようなものであるかは曖昧なままだった。まさにこの問題について研究している若者がチューリッヒにいることを、レーナルトは耳にしていただろうか。聞き覚えがあったかもしれない。

レーナルトは成功するまでの長い間、何度も曲がり角を誤り、失望を味わったが、くじけなかった。彼を教授として迎え入れてくれなかった大学、ほかをあたるよう勧めた大学は、重大な間違いを犯したのだ。ノーベル賞が何よりの証拠である。

感慨にふけっていたレーナルトは、周囲で人が立ったり動き回ったりする気配でわれに返った。贈呈式の終了である。リンドステットは歩き回りながら、言葉を交わしたがるごますりの人々に挨拶をして、まるで受賞者であるかのようだ。国王夫妻オスカルとソフィアが供人とともに晩餐会へと向かうのが遠くに見える。人々があとに続くさまは、何日も食べ物を口にしていない狼のようだ。

レーナルトは群衆に続いて近くのホテルのダイニングルームへと向かい、何百人という晩餐会の客人のなかで自分に割り当てられた席を見つけた。不機嫌だったにもかかわらず、周囲のはでやかな服には驚嘆せずにいられない。想像しうるあらゆる色やデザインの長いドレスを着た女性たち。多くはパリでも指折りの店であつらえたものだろう。優美なだけでなく、彼女たちはこのうえなく立派な毛織物や毛皮のストール、ひじやもっと上まで届く白い手袋、光り輝く宝石を身に着けていた。その日の早い時間に、ストックホルムに散在する邸宅の金庫室や秘密の隠し場所から取り出されたものだろう。

対照的に、男性たちはレーナルトも含め、ほとんど似たりよったりの格好だった。黒の燕尾服と、そろいのズボンには脚の外側に黒いコードが縫いつけてある。白のウィングカラーのシャツには白か銀色のカフスボタンと飾りボタン。もっと粋な男たちは左の胸ポケットから控えめに白のポケットチーフを覗かせている。

レーナルトは着席し、隣や向かいの招待客に挨拶をした。ボールルームはまばゆく輝いていた。長い長方形のテーブルが端から端まで列を作って並べられ、高価なリネンで覆われている。暖かい地方から運ばれた異国風の花々が一定の間隔を置いて、丈高に活けられている。各招待客の席には素晴らしい陶器と、たくさんの銀器が外側から内側へと料理の順序に従って並べられ、オレフォス社の素晴らしいクリスタルがろうそくの光を受けてきらめいている。創業から一〇年と経っていないこの会社は、ノーベル賞贈呈式を祝うために、特別のガラス製品をデザインしていた。グラスはそれぞれ、料理に添えられるワインをもっともおいしく味わえるよう特別に形作られていた。

突然、厨房から人々が続々と入ってきた。ディナージャケットに身を包んだウェイターの群れが、ビーフコンソメの入った飾り付きのボウルを抱え、食事客の後ろを回って左肩ごしに給仕を始める。同様の動きが間隔を置いて繰り返され、舌平目のフィレ、仔羊の鞍下肉、温かなヤマウズラと冷たいヤマウズラ、アーティチョーク、続いてアイスクリームやペイストリーや果物が供せられた。各料理には選び抜かれたワインが添えられる。ゴールデンシェリー、シャトー・ドトール、ホッホハイマーの白ワイン、マムのシャンパン、バーガンディのロマネ、デザートにはアポリナリス、そして葉巻とともにサンデマンのポートワイン。これでもかと言うほどの素晴らしい演出が、その日のテーマを強調していた。ここにいるのは、今夜の特別料理を捧げられた、たぐいまれな人々なのだと。

たしかに彼は業績を上げ、それから待っていた。ノーベル賞候補者を推薦する権利は、とくに選ばれた科学者たちだけにある。ノーベル物理学委員会の委員、あるいはスウェーデン王立科学アカデミーの会員と、過去のノーベル賞受賞者、北欧諸国の物理学教授、北欧の研究所の厳選された組織に籍を置く者たち。レーナルトの名は最初から候補者として関係者周辺で噂されていた。一九〇一年に物理学委員会の五人の委員は揃って、彼とレントゲンの両方に受賞させようと提案していた。レーナルトはさらに、イギリスの物理学者および数学者でスウェーデン・アカデミーの外国会員であるシルヴァヌス・トンプソンからも支持を受けている。しかし勝利を収めるにはそれでも十分ではなかった。その後の四年間は、ヴィルヘルム・ビヤークネスがレーナルトを推薦した。エーテルの存在を証明するための研究で彼の協力者となる人物である。一九〇四年には、ほかにもふたりの科学者、ヴィーナーとハルヴァクスが彼の名前を推薦したが、彼らは同時に別の候補も推薦していた。

今年はビヤークネスだけでなく、ヤコブス・ファント・ホッフも推薦してくれた。第一回のノーベル化学賞を受賞したオランダ人教授である。目的を達成できたのは、ファント・ホッフのおかげだったに違いない。ノーベル委員会から評価されるまであまりに長くかかったことがレーナルトをいらだたせた。うかつにもリンドステット教授はレーナルトを紹介する際、レントゲンとキュリーの研究が生まれた功績はレーナルトにあると主張した。レーナルトの研究のほうが先だったのだ。彼が先導役を務めたのだ。それなのにレーナルトは、彼の発見に倣い彼の発見から恩恵を受けたふたりが彼を差し置いて受賞したとき、傍観者として見ているほかなかった。さらに言うならば、レーナルトの研究は非常に多くの近代物理学の基盤となっているのに、レントゲンやベクレルやキュリーに対するような大きな称賛は寄せられていない。

当初、たいした侮辱ではないと考えていたことが、リンドステット教授の発言によってレーナルトの意識に図らずも刻み込まれてしまった。もはや放っておくことはできない。他者が自分のアイデアを食い物にして成功したという考えは彼を苦しめ、翌年五月二八日にレーナルトがストックホルムで伝統的なノーベル賞受賞講演「陰極線について」を行う頃には、白黒はっきりさせようと彼が決意するほどになっていた。本当は自分のものだった称賛がレントゲンに寄せられるのを、レーナルトはもう十分長い間、かたわらで見てきたのだ。

「私は実についてだけでなく、実をつけた木や、それを植えた人物について話そうと思います」とレーナルトは始めた。「こういったアプローチをとるのは、私の場合にはより適切だと思えます。なぜなら、私は必ずしも実を摘み取る者たちのなかに数えられなかったからです。私は何度も木を植えたり、木の世話をしたり、あるいはそうするのを手伝ったりする側の人間でしかありませんでした」

講演はやがて彼の研究へと話が進み、陰極線がさまざまな金属の組み合わせや管のデザインによってどれほど多様であるかについて述べたあと、ようやく最重要部分にたどり着いた。「ほとんど口にする価値もないことですが、われわれの研究をさらに発展させていくために重要だったのは、この中断［彼の指導者ハインリヒ・ヘルツの死］の前に、私が新たな、さらにずっと便利な電子管を設計していたということです。私はその管を出来る限り試験し、その使用を勧め、広く利用できるようにしました」

レーナルトの管は、陰極のターゲットとしてプラチナを使用した。彼によれば、これはもっとも多くのX線を作り出す物質である。プラチナ板の効能と、レーナルト管のデザインのおかげで高エネルギーの電子が板にぶつかって生まれるX線が自由に管から出て行けるということを述べながら、レーナルトは軽蔑するようにこう決めつけた。「この直後のレントゲンによるX線の発見は、前述したタイプの管を利用した最初の研究ですが、概して幸運な発見の好例と考えられています。しかし、管のことや、観察者の注意がすでに管の内部から外部に向いていたという事実、そして管の外側の燐光を発するスクリーンの存在を考えれば、管の目的ゆえに、この発見は当然管の開発の段階で行われなければならなかったと思われます」。わかりやすく言えば、レーナルトはレントゲンがX線を発見したのは自分の功績だと主張しているのだ。どんなばかでも発見できただろう。発見したばかがたまたまレントゲンだったというわけだ。

レントゲンはたんなる「果報者」で、彼の幸運はレーナルトのおかげだという非難は、レーナルトが行った批判の典型だった。やがてレーナルトは、アインシュタインと彼の光電効果の法則についても同様の不満を漏らすようになる。皮肉なことだが、レーナルトがノーベル賞を受賞した一九〇五年に、科学界はアルベルト・アインシュタインの光電効果の法則に関する論文を《アナーレン・デア・フィジーク》誌で読むことになる。それより数年前、この興味深い効果について初めて論文を書いたのはレーナルトだったが、彼はそれを支配する物理法則を解明することができなかった。マックス・プランクが導き出した定数を使って、金属板にぶつかる紫外線の波長もしくは振動数と、その結果放出される電子の運動エネルギーとの関係を明かす役割は、アインシュタインに委ねられたのである。

フィリップ・レーナルトが当時の偉大な科学者のひとりとして広く称賛されたことを考えれば、同時代人の貢献に与えられた評価をそれほどまでに妬むのは不思議に思われる。しかし、これが彼の性格なのだ。キャリアが終盤に近づいた頃、レーナルトは『偽書』、つまり研究仲間に盗まれた（と信じている）アイデアの目録を作成していた。本のカバーの内側に、次のような手書きのメモが見られる。

私の研究をごく容易に理解できたであろう者は、明らかに、「私の業績を」けっして高く評価しなかった。これは私には驚くべきことだったが、すぐに彼らや彼らの生徒の発言を読んで了解した。彼らは私から黙って盗んでいくが、それと同じくらい懸命に私の存在を隠そうとするのだ！　どうしてそのような行動をとるようになったのか。……彼らのような「研究仲間」は、おそらくずっとそうしてきたのだ。彼らは私の研究、研究方法、そして結果を喜ぶことができなかったが、心地よい地位を切望してやまない彼らは、最初の段階で反撃するのが最善の策だと考えた！　だからどんな場合でもそのように行動したのだ。

書き方は堅苦しく古めかしいが、仲間の学者の行為にレーナルトが失望し、さらには怒りすら感じているのは明白だ。研究者仲間に愛想をつかしていたように思われる。彼は後世の人々に向けてこう記している。

ここに保管してある刊行論文を見ればそのことがわかる。私はこれを保管し続ける。なぜなら、私にはあまりに異質に思われる行為の明確な証拠（おそらく手近なところにおいておかねばならないものだ）だからだ。あまりに異質なために信じられないと思わざるを得ないこともある。……いくつかの刊行論文は、昨今の流行に従い私を無視している。私の生徒ですら、私を裏切る。そのほうが自分のためになると考えているからだ。……このような振る舞いができるお粗末な心は、ユダヤ人の影響によるものだ。この影響はちょうどよいタイミングで効果を上げた。ユダヤ人の影響によって、彼らのようなさもしい考えが優勢になってきたのだ。

ノーベル賞受賞講演の際、レーナルトはレントゲンがその発見によって受けた称賛に対し、自分がどれほど腹立たしく思っているかを表明しておく必要があると感じた。聴衆が困惑したのは想像に難くない。偉大な科学者でノーベル賞受賞者のフィリップ・レーナルトが、自分の貢献を強調するために別の受賞者の業績を中傷しているのだから。

レーナルトのレントゲンに対する振る舞いと、のちのアインシュタインに対する振る舞いは、終生彼につきまとうことになる。実際、レーナルトという名から想起されるものは、その科学の才よりも、彼の軽蔑すべき人種理論と、それらがドイツ科学の未来にいかに負の影響を及ぼしたかである。今日、ノーベル賞受賞者の人物紹介にはこう書かれている。「彼は偉大な発見も重要な発見もしたが、その真の価値以上の評価を求めた。彼は多くの栄誉を与えられたものの、……自分が軽視されていると信じ、おそらくそのために、多くの国々の他の物理学者を攻撃したと考えられる」

# 第八章 アインシュタイン対ウプサラの小教皇

レーナルトのノーベル賞受賞講演から一七年経った一九二三年七月一一日の午後、アルベルト・アインシュタインはノーベル賞受賞講演を始めるべく、ユビレウム・ホールに面した高い演壇から聴衆を見渡した。新たに完成したこの驚異的な建築物は全面ガラス張りで、イェーテボリ・リセベリ会議場の中心となる建物のひとつだ。隣接する遊園地とともにこの都市の三〇〇周年を祝って建設されたものである。それからの一時間、チケットを手に入れた幸運な、あるいは粘り強い人々は、遊園地のケーブルカーやスライダーに乗るのはやめて、一九二一年のノーベル物理学賞受賞者の講演に耳を傾けた。

スウェーデン中部にしてはいつになく暑い日だったので、アインシュタインの首は堅い白のカラーの下でちくちく痛んでいたに違いない。聴衆の高価なウールのズボンは、塗り替えられたばかりの長椅子に張りついていた。それでも約一〇〇〇人の科学者、高官、招待客は、約一時間に及ぶ講演の間、陶然として座っていた。そのなかにはスウェーデン国王グスタフ五世の姿も見える。王は左右の区画を隔てる中央通路にしつらえられた特別席に座っていた。

　季節外れの暖かさ以上に、アインシュタインの祝賀講演には通常とは異なる興味深い状況がいくつかあった。まず、アインシュタインがノーベル賞受賞を知ったのは約一年前だったが、ようやく今になって講演を行うことができたという点。次に、アインシュタインが受賞したのは、すでに記憶も薄れかけている一九二一年のノーベル物理学賞だという点。一九二一年の物理学賞受賞者について、ノーベル賞物理学委員会では議論が膠着状態に陥り、一九二二年に委員会の通常の検討会で決定されるまで保留になっていたのだ。そして第三に、今回の講演会の主催者側の人間であるスヴァンテ・アレニウスが、ノーベル物理学委員会の委員という立場で、何回もアインシュタインの調査書類をノーベル賞に値せずと評価していた点である。アレニウスはアインシュタインの講演を、北欧博物学者会議の単独行事となるよう準備していた。結局アインシュタインは、ノーベル賞を受賞した科学的貢献とは無関係な、「相対性理論の基本的な考え方と問題点」という演題で講演を行った。

　実際、アインシュタインの受賞を公式発表する際、スウェーデン・アカデミーはアインシュタインの功績に報いることは決定したものの、相対性理論とは無関係であることを躍起になって示そうとした。賞状の添え状にも、彼が評価されたのは光電効果の発見のためであって、「将来、相対性および重力理論が立証されたのち、貴君に与えられるであろう評価については考慮していない」と特別に明記されている。

アインシュタインはノーベル賞受賞の知らせを一九二二年一〇月、日本での講演旅行に向かう蒸気船で受け取っている。彼はベルリンに戻った際に事態が落ち着いているよう、その時間も考慮に入れて、日本の招待を受け入れていた。ベルリンでは友人ヴァルター・ラーテナウが最近暗殺され、彼自身も殺害予告を受けていた。そしておそらくノーベル委員会が自分の貢献を評価するのにあまりに時間がかかりすぎていることに腹を立てていたし、委員会のメンバーが自分のもっとも重要な研究を躍起になって無視しているように思えたからだろう。アインシュタインは一二月一〇日の授賞式と晩餐会のために引き返してスウェーデンに行くのを断った。彼はベルリンに戻る途中、エルサレムとスペインに講演のために立ち寄ってさえいる。アインシュタインの不在は多くを物語っていた。ユダヤ教の過越（すぎこし）のセデル（晩餐の儀式）では、預言者エリヤの到来を待って彼のために席を空けておく。それと同様に、理論物理学の予言者の魂はノーベル賞の舞台に存在していた。

アインシュタインがその晩ストックホルムでの授賞式に出席していたら、アレニウス教授が紹介の冒頭で「今日存命の物理学者のなかで、アルベルト・アインシュタインほどその名が広く知られている者はおりません」と宣言するのを聞いただろう。アレニウスは相対性理論とその哲学的効果がアインシュタインの名声のおもな理由だと述べた。続いて、一九〇五年にアインシュタインが発表したブラウン運動に関する論文にも当然言及した。彼はこの論文がコロイド化学の分野を急激に発展させたと強調している。最後に彼は、物理学委員会がアインシュタインを受賞者に選んだ理由を述べた。光電効果の法則の発見である。巧みなレトリックを駆使して委員会はアインシュタインを推薦し、ノーベル賞の全体会議は彼を承認した。フィリップ・レーナルトが明らかにした、金属面に紫外線を照射した結果生じる光電効果そのもののためではないし、放出された電子のエネルギーが入射光の振動数に関係するという発見のためでもない（レーナルトもこれについては記述していた）。アインシュタインが受賞したのは、とくにプランク定数を用いた法則のためである。これは入射光の波長と放出されるエネルギーとの関係を明確に定義したものだ。

光電効果の法則で、アインシュタインは二〇世紀初頭の物理学におけるふたつの重要な研究を近づけた。量子論と光力学である。アレニウスはアメリカ人研究者ロバート・ミリカンがアインシュタインの理論上の功績を立派に実証してみせたことに触れ、「アインシュタインの法則は、ファラデーの法則が電気化学の基盤になったのと同様に、定量的光化学の基盤となった」と述べて紹介を締めくくった。

アインシュタインが海外に出ていた同じ頃、フィリップ・レーナルトはドイツ自然科学者・医学者協会の一九二二年の例会に出席していた。一九二〇年にアインシュタインとの討論会を主催した団体である。科学会議の合間に行われた発表で受けたショックが、彼の顔には浮かんでいたに違いない。何と言っても、レーナルトは一九〇五年の受賞者である。彼が物理学委員会の委員と何らかのやりとりをし、そこでアインシュタインの理論的なたわごとがノーベル賞には不適切だと合意に至っていた可能性はありそうだ。レーナルトは、ノーベル委員会のアルヴァル・グルストランドが個人的に「全世界が要求しても、アインシュタインにノーベル賞をけっして受賞させてはならない」と数学者の友人に漏らしたと聞いていた。その声明どおりにいかなかったのは明らかだ。だが、アインシュタインの受賞は容認できない。たとえそれがたんにレーナルト自身の名誉を損なうからという理由であっても。

決定を覆そうとしても望み薄であることはわかっていたに違いないが、それでもレーナルトは一九二三年一月二三日付けで、ハイデルベルクからスウェーデン・アカデミー宛てに四枚の手紙を書き上げた。

尊敬する皆さま方へ

アカデミー会員として、そして過去のノーベル賞受賞者として、私はアインシュタイン氏へのノーベル賞授与について、以下のような考えを伝えるべきだと考える次第です。関連の深い中心人物である私が、貴殿らに対し沈黙を守るのは誤りのように思われます。この分野における専門家の方々は、この賞が長い間強く私の心をとらえてきたことを知れば、この誤りがさらにいっそう重大であると判断してくださるものと思います。

レーナルトは賞がアインシュタインの有名な重力理論や相対性理論に与えられるのではなく、

「あまり異論のない考察」に与えられるのだということは承知していた。また、アインシュタインの光電効果の法則が「少なくとも部分的には実証されたこと」も認めていた。それでも彼はこう続けている。

しかし私は、実験による検証なしの思考、正誤が明確でない思考、まったくの仮説にすぎないものを、自然科学の功績として評価することはできません。何であれ、そこには発見も進歩もないでしょう。この賞はもともと発見や進歩のために創設されたのに……このような思考に価値があると判断を下すには、実験に基づく入念な検証が必要となるでしょう。

最後の不満は、アレニウス教授がノーベル賞授賞式でアインシュタインを紹介する際に述べたロバート・ミリカンの業績を無視している。その分野に精通している者ならおかしいと気づくだろう。《アナーレン・デア・フィジーク》誌に掲載された一九〇五年の論文「光の発生と変換に関する発見的な理論」のなかで、アインシュタインは彼の法則について説明しているが、レーナルトはこう書いている。

この分野の専門家や歴史的事実に精通した人々は、この論文で証明されたなかに何ら新しい点がないこと、新しいことは何も証明されていないことを知っています。事実、プランク氏のエネルギー量子がエネルギーの要素ではなく、光量子だという仮定よりほかに新しいことはまったくないのです。……［アインシュタインの］仮説は、（一）プランク氏が一九〇一年に発表したエネルギーの要素の観察……さらに（二）私自身が一八九九年から一九〇二年に行った光電効果の性質と、その際に観察された特異的性質についての研究、……（三）かなり以前から知られているストークスの式と（四）燐光の誘導も光電効果の一部であるという一九〇四年の燐光に関する詳細な研究を基盤にした私の発見、に基づいたものです。

レーナルトはこう結論づけている。「アインシュタイン氏の論文には、こういった過去の論文の要約にいくつかの仮説が付け加えられているだけで、それ以上のものは何も含まれていません」。ノーベル賞受賞講演でレントゲンのX線発見への功績をささいなこととして片づけたのと同様に、レーナルトはこう述べている。「私が独力で進展させた方法を使って、［アインシュタインは］プランクのエネルギー量子が実際に光のエネルギーの変換に役割を果たしていると示すことができたのです。これらの要素は実際に何らかの意味があるのだから、そういったことは予測されるでしょう。……［アインシュタインの一九〇五年の］特定の仮説についての刊行論文は不要です。エネルギーの要素の役割は、この規則に従わねばならないというプランクの論文によって明らかだったのですから」

このように訴えて、レーナルトは重要な修辞疑問を投げかけた。理論物理学に対する彼の積年の不満をさらに広く反映した疑問である。「アインシュタイン氏の刊行論文のどこに科学的功績があるというのでしょうか。数学的研究すら必要ない思考、見るに堪えない矛盾を生み出す思考を発表することは、……本当に科学的な行為でしょうか。それとも、数学的方程式を不適切に付け加えることでそうなったのでしょうか」

レーナルトは自分が状況を把握していると信じていた。アインシュタインに光電効果の法則でノーベル賞を与えるのは、相対性理論を評価することによる「あまりに大きな不名誉を避けるためにとられたごまかしにすぎない」。彼は以下のように締めくくっている。

私はスウェーデン・アカデミーとノーベル委員会が、このような欺瞞を回避するために純粋なゲルマン精神を十分に奮い起こさなかったことをはなはだ、そして心から残念に思っています。ノーベル賞の授与によって当然促される大衆の注意が、こういった詐欺的な理論のさらなる受け入れにつながれば、私の悲嘆はますます深くなることでしょう。そういったことへの使命感から、私は自分の懸念が公に知られることを願っています。これまでの科学の歴史を考慮すれば、人から評価されることにばかり気をとられ、未解明の真実に対する畏敬の念を欠くようなことが科学的精神の指標になってはなりません。誤った考えがさらに助長されることがありませんように。

アカデミーおよび委員会の皆さまへ

敬具

P・レーナルト

報道機関はレーナルトが手紙を送ったことを嗅ぎつけた。保守的なスウェーデンの新聞、《ニヤ・ダーグリクト》紙は、アインシュタインが「売名行為にはしるユダヤ人」にすぎないというレーナルトの主張も含め、彼が吐露した考えを掲載した。ライバル紙の《スヴェンスカ・ダーグブラーデット》は露骨な人種主義を非難し、レーナルトのアインシュタイン批判が一九二〇年の「純粋科学を保護するためのドイツ人科学者研究グループ」につながっていることを記事にした。《スヴェンスカ・ダーグブラーデット》紙は記事のなかで、レーナルトが「純粋なゲルマンの知性」を利用するのに失敗したと皮肉な調子でやり返している。

レーナルトの憤りは当然だった。世界中の科学者から抗議の叫びが上がったにもかかわらず、ノーベル物理学委員会の伝統主義者たちは、アインシュタインのノーベル賞受賞を一二年間妨げてきた。アインシュタインが光電効果の法則で認められたのは、物理学委員会の保守的な委員ふたりが亡くなってからのことである。その後任命された新たな委員は、アインシュタインの研究に代表される理論物理学に大きな関心を持ち、理論物理学に対する知識も豊富な、政治的手腕に長けた学者だった。アインシュタインに対するアカデミーの抵抗は、科学者の目からも大衆の目からも愚かに映った。アインシュタインがノーベル賞を受賞する頃には、アインシュタインが彼の研究への祝福をアカデミーに求める以上に、アインシュタインに受賞させる必要性のほうが高まった。ノーベル賞選考会議はあてにならないという評判を払拭するためである。

アインシュタインが初めてノーベル物理学賞の候補に挙がったのは一九一〇年のことである。しかしドイツでは実験物理学という従来の科学と理論物理学という新しい科学との対立が激化し、それがスウェーデンの科学者たちの注意をも引いていた。ノーベル物理学委員会の五人の委員のうち三人は、ストックホルム近郊の古くからの有名な学問の中心地、ウプサラ大学のとくに保守的な実験物理学者である。この三人、つまり教授のペール・グスタフ・ダーヴィド・グランクヴィスト、アルヴァル・グルストランド、そしてクラス・ベルンハルド・ハッセルバリは、その行使する権力と考えの確かさから「ウプサラの小教皇」と呼ばれることもあり、しばしば委員会の他の委員スヴァンテ・アレニウス、ヴィルヘルム・カールヘイム＝ユーレンシェルドと共謀し、アルベルト・アインシュタインへの授賞をうまく却下してきた。一九一〇年から二二年の間にノーベル賞を授与された理論物理学者は、結晶によるX線の回折を研究した一九一四年のマックス・フォン・ラウエと、量子論を研究した一九一八年のマックス・プランクのみである。

アインシュタインへの推薦は、彼が相対性理論を思いつくきっかけになったベルン市庁舎の時計が時を刻むのと同じくらい着実に挙がってきた。一九一一年と一九一五年を除き、一九一〇年から一九二二年まで毎年推薦されている。一九一〇年はドイツ人推薦者がひとりだけだったが、一九二二年には世界中の尊敬すべき科学者一七人が彼を賞に推薦した。一九一〇年から二二年にかけて彼が受けた計六三の推薦は、他のどんな候補者が得たよりもはるかに多い。

とは言え、アインシュタインを候補にするにはいくつか固有の問題があった。最初のハードルは、一部の委員が相対性理論を物理学ではなく、認識論の領域に入るものだと考えたことである。次のハードルは、相対性理論は現実的な意識の世界とほとんど関連がないという主張だった。アインシュタインに批判的な委員は、この理論は常識に適合しないというフィリップ・レーナルトの主張を採り入れた。アインシュタインの理論が他の候補の研究の重要性とどのように比べられたかはさだかではない。また、アルフレッド・ノーベルの遺志に従って、実際に人類の役に立つかどうかを検討されたかもはっきりしない。

しかし、相対性反対論者の一番の不満は、相対性理論は実験による裏づけが不十分だという点にあった。理論の正しさが証明されている状況が限られており、もっと一般的に適用されることを示す証拠が不足していたのである。

一九一〇年、物理学委員会は一七人の候補者について検討したが、このとき初めてアインシュタインの名が候補に挙がった。推薦状を提出したのは、一九〇九年のノーベル化学賞受賞者ヴィルヘルム・オストヴァルトである。アインシュタインは博士号をとったばかりの一九〇五年に彼に就職を依頼したが、失敗していた。両者はこの少し前、ジュネーヴ大学の名誉学位を授かった際に、個人的に親しくなっている。オストヴァルトは当時まだ三一歳だった若き物理学者を推薦する理由として、アインシュタインの相対性理論の将来に及ぶ重要性を訴えた。委員会も「この新たな原理の助けがあれば、これまで理解するのが困難だった多くの現象を簡単に説明できる。……アインシュタインは数多くの現象を提示しており、それに照らしてこの理論を検証できる。これはその根本的な重要性の表れだ」と認めている。しかし結果的にアインシュタインの理論を支える実験的証拠が不十分なせいで、委員会は「この原理を受け入れるには、そしてとくにノーベル賞を授与するには、いくつかの重要な事例での検証結果を待つのが妥当であろう」と決定した。

一九一一年にはアインシュタインへの推薦はなく、この年はヴュルツブルクの物理学者ヴィルヘルム・ヴィーンが受賞したが、一九一二年には四本、一三年には三本、一四年には二本の推薦があった。これらの年に、委員会は候補者をその業績のタイプに従って規定どおりに分類した。

◎さらなる理解を助けたり従来の知識を応用できたりする新たな発見
◎理論の進化に役立つ、現象の新たな説明
◎定量化の進歩に結びつく新たな方法や機器
◎理論の正当性の決定に役立つ新たな計算
◎新たな理論

アインシュタインの推薦は、ほとんどの場合、この最後の項目に含まれる。それは委員たちにとって「未知の分野」だった。レーナルトと同じく、委員たちは相対性を知覚経験の世界とは異質なものだと考えている。それゆえに、実用的応用のきく有意義な科学というよりは、知的訓練の領域だったのだ。アルフレッド・ノーベルは遺言で、賞はまぎれもなく有益な研究に与えられるべきと明言していたので、アインシュタインは最初から苦戦を強いられた。実際、一九一四年の委員会の審議の終わりには、仮にアインシュタインが将来受賞するとしても、真剣に検討されるまでには時間がかかることが明らかになった。その年、委員会がアインシュタインの業績を冷淡な言葉で却下したからだ。「当分の間、アインシュタインを候補と考える理由はない」

一九一四年から一八年という第一次世界大戦中も、アインシュタインが受賞するチャンスは高まらなかった。物理学委員会の偏見に加え、アインシュタインはドイツ人科学者に対する連合国の認識とも戦わねばならなかったからだ。彼はドイツ人としては変種だったかもしれないが、それでも多くの人々の目にはドイツ人と映った。

アインシュタインは相変わらず多忙で、一般相対性理論の最終仕上げをしたり、重力に対する考察を拡大したりしていた。一九一五年には相対性に関する一連の講義を行うことを思いつき、一一月にプロイセン科学アカデミーで実行している。この講義を行ったことで、彼は研究をまとめ、新たな一般相対性理論を包括的に発表するための枠組みを得ることができた。その詳細な論文は、一九一六年三月に《アナーレン・デア・フィジーク》誌に掲載された。また、発表直後には『特殊および一般相対性理論について』（金子務訳、白楊社。二〇〇四年）と題した短い本を出し、数学的なことにはほとんど触れず、平易な言葉を使って、教養ある一般読者に自分の考えを説明している。一九一五年から一九年にかけて、アインシュタインは一五本の推薦を受けた。ほとんどのヨーロッパ人がドイツに強い偏見を抱いていたため、これらの大多数は中立国に住むドイツ人科学者や物理学者からのものだ。驚くべきことだが、一九一九年にアインシュタインを推薦した人々のなかには物理学委員会のメンバーで一九〇三年の受賞者のスヴァンテ・アレニウスもいた。

一般相対性理論の完成と発表に続き、アインシュタインは宇宙論に関連する論文をいくつか発表している。そこには、最終的に彼の名声を確かなものにする予想も含まれていた。アインシュタインが取り組んだ宇宙の事象は大きく分けて三つあった。その第一が、相対性を基にした近日点(水星の軌道がもっとも太陽に近づく点)移動の説明である。ノーベル委員会はアインシュタインの解釈が適用可能だと認めたが、再びアインシュタインへの授賞を却下した。委員会の報告書には、アインシュタインが主張するふたつの予想が正しいかどうかが今のところ検証されていないと記されている。太陽の重力が近くにある恒星の光を曲げるという予想と、太陽の重力によって太陽の赤色スペクトルと地上での光スペクトルの間に小さなずれが生じるという主張だ。委員会は次のように結論づけた。「その理論[ふたつの予想を指している]から導き出されていながら、今のところ観察されていない現象もある。そして、相対性理論に価値があるとするならば、導き出された結果が現実と一致するかしないか、そこに根本的な重要性があるのは確かだと思われる」

こうして相対性への授賞は一九一八年に却下され、再び一九一九年にも却下された。理論の裏づけとなる経験的データが不十分だというのが、少なくとも理由の一部である。皮肉なことに、相対性以外の業績を理由にした推薦状が提出されると、委員会はその業績では受賞できない理由を新たに探してくるのだった。

もしアインシュタインに、推薦人の注意をはるかに引いた目立つ論文でノーベル賞を受賞させず、科学が発展するための大きな価値や実用性とは関係なしに、以前の研究［相対性理論以外の科学への貢献を意味している］を再度検討して受賞させたら、［それは］学会にありがちなおかしなことだと思われるだろう。

アインシュタインに受賞させることへの反対が科学的調査によって少しずつ崩れていったにもかかわらず、彼の拡大する宇宙における天体のように、ノーベル賞はアインシュタインからどんどん遠ざかっていくように思われた。

しかしまもなく、もっと暖かな場所でのできごとがノーベル賞にかかわる状況を変えていくことになる。一九一九年一一月の初旬、イギリスの日食調査隊の観測結果が、まだ暫定的ではあるもののチューリッヒのアインシュタインの友人のもとに伝えられた。アインシュタインの三つの重要な予想のうちのふたつ目が正しいということが、これで立証された。太陽の重力場は実際にその大きな質量によって、近くを通過する星の光を曲げていたのだ。友人エドガー・マイヤーはアインシュタインに宛てた葉書の裏に次のような祝いの詩を書いている。

すべての疑いは取り払われ
とうとう確認された
光は自然に曲がるということが
アインシュタインに大いなる栄光あれ

イギリスの調査結果が最終的な分析によって確認された場合には、アインシュタインは非常に厳しいノーベル委員会が要求する基準がまだほかにあるのかをチェックしたことだろう。

ことがうまく運んだのは、詳細な計画のおかげであると同時に運のよさもあった。アインシュタインのオランダ人の友人ウィレム・ド・ジッターは、アインシュタインが戦争中に発表した宇宙に関する論文をケンブリッジ大学のアーサー・エディントンに送っていた。アインシュタインの天体に関する予想をまだ知らないうちから、エディントンは一九一九年五月二九日の皆既日食の間に実験目的の遠征に出ることを検討していたが、アインシュタインの論文はこの遠征に賭ける彼の熱意をますますかきたてた。

成功の可能性を高めるため、エディントンは二か所で調査する計画を立てた。助手のE・T・コッティンガムとともに、彼は西アフリカ、ギニア湾に浮かぶプリンシペ島に向かう。別の隊はアンドリュー・クロンメリンとチャールズ・ダヴィッドソンに率いられて、ブラジルのフォルタレザの近くに陣取る。どちらの場所でも、皆既日食が起こる数分の間に、暗くなった空で、太陽に近接した星の位置を写真撮影できるはずだった。

一九一九年一一月六日、ロンドン王立協会と王立天文学会の合同会議で、ケンブリッジ大学の元教授でノーベル賞受賞者でもあるJ・J・トムソンが重要な結果について発表した。日食の間に撮影された写真データは、調査した星の位置が、太陽が近接していない夜空での位置と比べて一・七度曲がっていることを示している。これはまさにアインシュタインの予想どおりで、古典的なニュートン物理学に基づいて予想されるずれの二倍にあたる、と。この疑いようのない結果は《タイムズ・オブ・ロンドン》紙に掲載され、それから世界中に配信された。アインシュタインは新たなニュートンだ！　新たなコペルニクスだ！　報道機関は明らかに、ノーベル物理学委員会がアインシュタインにノーベル賞を受賞させるものと考えた。

新たな名声によって、アインシュタインは少々困難な状況に陥ることになる。第一次世界大戦の結果、ドイツ人科学者は孤立し、ヨーロッパの他地域で開催される会議で歓迎されず、状況は一九二六年までほとんど変わらなかった。しかしアインシュタインに対する扱いは別である。おそらくドイツの国家主義を拒絶したからだろうが、彼はフランスやイギリスやアメリカといった国々の科学者からも、物理学賞の候補者として支持されるようになった。しかしドイツでは、右派の過激主義者の攻撃対象にされていた。戦争中の振る舞いから、非国民とみなされたのである。これはヴァイラントの「純粋科学を保護するためのドイツ人科学者研究グループ」が誕生したり、反相対性の講演会が開催されたり、エルンスト・ゲールケに攻撃されたり、レーナルトが急進化したりした時期にあたる。その一方で、共産主義者はアインシュタインの非絶対的な時間や相対的な運動といった考えを堕落した西洋の観念主義とみなし、絶対的なソヴィエトの理論にはふさわしくないと考えた。

国際的な名声を得た結果、アインシュタインはますます旅行や講演の機会が増え、彼はそれを科学者としてだけでなく平和主義の使者として引き受けた。一九二一年には、ハイム・ヴァイツマンとともに初めてアメリカを訪問している。ヴァイツマンはパレスチナにユダヤ人大学を建設する資金集めのため、講演旅行を準備していた。ニューヨークに到着したアインシュタインは、紙吹雪で歓迎された。全米科学アカデミーとコロンビア大学からはバーナード・メダルを贈られた。アメリカ人はこの風変わりなヨーロッパ人を気に入り、アインシュタインは大勢の聴衆の前で講演した。とくに聴衆が詰めかけたプリンストン大学の催しでは、アインシュタインは主催者に向き直り驚嘆してみせたという。「これほど多くのアメリカ人がテンソル解析に興味を持っているとは知らなかったよ」

シオニストがスポンサーである講演旅行への参加は、反国家主義というアインシュタイン精神と矛盾する。しかしヨーロッパで反ユダヤ主義がしだいに敵意を増し、民族的伝統に対する彼の意識も高まっていったことで、アインシュタインは参加は正しい選択だと確信していた。この時点ではアインシュタインは自分自身を「ユダヤ人の両親の子」と形容しており、宗教に対する親近感はいかなる形でもほとんど示していない。国家主義には染まらないと明言していた。それがシオニストになった。こうしたことにより、彼はドイツ人というより国際人になった。苦境に立った戦後ドイツは注目し、アインシュタインは反動的な批評家にとって目立つ標的となった。彼らはアインシュタインを「非ドイツ人」あるいは「国際主義者」と呼んだ。これはアインシュタインに共産主義の傾向があると決めつける隠語だった。

アインシュタインは一九二〇年に八人、二一年には一四人からノーベル賞の推薦を受けている。戦争にまつわる悪感情が続いていたにもかかわらず、推薦の多くはドイツの旧敵国から寄せられたもので、エディントンの観測に対する反響の大きさを物語っていた。一九二一年の推薦状で、エディントンはアインシュタインの一般相対性理論を「科学思想の歴史におけるもっとも偉大な業績のひとつだ」と述べている。彼の理論はニュートン以来初めて、重力に関する新しい洞察を提供し、多くの重要な自然現象の働きに対する解釈をひとつの理論にまとめ、科学と哲学を調和させ、他の科学者によるさらなる発展を可能にした。

ノーベル物理学委員会はエディントンの観測結果を考慮して、一九二〇年にスヴァンテ・アレニウスに、二一年にはアルヴァル・グルストランドに、アインシュタインと相対性理論に関する特別報告書の作成を委任した。ともにアインシュタインの理論にかかわる数学や、彼の考えの派生効果を理解するための経歴も世界観もない人物である。そのため、両者の報告書は明らかに実験主義者の見解に味方するものになり、アインシュタインの理論の詳細部分について懐疑的な態度を示す結果になった。アレニウスは、水星の近日点移動に関するアインシュタインの説明は剽窃だとするゲールケの告発をうのみにした。また、エディントンの測定の不確実な点を口実にした。

アインシュタインに対しては、グルストランドのほうがアレニウスよりもさらに厳しかった。彼は相対性理論が「科学的な仮説というよりはむしろ信条のような性質を有している。……［相対性理論によって予想された］効果はあまりに小さく、観測誤差の限界以下だ」と結論づけている。彼は水星の近日点に関するアインシュタインの説明を、循環論法だとして退けた。また、エディントンの観測手順とデータの曖昧な点にとびつき、その研究はまったく信頼できないと宣言した。

小教皇団のボスであるグルストランドは、アインシュタインとノーベル賞の間に立ちはだかるもっとも難儀な存在だったが、他の委員も抵抗を見せている。一九二一年の審議中に病気になっていたハッセルバリはグルストランドに同意し、「ノーベルがこういった憶測［相対性理論を指している］を賞の対象にするとはとうてい考えられない」と述べた。

　小教皇のうちのふたりの死がなければ、変化が訪れる可能性は低かっただろう。ハッセルバリとグランクヴィストの死去によって、カール・ヴィルヘルム・オセーンが最初は臨時の委員会顧問、のちには終身委員として賞の決定にかかわることになった。オセーンは数学者であるとともに理論物理学者で、もっとも関心を寄せているのは流体力学だった。ウプサラ大学の教授団の一員であるにもかかわらず、彼の世界観は委員会の他の教授たちが信奉する相対性以前の実験主義とは異なっていた。グルストランドは一九二一年、アインシュタインに関する報告書を作成する際、頻繁にオセーンに助言を求めたが、オセーンがグルストランドの懸念をひとつ払拭するたびに、この年上の科学者はまた別の懸念を口実にするのだった。結局グルストランドの報告書は、フィリップ・レーナルトが示した一番の懸念に同調するものになった。アインシュタインの理論は抽象的概念で事実無根だとし、そのうえで、相対性理論は信仰であって科学ではない、と結論づけたのである。

　オセーンがスウェーデン科学アカデミーの会員に選出され、その後ノーベル物理学委員に任命されたことで、事態は変わった。彼は新たな力となり、要求も厳しかった。オセーンはアインシュタインを一九二〇年と二一年の賞に推薦している。相対性理論での受賞は不可能と考え、オセーンは光電効果の法則の発見でアインシュタインに受賞させるというアイデアを思いついた。物理学委員会の委員となったオセーンは、一九二一年一一月の委員会の会合で、相対性理論を無視してあまり知られていない功績でアインシュタインに受賞させるのは奇妙に思われるだろう、というアレニウスの意見への反駁に成功した。オセーンは議論で引き分けに持ち込み、委員会は一九二一年の賞は将来の決定に持ち越すという決定を提示した。ノーベル賞の全体会議でこの結論は支持されたものの、アインシュタインの件については多くの声が上がった。現代の、いやひょっとしたら全時代において、もっとも人気のある科学者を委員会が推薦するのはいつのことなのだろう。

一九二二年一一月の委員会の審議では、一七人がアインシュタインを推薦している。推薦のほとんどは相対性理論に対するものだったが、ブラウン運動や光電効果に関する研究を支持する公正な推薦状もあった。オセーンは綿密な報告書を書き、アインシュタインの光電効果の法則がノーベル賞にふさわしい重要な功績だと感じる理由を述べた。彼は報告書のなかで、アインシュタインの法則をニールス・ボーアの原子模型と結びつけている。オセーンはこの若きデンマーク人の親友だった。彼は中心核の周囲に異なるエネルギーレベルで電子が回転しているボーアの模型を称賛し、それを現代の理論物理学における「すべての美しいもののなかでもっとも美しい」概念と呼んだ。オセーンはボーアの模型を理解する根拠がアインシュタインの理論からどのように引き出されるか、そしてこのふたつが、物理学においてそれまで孤高の存在だったプランクの量子論をどのように裏づけているかを示した。報告書の終盤で、オセーンはアインシュタインを支持する意見を次のようにまとめている。

アインシュタインは、彼の大胆な法則で核心を突いた。……ボーアの理論のほぼすべての立証、そしてそれとともに、すべての分光学にかかわる立証が、同時にアインシュタインの法則の立証となる。……アインシュタインの主張とボーアの振動数条件は内容的に一致しており、今や物理学に定着しているもっとも明白な法則のひとつである。……アインシュタインの主張が持つもっとも大きな重要性、そして同様にもっとも納得できる証拠は、それゆえに、ボーアが原子理論を構築するうえでの必要条件のひとつになっている。ボーアの原子理論のほぼすべての立証は、等しくアインシュタインの主張の立証でもある。……アインシュタインがこの法則を発見したことは、間違いなく物理学史におけるもっとも重要なできごとのひとつに数えられる。

最後の最後で、自分の立場に間違いはないとして、オセーンは言わずもがなの意見を付け加えた。「この発見は十分にノーベル物理学賞に値するものと私には思われる」

オセーンは数学と理論物理学に精通していたため、アインシュタインの受賞にもっとも強く反対していたグルストランドも口出しできなかった。オセーンはまた、アインシュタインを選べば大衆がアカデミーを嘲笑しているのに対処できるばかりか、国際的な科学界の関係を刷新するのにも役立つと主張して、アレニウスを説得した。そしてこの状況を十分に活用し、アインシュタインを保留にされていた一九二一年の受賞者、ボーアを二二年の受賞者として委員会が支持することを提案した。
一九二三年に実験主義者ロバート・ミリカンが受賞したのは、グルストランドにとってせめてもの慰めだった。ミリカンの包括的な研究はアインシュタインの法則の正しさを証明していた。ミリカンはレーナルトをはじめとする反動主義者が理論物理学への無意味な攻撃に固執している点を戒め、理論と実験が互いに役立つ関係にあることを認めている。

科学が二本の足、つまり理論と実験で前進しているのは事実だ。……最初に踏み出すのがどちらの足になるかはそのときどきで異なる。しかし絶え間ない前進が続けられるのは、両方の足を使っているからだ。先に理論を構築し、それから検証する。あるいは実験の過程で新たな関係を発見し、それから理論の側の足を上げ前へと踏み出す。そうやって果てしなく変化していくのだ。

ノーベル賞選考会議に物理学委員会がアインシュタインを推薦したことは歓迎され、アインシュタインをノーベル賞に値すると評価しなかった場合、賞の評判にどんな影響が及ぶかというかなり広範な懸念を軽減した。アインシュタイン受賞のニュースは、多くの地域で好意的に受け止められた。アインシュタインは世界的な人気者で、国際的な講演活動に頻繁に携わったことは、戦時中ドイツと敵対した国々との科学的関係を正常化するのに役立った。

アインシュタインはウルムで生まれたにもかかわらず真のドイツ人ではないと宣伝する他の反動主義者と同様に、レーナルトもはらわたが煮え繰り返る思いをしていた。二年前にベルリン・フィルハーモニック・ホールの講演会で、レーナルトたちと共謀してアインシュタインを破滅させようとしたデマゴーグ、パウル・ヴァイラントは、アインシュタインのノーベル賞受賞講演の直前にスウェーデンにやってきたが、異議を唱える人々を結集させることはできなかった。

ノーベル物理学委員会の陰謀は過去のものとなり、一九二三年のその暖かな日にイェーテボリで、満場の聴衆を前に、アインシュタインはノーベル賞受賞講演を始めた。それはたぐいまれな人生の偉業を証言する一日だった。その後の一〇年間にもそのような日は数多く訪れることになる。しかしその間ずっと、トラブルの可能性は増大していた。ベルリンでは、アインシュタインの戦争中の活動や、ドイツ国家主義に反発しヴァイマル共和国を支持するという姿勢への反感が再び生まれようとしていた。そしてドイツでは反動的熱情が増大していた。その原因となったのが、ナチ党とその「総統」アドルフ・ヒトラーである。レーナルトとヴァイラント、ゲッベルス、シュペーア、ヒムラーにはまもなく運が向いてくる。標的は決まっていた。アインシュタインは目をつけられることになる。

## 第九章 危険な選択

一九二三年一一月八日の夜八時半、ミュンヘンのビュルガーブロイケラー・ビアホールに一発の銃声が轟き、直後に「静まれ！」という叫びが続いた。店内にあふれかえっていた三〇〇〇人以上の群衆が不安そうに応じる。彼らは州総督（バイエルン州においてヴァイマル政府の代理を務める職務）グスタフ・フォン・カールの演説を聞いていた。カールは非常事態により新たに与えられた権限を行使して、この都市を悩ませていた不穏な情勢を和らげる計画について説明している最中だった。カールが演壇を降りると、群衆は中断の原因は何かと一斉に振り返った。縦列を組んで進む六〇〇人の武装した突撃隊をしたがえ、大ホールにアドルフ・ヒトラー、エーリヒ・ルーデンドルフ、ヘルマン・ゲーリングが群衆を押し分けて登場した。

「民族革命の始まりだ」。ヒトラーは告げた。「誰もホールを出てはならない。……バイエルン政府ならびに中央政府は交代し、暫定政府が組織された。国軍（ライヒスヴェーア）の兵舎と警察は占拠された。軍と警察は鉤十字の旗のもと市内に向かって行進している」

すべてまったくのでたらめだったが、群衆は茫然として、疑ったり論じたりできる状況にはなかった。ヒトラーはフォン・カールと、一緒にいたオットー・ヘルマン・フォン・ロッソウ少将、警察長官ハンス・リッター・フォン・ザイサーを拘束して奥の部屋に連行し、拳銃で脅して革命に加わらせようとした。ヴァイマルの役人たちが拒絶すると、ヒトラーは妥協案として、積極的にナチ党に反対しないと三人に誓わせた。解放されるや、彼らはみな約束を破った。

ヒトラーはそれから大ホールに戻った。フォン・カールが味方に加わったという印象を与えつつ、彼はこう宣言した。「一一月の犯罪者からなる［ヴァイマル］政権と大統領の追放が宣言された。新たな国家主義政権がまさにこの日、ミュンヘンで誕生することになる。新たなドイツ国家軍がすぐに組織されるだろう。……ドイツ国家主義臨時政権は罪深きバベル、すなわちベルリンへの進軍を準備し、ドイツ国民を守ることになる！　明日はドイツに国家主義政権が誕生するか、われわれが死ぬかのどちらかだ！」

実際は、どちらも起こらなかった。キーストン・コップスのドタバタ映画を彷彿とさせるようなその後の「勘違いの喜劇」は、屈辱的な終わりを迎える。翌朝、バイエルン国防省を占拠しようとする間に、政権を奪取し自ら「総統」と名乗ろうとしたヒトラーの試みは失敗に終わった。ゲーリングは脚の付け根を撃たれた。ヒトラーは仲間と腕を組んで行進していたが、その仲間が倒れた際に巻き添えで引きずり倒され、肩を脱臼した。しかしヒトラーは命拾いした。ボディーガードがドイツの未来の指導者の上に体を投げ出してくれたからである。彼は数発の弾丸を体に受け、それが致命傷となった。全部で一六人の反乱者、四人の警察官、ひとりの野次馬が短い革命の間に命を落としている。

その後、ナチは散り散りになった。一揆の指導者のなかには、逮捕された者もいれば、ルドルフ・ヘスやヘルマン・ゲーリングやエルンスト・ハンフシュテングルのようにオーストリアに逃亡した者もいる。ヒトラーは総崩れから三日目の朝に逮捕されるまでの二夜を、シュタッフェル湖のほとりにあるハンフシュテングルの別荘の屋根裏部屋に隠れて過ごした。ヒトラーは一揆の失敗をフォン・カールのせいにした。当時の彼は仕返しする立場になかったものの、忘れなかったのは明らかだ。「長いナイフの夜」、つまり一一年後の一九三四年六月三〇日、ナチが政治的ライバルを抹殺した際に、ヒトラーはフォン・カールへの恨みを晴らしている。ふたりの親衛隊将校が、ミュンヘンのアパートにいたフォン・カールを逮捕したのだ。カールはひどく罵られ、痛めつけられながらダッハウの強制収容所に連行され、収容所所長テオドール・アイケの命令で銃殺された。

ヒトラーは逮捕後、獄中でいらだちながら一夜を過ごした。おそらく夜明け前に即決で処刑されると思っていたのだろう。人民法廷で裁判を受けると聞いて元気が出た。彼はその機会、その舞台を利用して状況を好転させることになる。訴訟をヴァイマル政府への批判にすり替えることにより、生きた殉教者として名を馳せ、政治生命を甦らせるのに役立てたのだ。ヒトラーに政治的に共感していた判事たちは、ランツベルク要塞での五年の禁固刑を言い渡した。反逆者に科せられるなかでもっとも軽い刑である。さらに法廷は、彼が九か月服役したあとで、少なくとも数年間演説を控えることを条件に減刑している。服役中、ヒトラーは自伝『わが闘争』を執筆した。反ユダヤ主義で反マルクス主義の罵倒をとりとめなく綴ったこの本には、ナチが政治的最高権力に上り詰めるための戦略が詳述されていた。

ヒトラーのミュンヘン一揆にフィリップ・レーナルトは勇気づけられた。この男はドイツ国民のために犠牲になったのだ。レーナルトは無限の称賛をこの男に伝えずにはいられない気分だった。一九二四年に発表した『ヒトラー精神と科学』のなかで、レーナルトはヒトラーへの英雄崇拝と、ドイツの科学を支配するようになったユダヤ人物理学者への反感をうまく結合させている。ヨハネス・シュタルクと共同執筆したこの論文は、ドイツの新聞への公開書簡の形に体裁を整えられ、広範な人々に読まれた。筆者はヒトラーの高潔さと献身を過去の偉大なる科学者になぞらえ、次のように述べている。

完全に明瞭で、外界にも内なる不変性にも正直な精神がそこにはある。この精神は、不誠実であるという理由で、いかなる妥協も嫌悪する。しかしわれわれはすでに承知している。……この精神がガリレオやケプラーやニュートンやファラデーといった過去の偉大なる科学者たちにもあったことを。われわれは同様にヒトラー、ルーデンドルフ、ペーナー（ミュンヘン一揆の指導者たち）とその同志たちにもあるこの精神を称賛し崇拝する。……われわれと同じ世界にこのような天才が生きているのがどれほどありがたいことかを考えてみよう。……この魂がアーリア＝ドイツ人の血にしか宿らないことは経験からわかる。……しかし「国民の味方」がそうしているのはずっとよいことだ。彼はここにいる。誠実な指導者として姿を現した。われわれは彼に従おうではないか。

『ヒトラー精神と科学』の発表は、レーナルトがあけすけな反ユダヤ主義を公に示す分水嶺となる。レーナルトはベルリン・フィルハーモニック・ホールでの講演会やバート・ナウハイムにおける討論でのアインシュタインの反応に対しては、大体において沈黙を守っていた。その後の数年間も、反ユダヤ的な意見を大っぴらに述べることについては慎重な態度を崩していない。しかし金銭的状況が悪化し、息子を腎臓疾患で亡くしてつらい思いをしたことで、レーナルトはドイツの科学界へのユダヤ人の関与にさらに攻撃的な姿勢をとるようになった。ドイツ＝アーリア人の本質に対するユダヤ人の脅威が存在していることを、ギリシア文明やローマ文明の終焉と比較して、レーナルトとシュタルクは読者への警告を続けている。

しかし、血も滅びる可能性がある。……まったく同じ勢力が働いている。キリストが十字架にかけられたのも、ジョルダーノ・ブルーノ（コペルニクスの地動説を支持して火刑となった修道士）が火あぶりにされたのも、ヒトラーとルーデンドルフが機関銃で撃たれ要塞の壁のなかに幽閉されたのも、すべてその背後には同じアジアの人間がいるのだ。指導者に対抗しようとする暗黒の魂の戦いだ。……大学とその学生たちは非常に多くのものを失ってしまっている。とくに、ずっと以前に先導役を務めるべきだった課題においてそれが顕著だ。

一九二二年六月に起こったふたつの関連した事件で、レーナルトのあからさまな反ユダヤ主義への移行は大きく加速した。最初は六月二四日に起こった事件である。ドイツ外相ヴァルター・ラーテナウを乗せた車に別の車が追いつき、発砲して車に乗っていた人々を殺害した。ヴァイマルの指導者は六月二七日を国民の休日とし、半旗を掲げて哀悼の意を表すよう指示した。ところがレーナルトは政府の指図に従うことを拒否した。ラーテナウが改革主義者でユダヤ人でアインシュタインの友人であるとともに、嫌悪すべきヴァイマル政府の一員だったからである。ハイデルベルク物理学研究所では、ドイツ国旗は旗竿の一番上で誇らしげにはためいていた。

次に起こったのは考え方の違いを巡る問題である。大学の社会主義同盟の学生グループと多くの研究所の従業員にとって、こういった姿勢は英雄視している人物への侮辱にほかならなかったため、彼らはレーナルトに苦情を申し立て、話し合おうとした。レーナルトがグループとの会談を拒否したことで、事態はレーナルトがのちに「凶悪な襲撃」と呼ぶ事件にまで発展する。何が起こったかについてはいくつか異説がある。しかしどの報告も、レーナルトがかなりの心的外傷を負わされたという点では一致している。一九二二年六月三〇日付けの《ノイエ・チュルヒャー・ツァイトゥング》紙が、暴力に発展しかねなかった危険な状況を、次のようなのんきな記事で伝えている。

もっともおかしいのは、ハイデルベルクの人々に恐怖と笑いの両方をもたらした場面だ。レーナルト教授はドイツでも指折りの物理学者のひとりで、もっとも優秀な研究仲間に向かって政治的爆竹をばらまいていることで名高い。ハンガリー人という出自が（ユダヤ人だという人も多い）、かえって彼をドイツの国家主義に走らせた。……従業員たちは午後六時頃に［ハイデルベルク大学の］新橋を渡った。彼らは状況が予想どおりである［半旗になっていないことや、物理学のセミナーが中止されていないこと］のを見て取った。同じ頃、学生自由連合の面々は大学の学長に不満を漏らしていた。……四人の警官が階段を上って［文化省の勧告を順守するよう］要求したが、レーナルトは彼らの面前でドアを閉めた。

それから従業員たちは［研究所の前に］集まり、武力に訴えようとした。同時に、［レーナルトを支持する］国家主義の学生たちが階上から四機の放水銃を群衆に向けた。そして困ったことに、大きな岩まで投げられた。明らかに事前に準備されたものである。やっとのことで従業員たちは研究室を占拠した。女子学生は逃げ出した。男たちは教授をつかまえ、やじをとばす群衆のなかを通って橋の向こうの学生連合の建物まで連れていくよう警官に要求した。

大勢の群衆が集まり、問題について議論した。地方検事が到着し、事態の収拾に努めた。……一時間後、教授は保護の意味合いも兼ねて拘留されることになる、と警官がバルコニーから伝えた。……「すぐに車が来るだろう……」。群衆は異議を唱えた。「歩かせろ！　われわれだって牢屋には歩いていくんだ！　車なんていらない！」「あるオンブズマンがこう告げた」「教授には歩いていってもらおう。だが君たちは彼に手出しをしてはならない。私が命を賭けよう！」雷鳴のような笑い声が起こった。しばらくして群衆の間に狭い通路ができた。……この足元のおぼつかない男の哀れな様子が、さらにつぶさに見えた。彼は安全に、しかし震えながら連行されていく。全員が約束を守った。……警官は治安を守るために手を尽くした。従業員たちも統制が取れていた。笑い声を上げる群衆のなかを、囚われの教授は進んでいった。

暴徒から受けた扱いに憤慨し、死にそうな目に遭って鍛えられたレーナルトは、アドルフ・ヒトラーの演説と、アーリア人を称賛するヒューストン・スチュアート・チェンバレンの著作に傾倒した。レーナルトは完全に急進化した。彼は一九二二年にハイデルベルク大学で行った挨拶で、新たな世界観について述べている。そのなかで彼はヴァイマル政府の活動を中世の迷信的な慣習になぞらえた。

現実と一致しないものは、人々に否定的な影響しか与えない。当時は暗黒の中世だったが今は啓蒙された明るい現代だ、といった愚かな考えを抱くべきではない。今日も、人々が知るべきもっとも重要な新たな知識を正確に発表することは、この知識がわれわれの周囲のものごとに、そしてわれわれにどのような影響を与えるかについて明らかにするのと同じくらい難解で危険だ。実際、中世の頃よりも難解で危険だろう。今日では他の力もある。この力は、何が人間にとって大切か大切でないかをわれわれが口にするのを妨げる。まさに魔女裁判や魔女信仰があった時代と同じくらい暗黒なのだ。あるいはもし国民が自ら引き起こしたのではない戦争責任を負わされ、それを理由に支配されるとしたら、魔女裁判よりも理にかなっていると言えるだろうか。むしろいかなる魔女信仰よりも邪悪だと言えるだろう。したがって、中世と今日との間にさほどの違いはないのだ。

専門的な面では、レーナルトは過去の科学にさらに固執した。理論物理学に反対する立場から、彼は相対性のいかなる点にも容赦しなかった。一般相対性理論を信じていないのと同じくらい、特殊相対性理論も信じていない。特殊相対性理論の見解については、かつては受け入れていたこともあったのだが。レーナルトに必要なのは、彼の哲学を公に述べるための適切な場だった。まさに打ってつけの場が、どんどん近づきつつある。二年前にバート・ナウハイムで開催されたのと同じドイツ科学者・医学者協会の一〇〇周年記念会議に出席する準備を彼は開始した。

今度の会議は一九二二年の秋にライプツィヒで予定されていた。これはとくに重要な会議となる。ドイツの科学者たちはまだヨーロッパの他地域での会議で歓迎されておらず、出席を積極的に思いとどまらせようとする会議もあったからだ。

研究仲間たちをアインシュタインの理論から引き離したいという望みをまだ抱きながら、レーナルトはエーテルについて再考し、一九二二年版の論文『エーテルと純粋エーテル』に自分の考えを書き留めた。彼は以前のモデルからふたつのエーテルの存在を推論し、観察される物理現象をそれを使って説明している。それによれば、あらゆる原子は独自のエーテルを持ち、その量は原子の状態によりさまざまだ。レーナルトはこのエーテルを「物質のエーテル」と呼んでいる。物質の各粒子が、周囲を取り巻くエーテルの一部を放出したり吸収したりするからだ。レーナルトはもう一方のエーテルには「純粋エーテル」と名づけ、これは「空間のエーテル」であると考えた。純粋エーテルは電磁放射線が光速で伝わるのを助け、物質からの負荷は受けない。

この『エーテルと純粋エーテル』の改訂版の序文「ドイツの自然主義者への訓戒」のなかで、レーナルトは過去にアインシュタインに向けた不満を再び繰り返している。アインシュタインが立証されていない理論を不当に広めようとするのは品性の貧しさの証拠だと彼は主張し、ドイツ科学者・医学者協会とアインシュタインが共謀していると非難した。「害悪が新聞紙上だけで流し続けられるのと、協会で続けられるのとでは話は異なる。人は明確でバランスのとれた意見を協会が示してくれることを期待しているのだ。それなのに、協会がこんなばかげたことに加担するとは。……さらに悲惨なのは……アインシュタインの周囲に漂う『ドイツの』科学者としての潜在的な概念の曖昧さだ」

心理的な投影をありありと示しながら、レーナルトは続けている。

客観的な問題をすぐに個人的な口論に持ち込むのはユダヤ人のよく知られた特徴だ。……健全なドイツ人の精神は……［ユダヤ教の］異国の精神とは相容れないに違いない。この異国の精神は、いたるところで邪悪な力として生まれ、相対性理論に属するあらゆるものに非常に明確に示されている。われわれは宗教裁判に劣らないほど暗黒な時代に生きている。……私はドイツの自然主義者がより明確な意識を持ち、啓蒙することで、可能なあらゆる場所で暗黒の精神を打破し、それによって彼らの価値を証明してくれることを望んでいる。

この点において、レーナルトは始終落胆している。研究仲間は迫り来る脅威を無視するだけでなく、彼が人種主義的発言をすることに強く反対したからだ。何年ものち、彼は『エーテルと純粋エーテル』の序文の余白に、次のように記している。「当時のドイツの自然主義者は、じつに大学教授のすべてがそうだったのだが、助けにならなかった。アドルフ・ヒトラーだけが一一年後、第三帝国を通じて、科学における邪悪な精神の力を破壊する基盤を与えてくれたのだ」

会議に向けてレーナルトたちは、新たなふたつのエーテルの実験的な証拠を得ようとしたが、その努力は無駄に終わる。それでもレーナルトはあきらめなかった。ライプツィヒでアインシュタインに仕掛けようとした議論の内容を、彼は事前にハイデルベルク大学で演説している。

さて、アインシュタインは、エーテルはまったく存在しないと述べている。もしエーテルがないと言い張るなら、空間や天は空っぽでなければならなくなる。天と地の間に何もあるはずがないと言うなら、自然科学者が追い求めるのは卑俗なものばかりになってしまう。こういったことが、まさに同じ人間［アインシュタイン］によって推測されている。私はここで人間アインシュタインと研究者アインシュタインとを分けて考えてはならないと言っておこう。なぜならこのふたつは区別できないし、そうすべきでもないからだ。研究者としても人間としてもお粗末なレベルなのだから。

レーナルトはここであざけるような調子で述べている。宇宙がエーテルなしで機能するなど、どうして可能だろう。ばかげているが、扇動まがいなことをしている人間が言いそうなことだ。

私が話題にしているこのアインシュタイン氏は、われわれのもとに［彼が気遣っている］幾万もの東方ユダヤ人を連れてくる。……その一方でこの人物は、戦時に売国奴とされた人々、国から追い出された人々、あるいは絞首刑になった人々と特別な関係にある。だから、この男にとって、空という場所は空っぽなのだ。

同じ講演でレーナルトは、昔アインシュタインの理論に対して述べていた反対意見のひとつを再び繰り返している。

私はシンプルな考えの支持者である。シンプルな考えはどんな時代にも自然科学者のもっとも偉大な成功につながる。もっともシンプルな考えからは、常にもっとも偉大な成功が、非常に多彩な場所で生まれてきた。ビスマルクの考えもシンプルそのものだった。……シンプルな心は偉大なドイツ人の特質なのだ。

二年前にバート・ナウハイムでレーナルトが断言したように、相対性理論には「誇張された性質」がある。それは常識に反するものであり、「仮説の積み重ね」にすぎないのだ。

レーナルトは一九二〇年のバート・ナウハイムでの会議と同じく、ライプツィヒでもアインシュタインと直接対決するつもりでいたが、これについては失望する結果になった。アインシュタインは相対性に関する最近の考察を発表する予定だったが、心配した仲間が彼を説得して取りやめさせたのだ。集まる人々の間にあからさまな反ユダヤ主義が広がっていること、レーナルトが反相対性の小冊子にちりばめたであろう威嚇、そしてアインシュタインの名が最近懸賞金付きの「暗殺者リスト」に載るようになったことなど、すべてはキャンセルしたほうが賢明だと物語っていた。それはある意味では非常に残念なことだった。ノーベル・アカデミーが保留にしていた一九二一年の物理学賞をアインシュタインに贈ることがこの席で発表されたからだ。アインシュタインがその場にいたら、発表に驚愕するレーナルトの姿を見て溜飲を下げられただろう。代わりに、アインシュタインは急遽手配した日本での講演旅行に向け、船上の人となっていた。

レーナルトにとって、アインシュタインのノーベル賞受賞は最後の一撃となった。六〇歳になったレーナルトは、アインシュタインにいつも上手に立ち回られている気がして、しだいに孤独感を強めていく。科学者として一番油ののった時期は過ぎ去った。研究仲間は相対性の空約束のために実験物理学を見捨てつつある。彼にできるのは国家社会主義ドイツ労働者党を支援することだけだった。ナチのレトリックは新たな世界の秩序を約束している。相対性理論を主張するユダヤ人の邪悪なたわごとを許さない秩序だ。

ライプツィヒの会議ののち、レーナルトは純粋な科学からはほとんど遠ざかり、反動主義の政治に全力を傾けていく。彼は反ユダヤ熱をさらに特定の個人へと向けた。アインシュタインは堕落したユダヤ精神の生きた化身で、ドイツの科学にうまく取り入っているのだ。一九二二年春、ハイデルベルク大学での講演でレーナルトはこう熱弁を振るった。「最後にひとつ言っておこう。たまに取り沙汰されることだが、私をアインシュタインの敵と考えないでほしい。私は敵などというものではない。それではあまりにくだらない。あまりに低すぎる目標だ」

レーナルトが望んだのは、宿敵をたんに敗北させることではない。アインシュタインがまるで生まれもしなかったかのように、彼の考え、著作、発言を完全に葬り去り、白紙状態に戻すことだった。

# 第一〇章　レーナルトとヒトラー

大統領パウル・フォン・ヒンデンブルクからヴァイマル共和国の首相に任命されて二か月と経たない一九三三年三月二三日の午後、アドルフ・ヒトラーは国会の会議場に座り、思慮深げに社会民主党党首オットー・ヴェルスの発言に耳を傾けていた。ヴェルスはヒトラーの右派連合が提案した授権法を投票で否決するよう国会に嘆願しているところだった。

ヒトラーは自分が今この場で歴史的瞬間に立ち会っているのだということを実感していた。彼は超国家主義のドイツ労働者党の先頭に立ってプロパガンダを展開することにより、政治的な地位を向上させてきた。一九二〇年には党首に就任し、組織名を国家社会主義ドイツ労働者党に改めた。その後の一〇年間の大半にわたり、党の運勢は経済とともに上昇と下降を繰り返した。しかし一九二九年に世界的な恐慌が冷淡に、しかもしっかりと根をおろし、失業が広がると、ナチは窮境の責任を社会主義者、共産主義者、ユダヤ人に転嫁し、大衆に広く受け入れられるようになった。党員数も激増した。

傍目には落ち着いて見えていたものの、ヒトラーの頭はものすごい速さで演説をどう始めるかについて考え始めていた。彼は徹底的に準備してきたこの演説が、自分の政治的キャリアを決定づけるものであることを予期していた。実際、授権法が成立すれば、首相であるヒトラーとその内閣は、国会の承認や年老いた大統領の干渉を受けずに法令を通過させる絶対的で独裁的な権力を得ることができるだろう。

ヴェルスはドイツの名誉を守ろうと熱烈に懇願して締めくくった。ドイツの名誉！　社会民主党が停戦条約のあまりにもひどい要求に卑屈に従ってきたこの一五年間、ドイツの名誉について考えてさえいれば。そして大戦の責任はドイツにあるという伝説が国民に押しつけられるのを拒絶してさえいれば。社会民主党は羽振りがよくなったが、それがあまりにも長く続き過ぎた。革命のための機は熟した。ヒトラーはこのあきれるほど弱々しい演説が、自分が聞かねばならない最後の国会演説になることを確信していた。

議員たちが静まると、ヒトラーは立ち上がり、演壇へと向かった。暗いカーキ色の戦闘服を身に着け、ナチの鉤十字を描いた白い腕章を目立つように左腕に巻いている。彼は一瞬立ち止まって考えをまとめた。その日ドイツの国会は、ベルリンのクロル・オペラハウスの大ホールで開かれていた。一か月前に国会議事堂が不審火で焼失していたからである。明らかに放火だったが、放火犯はいまだ捕まっていない。ナチにとって、この犯罪は天の配剤だった。国会議事堂が壊滅したおかげで、首相であるヒトラーにその後の行動を起こす口実を提供したからである。ヒトラーは火事を共産主義者の陰謀とみなして非常権限を宣言し、治安維持を名目に個人の権利を一時停止した。多くの目に、これはあまりにも巧妙なやり方に思われた。実際に火をつけたのがナチであるかのように。

新たな選挙が三月五日に予定されると、ヒトラーは突撃隊を街頭に放ってライバル政党の活動を邪魔させた。短い選挙運動は史上もっとも荒っぽい運動のひとつとなる。国家主義の反動派、共産党員、中道派が、警官が見て見ぬふりをしている間に、街頭で大っぴらに戦った。激しい暴力と有権者に対する前代未聞の威嚇にもかかわらず、選挙の結果、ナチと同調し連立する党は明確な過半数票を得ることはできなかった。

ヒトラーは得票数の不足については気にしていなかった。この瞬間のためにじっくり準備してきたのだ。成り行き任せにしていることは何もない。その午後出席した国会議員を見渡して、彼は授権法が成立しそうであることに満足した。普段よりも空席の数が多い。突撃隊がオペラハウスを取り巻いて邪魔が入らないようにし、労働者の支持する共産党員と比較的率直な発言をする社会民主党員の多くを逮捕していたからだ。こういった人々の多くはまもなく国家の客になる。彼らは新設されたダッハウの強制収容所で恐ろしいもてなしを受けることを運命づけられていた。これはナチの反対者を黙らせるために作られた多くの施設の始まりとなる。

ゆっくりとおだやかに、ヒトラーは演説を始めた。

ドイツ国会議員の諸君！　政府と合意のうえで、本日国家社会主義ドイツ労働者党とドイツ国家人民党は「国民と国家の危難緩和のための法律（授権法）」に関する法案を提出した。このような特別な手段をとる理由は次のとおりだ。一九一八年一一月に、マルクス主義の組織が革命によって行政権を掌握した。こうして憲法は破棄された。……彼らはドイツもしくはその政府が戦争勃発の罪を負うと主張することによって、倫理的正当性を得ようとした。

ドイツの戦争責任を否定する箇所で、ヒトラーの声は次第に高まり、語気も荒くなった。彼はヴァイマル政府の罪をすらすらと言ってのけ、それが「全ドイツ民族に対するもっとも深刻な抑圧」になったと指摘した。唇からはつばが飛んだ。国会が授権法を通過させなければならない理由を両手で数え上げた。停戦条約で狭められた国境の向こう側に住む民族ドイツ人の虐待や、ヴェルサイユ条約によって連合国に要求されている過酷な補償の影響もそのひとつである。終盤近くになって、ヒトラーは「要求」に取り掛かった。

もし政府が毎度毎度その方法について国会で協議したり承認を求めたりすることになれば、「ナチが率いる」国民蜂起の狙いとは矛盾するだろうし、意図する目的を果たすことはできないだろう。

ドイツ政府は、全国的な興奮状態に陥っている現在の状況下で、国会でさらなる審議をすることは不可能だと考えている。

結果は疑うまでもない。四九一対九四票で授権法は成立し、国会は権限を放棄し解散することになった。この決議により、翌年ヒンデンブルクが亡くなると、ヒトラーが敵とみなす者、主としてユダヤ人と共産主義者を排除することによって勝利を堅固にする明確な道が開けた。一九三三年の終わりには、三万人のドイツ市民が「政治犯」として拘留されることになる。

ヒトラーが第三帝国総統に昇りつめたことで、フィリップ・レーナルトは政府のもっとも強い権力を持つ場への出入りを許された。ナチ党は、レーナルトがヒトラーの権力掌握以前に党に参加した「古参兵」であることを認識していた。レーナルトの演説や著述は、彼が反動的な哲学を受け入れていたことを証明している。まさにその哲学こそが、一九二二年という早い時期に彼をナチ党に駆り立てたものだった。レーナルトはその頃からヒトラー自身も含め、党の多くの指導者たちと個人的に親しい関係を結び始めている。その後の数年間で、ゲッベルス、ヘス、その他ナチの指導者たちとも親しくなった。ヒトラーはレーナルトに何通かの非常に丁重な私信を送り、レーナルトに党の活動への参加を求めている。一九二六年一〇月二三日には次のように書いている。

大切な教授殿！

あなたの親しみのこもった手紙が届いたのは、私がミュンヘンを離れてからのことでした。本当にありがとうございます。一〇月二日と三日にカールスルーエにいることはできません。バーデン政府がいかなる形でも［ヒトラーが刑期半ばで出所する条件のひとつとして］私の参加を許さないからです。別の機会にお話しできることを心から願っています。

ヒトラーは手紙を「ドイツ式にご挨拶申し上げます」という言葉で締めくくっている。レーナルトはそれをきっと人種の区分に基づく仲間意識によるものと認識しただろう。

一九二七年に一〇〇マルクの寄付をしたあとにも、レーナルトはヒトラーからの手紙を受け取っている。「乱闘中に殺されたヒルシュマンの家族や負傷した者たちに御寄付をいただき感謝しています。彼らに代わって、そして運動の名のもとに御礼申し上げたい」。ヒトラーがゲオルク・ヒルシュマンに言及していることから、レーナルトがおそらくその頃には党員に同情的だったことが窺える。ヒルシュマンは靴職人で、ミュンヘンの突撃隊の隊員だった。彼は褐色シャツを着た仲間を率いて敵対する党派の小さな街頭集会に乱入し、カール・ショットというティーンエージャーに頭をこん棒で殴られ、翌日死んだ。葬儀でヒトラーは、ヒルシュマンを一九二七年の乱闘で亡くなった五人目の党員だとして殉教者扱いした。以後、「われわれ対やつら」という言い方は彼の演説に不可欠な要素となる。ナチ・ムーヴメントに対する政治的暴力がヒルシュマンの嘆かわしい死で終わらないことは確かだと、ヒトラーは断言した。ナチであるということは、不当に虐げられるということを意味する。危険であっても、党は戦い続けるのだ。

一九二九年四月にレーナルトに宛てた手紙からは、ヒトラーがレーナルトを非常に率直に、大義のために勧誘しようとしている様子が窺える。「事務所を訪ねていただきながら、私に面会できなかったと聞いて、たいへん残念に思っています」とヒトラーは書いている。「個人的にまた近いうちにおいでいただければ、喜んで歓迎いたします。ニュルンベルク党大会にいらっしゃれるとよいのですが」

ヒトラーはレーナルトに、非常に望ましい資質をいくつか見出していた。国家社会主義ドイツ労働者党は一九一九年にヒトラーが入党して以来、大衆の支援を受けて大きく成長していたものの、まだ多くの有権者からはあまりにも急進的だとみなされていた。ヒトラーはノーベル賞を受賞した科学者というレーナルトの評判を、ナチのイメージを向上させ、もっと穏健なドイツ人を彼の目的のために転向させるのに役立つと考えていた。さらにヒトラーは、レーナルトとアインシュタインの確執から、レーナルトが狂信者であることを見抜いていた。彼らはふたりとも、ドイツ文化へのユダヤ人の侵入について真剣に考えていたのだ。

最終的に、ヒトラーが引き抜いたのはレーナルトだけではない。レーナルトにはアインシュタインがついてきた。政治的勢力を伸ばすごく初期の段階で、ヒトラーはドイツ民族の苦しみの責任をユダヤ人に転嫁していた。しかし、そこに問題があることも承知していた。理論的に考えて、ひとつの人種全体を悪魔化するのは難しい。具体例が必要だった。改革主義者で国際主義者で、もっとも重要なことにユダヤ人であるアインシュタインは、しだいに怒りを強め外国人嫌いになっていくドイツの有権者の間でナチへの人気を高めるのに打ってつけのスケープゴートだったのだ。

ヒトラーが権力を確固たるものにした一九三三年、レーナルトは七一歳になった。高齢にもかかわらず、アインシュタインとユダヤ人の精神がドイツ文化にもたらす脅威への強い懸念は、少しも衰えていない。それでも、時とともに自分が弱っていくことはわかっていた。彼はしだいに若き追随者ヨハネス・シュタルクを、自分の目的を遂げるために考えた共同研究に加わらせるようになる。レーナルトとシュタルクはお似合いだった。シュタルクがレーナルト以上に急進的で反動的な考えを科学や反ユダヤ主義に抱いていても不思議はなかった。

バイエルンの片田舎で裕福な両親のもとに生まれたシュタルクは神童と呼ばれ、二三歳のときにミュンヘン大学で博士号を取得した。ゲッティンゲンで六年間助手を務め、ハノーファー大学に短期間勤めたあと、一九〇九年にアーヘン大学の教授に任命される。この当時、彼はアインシュタインとともに、量子論の優れた支持者と考えられていた。しかし一九一二年には、その短気な性格のせいでトラブルに巻き込まれるようになる。ゲッティンゲン大学のかつての同僚でノーベル賞受賞者でもあるジェイムス・フランクはシュタルクについて次のように述べている。「シュタルクはあらゆる面で頭痛の種だった。しかし、彼が素晴らしいアイデアをもっていたことは認めなければならない。そして早い段階で、彼は光化学を量子過程で説明できると考えていた。アインシュタインほど明確にではないが、それでもそう考えていたのは間違いない」

シュタルクは自分に先取権のある発見の手柄をアインシュタインが横取りしたと考え、一九一二年からアインシュタインと一連の論争を繰り広げた。同様の利害関係を巡って、彼は強い政治力をもつアルノルト・ゾンマーフェルトも敵に回している。ゾンマーフェルトは彼がアーヘンで教授職に就くのを支援してくれた人物でもあったのだが。

シュタルクはゾンマーフェルトとの論争によって大きな犠牲を払い、これがきっかけで急進化することになる。一九一四年、彼はゲッティンゲンの教授職を希望したが、ゾンマーフェルトとの屈辱的な戦いでその機会を失う。ゾンマーフェルトはお気に入りの学生ペーター・デバイをそのポストに任命する手はずを整えた。骨折り損となったシュタルクは、不運な結末は「ユダヤ人と、ユダヤ人びいきの人々と、その積極的な営業部長［ゾンマーフェルト］のせいだ」と主張した。彼は一九一七年に評判のさほどよくないグライフスヴァルト大学での教授職に甘んじなければならなかった。

戦後、シュタルクは本格的に保守政治を支持するようになった。彼は最終的にヴュルツブルク大学の物理学教授に就任している。レーナルトの生涯にわたる敵のひとり、ヴィルヘルム・コンラート・レントゲンが長く教授を務めていた大学である。シュタルクとヴュルツブルク大学は、ほぼ最初からそりが合わなかった。教授団が非常に保守的なグライフスヴァルトと異なり、ヴュルツブルク大学の政治的雰囲気は非常に改革主義的だったからである。ヴュルツブルク大学の同僚の考え方、そして全国的にはドイツ物理学協会の会員の考え方にシュタルクは失望し、反動的な「大学物理学者によるドイツ専門家会議」の立ち上げに走った。それにより彼は必要以上に自然科学者を遠ざけることになる。彼らが支援してくれれば、シュタルクの後年の奮闘にさぞ役立っただろうに。

シュタルクは哲学的な論争を乗り切ったかもしれないが、シュタルクとヴュルツブルク大学の教授団との科学的立場の違いは相当なもので、最終的に橋渡しは不可能だった。自然科学者の多くは、新たな理論物理学を完全に受け入れていた。それだけに、彼らは古典的・実験的物理学者が固守している過度に単純化した考えを軽蔑していた可能性がある。シュタルクが教え子であるルートヴィヒ・グラツァーの磁器の光学的特性に関する論文を受理すると、同僚たちはいくつか理由を挙げて非難した。まず彼らは、そのテーマが大学の上級学位に値するほど高度なものであるかどうかを疑問視している。また、そのテーマはあまりにも応用的で、過度に単純化した実用的なものだと非難した。彼らはシュタルクが授与しているのは「磁器学博士号」だと嘲笑した。

彼らはまた、シュタルクの動機にも不安を抱いており、シュタルクがグラツァーの論文を受理したのは、シュタルクと同じくグラツァーが政治的右派だからだと非難した。しまいにはシュタルクが数年前、磁器製造会社に多額の投資を行っていたことが発覚した。利害関係の対立に関する規則が曖昧だった当時ですら、この発覚によってシュタルクはかなり批判を受けた。いくぶん短気だったことと、教授団とうまくやれなかったことで、シュタルクはヴュルツブルク大学を

「アインシュタイン愛好家」の巣窟だと結論づけ、退職した。

一九二三年にヴュルツブルク大学を辞職し、商業部門に参入するようになってまもなく、シュタルクは一冊の本を出版した。この本の過激な印象をぬぐい去ることができなかったために、シュタルクはその後の一〇年間にわたり六つの大学に志願したにもかかわらず、一九三三年にヒトラーが権力を掌握するまで、学術的ポストの候補者として真剣に考慮されることがなくなる。この『ドイツ物理学の現代的危機（The Current Crisis in German Physics）』は、理論物理学とその研究者を激しく批判する内容だった。彼は早いうちに量子論への支持を翻したばかりか、今ではすさまじい勢いで攻撃し、相対性理論とともに量子論はドイツ全域で教育カリキュラムから外すべきテーマだと主張するほどになっていた。

シュタルクはまた、相対性理論と当時起きていた社会的、道徳的、政治的変化とをあからさまに比較し、「相対主義」と呼んだ。これは相対性反対論者の共通テーマである。相対主義の中心にあるのは、道徳、容認可能な行為、哲学に絶対性はないとする考え方で、これは感受性の鈍い多くのドイツ人プロテスタントにしてみれば恐ろしい考えだった。

相対性と相対主義が無関係であることをシュタルクが理解していたのは間違いない。だが彼はふたつの言葉の音が似ていることを利用して、アインシュタインの研究を疑問視するさらなる理由とした。彼はアインシュタインが「非ドイツ」の大衆紙で相対性理論を不当に推進しているという、レーナルトの今ではおなじみになった不満を蒸し返している。露骨に反ユダヤ主義の発言をしているわけではなかったものの、メッセージは明確に伝わった。シュタルクが「危機」と考えるものの中心にはユダヤ人がいた。

この本は物議を醸したため、実際に本を読むのではなく、学術誌《ディー・ヌアヴィッセンシャフテン》誌に掲載されたマックス・フォン・ラウエによる書評を読んだ科学者のほうがはるかに多かったと思われる。フォン・ラウエはベルリン大学物理学教授として高い評価を受けた人物で、結晶によるX線の回折で一九一四年にノーベル賞を受賞した。フォン・ラウエは書評のなかで、友人アインシュタインに対する攻撃を論評に値しないと退けている。また、物理学と物理学者についてシュタルクが悪意あるコメントをしたと非難している。

しかしシュタルク氏は自分のかつての活動に向けられた尊敬を公然と低下させるのではなく、十分に保持すべきだった。……この契約解除［ヴュルツブルク大学の辞職］はいかなる衝突もなしに起こったわけではない。……総じて、われわれは本書が書かれなければよかったのにと思う。科学全体、とりわけドイツの科学のために、そして何よりも著者自身の利益のために。

一九二〇年代から三〇年代にかけて攻撃を頻繁かつ執拗に繰り広げるようになると、レーナルトとシュタルクは自分たちの哲学に同調する科学者や、自分たちの個人的な考えを反映する論文執筆に無理やり参加させることのできる若い科学者を募った。レーナルトの『ドイツ物理学』出版後、シュタルクの教え子ヴィリ・メンツェルが執筆した論文はその一例である。一九三六年一月二九日付けの《フェルキッシャー・ベオバハター》のなかで、メンツェルは実質的にレーナルトの本の序文をまねて、自分の意見として組み立ててはいるもののレーナルトと同一の主張を展開している。野心的で打算的なメンツェルは、レーナルトとシュタルクの熱心な共犯者であることを証明した。

物理学に革命が起こった結果、アインシュタインのように物理学をたんなる数学的概念のシステムに変えようと目論む理論家が登場した。彼らはユダヤ人特有のやり方で自分たちの考えを広め、それを物理学者に強引に押しつける。自分たちの新たな科学を批判する人々を、その程度の知性ではアインシュタインのような高尚な知性を切望することもできないと言ってあざけろうとする。レーナルトはそのような知性は真理を意識的に求めていないと述べている。

レーナルトが同僚を仲間に引き入れたことをもっとも明確に物語っているのが、レーナルトが一九二九年にアインシュタインを痛烈に非難した『アインシュタインに反対する一〇〇人の執筆者』だ。これはアインシュタインの理論に対する否定派たちの考えを集めたものである。題名の一〇〇人の「執筆者」は寄せ集めといってよい。寄稿者の多くは、高エネルギー物理学の知識がまったくない、あるいはほとんどない者たちばかりである。批評家のアルベルト・フォン・ブラウンが述べているように、執筆者の多くは参加するにあたらない人々だった。

ゼロにゼロ以外のどんな数をかけても必ずゼロになる。ゆえに編纂者はゼロ以外の説得力をもたらす批評すらできないなら、一〇〇人どころか一〇〇〇人の執筆者を連れてきても同じだ。

巧妙なウィットに明白な軽蔑をにじませて、フォン・ブラウンは人を萎縮させるような比喩を使って続けている。

ご婦人方のお茶会でアインシュタインの理論が正しいと確認できる人はほとんどいない。それと同様に、カントの批判哲学のちょっとした表現はあやつるけれどカントの精神をほんのわずかも感じられないといった執筆者がいくら意見を積み重ねても、相対性理論に反論することはできない。それを彼らは自覚すべきだ。

アインシュタインはもっと簡潔な言い方で返答している。「もし私が間違っているなら、指摘するのはひとりで十分だろうに」

一〇年以上もアインシュタインを攻撃し、科学におけるユダヤ人の影響を非難した結果、レーナルトとシュタルクはナチの権力者集団のお気に召す履歴を作り上げることができた。アドルフ・ヒトラーが権力を掌握したら便乗できるように、ふたりは必要な場所に陣取った。レーナルトとシュタルクが『ヒトラー精神と科学』を書いた一九二四年の段階では、ヒトラーが権力を掌握する気配はまったく見えていない。それにもかかわらず、歴史は最終的に彼らの信念に十分な根拠があることを証明した。

ナチが政権を奪取したおかげで、レーナルトとシュタルクはかつてないほど、ドイツの大学におけるユダヤ人の過度の影響への懸念を主張する場に恵まれた。彼らはユダヤ人の科学が入り込むことでドイツ文化がいかに脅かされるかを、ますます辛辣な言葉でわめき散らした。レーナルトは右派の大衆向け日刊紙《フェルキッシャー・ベオバハター》に次のように書いている。

物理学界はだんだん暗黒になっていった。……アインシュタインはユダヤ人が自然科学に破壊的な影響を与えられるというもっとも顕著な例を提供した。……確固たる実績を上げた優れた研究者であっても、相対性を唱えるユダヤ人がドイツに居座るのを許したという非難を免れることはできない。……指導的地位で活動している理論物理学者は、この展開をもっと注意深く見守るべきだったのだ。今はヒトラーがそれを見守っている。亡霊は消え失せた。

異分子はすでに自発的に大学を去っている。それどころか国からも出ていった。

ヒトラーが自ら総統と名乗ってから一週間も経たないうちに、シュタルクはレーナルトに、新たなチャンスを利用するときが来たと書き送っている。科学のドイツ化計画をもっと進めなければならなかった。レーナルトはヒトラーの政権掌握直後に彼を訪ねている。ふたりはドイツの大学がひどく腐敗してしまったことについて話し合った。有能な教授団を新たに作り上げ、ふさわしくない者は免職にする必要がある。彼らは国(ライヒ)が「ドイツ物理学」の原理を取り入れるよう働きかけた。これはレーナルトの偽科学的な理念で、アーリア人の優秀性を宣伝しユダヤ人の科学思考を中傷するものである。レーナルトは翌一九三四年にこれを四巻本で出版した。

ヒトラーは喜んで対話に応じた。彼は科学に、少なくとも哲学的レベルで関心を抱いていた。科学と宗教が絶え間ない対立のなかで膠着状態に陥っていると考えていた。対立するどちらの側に彼が味方しているかは疑う余地がない。「もし一〇〇〇年、あるいは二〇〇〇年の間に科学がその見解を変える必要に迫られても、だからといって科学が嘘つきだったということにはならない。科学は嘘をつけない。というのも科学は、そのときどきの知識の状況に応じて、常に何が真実かを推定すべく努力しているからだ。科学が誤りを犯したとしても、それは誠実に努力した結果である。嘘つきなのはキリスト教だ。キリスト教は常に矛盾をきたしている」と彼は断言している。

ヒトラーはレーナルトの「ドイツ物理学」の概念に同意した。実際、レーナルトの考えが十分熟す前に、ヒトラーは『わが闘争』のなかで自ら次のように書いている。

今日われわれが目にすることのできるすべての人間の文化、芸術、科学、技術のすべての成果は、ほとんどがアーリア人の創造力のたまものだ。この事実ゆえに、アーリア人だけがすべての高級な人間の創始者だという推論に根拠があり、われわれが「人間」という言葉で理解しているすべての原型はアーリア人にあると言えるのだ。

ヒトラーは自分の哲学と神話的な過去とを機会あるごとに結びつけ、ロマンティックな気分に浸っている。次のくだりでは、それを大げさに述べている。

アーリア人は人類のプロメテウスで、その輝く額からは天才の神々しいひらめきが常に湧き出している。その知識の炎は永遠に燃え続ける。その炎は静かなる謎めいた夜を照らし、そのおかげで人は地上の他の存在を支配するための道を登っていくことができる。人間の文化におけるあらゆる偉大な建物の基盤を作り壁を立てたのはアーリア人なのだ。

一九三〇年代を通して、レーナルトとシュタルクは総統や首脳部との会話に手応えを感じた。

ナチのエリートたちは人種イデオロギーの命じるままに科学政策を導こうとしていたからである。一九三七年七月、シュタルクは親衛隊の週刊紙《ダス・シュヴァルツェ・コーア》の編集者ギュンター・ダルケンと協力して「科学における白いユダヤ人」と題する記事を寄稿した。これはドイツの文化生活からユダヤ人をたんに排除するだけでは不十分だと宣言するものだった。むしろ、脅威があまりに深刻であるため、国(ライヒ)はアルベルト・アインシュタインに代表されるユダヤ人の精神を消滅させなければならないというのだ。

「とくにある領域でわれわれは白いユダヤ人（非ユダヤ人だが、ユダヤ人のように考えたりユダヤ人の思考を支持したりする人々のこと）の精神を見かける」と筆者は述べている。「そのもっとも集約的な形で……つまり科学においてである。科学からこのユダヤ人の精神を取り除くことが、もっとも緊急を要する課題である。というのも、科学は重要な拠点であり、そこから知的ユダヤ主義が国民生活のあらゆる領域への大きな影響力を盛り返す可能性があるからだ」。彼らはなかでもプランクとゾンマーフェルトを白いユダヤ人と名指しし、こう結論づけている。「彼らはユダヤ人と同じくらい排除しなければならない連中だ」

当時世界でもっとも尊敬されもっとも読まれていた医学・科学雑誌のひとつ、《ネイチャー》誌の編集者サー・リチャード・グレゴリーは、《ダス・シュヴァルツェ・コーア》紙に掲載されたシュタルクの記事を徹底的に追及しようとした。このような編集方針を取ったのは、明らかに奇異な決定のひとつに数えられるに違いない。《ネイチャー》誌の論評欄でさらに詳しく考えを述べる気はないかとシュタルクに尋ねたからだ。具体的には、「ドイツその他の場所におけるユダヤ人の科学への影響」というテーマで執筆することをシュタルクに求めたのである。シュタルクは依頼に応じた。「物理学における実用主義精神と独断主義精神」と題した論文のなかで彼は、「物理学の研究を実施したり記述したりする方法は、それに従事する科学者の精神と性格によって決まり、この精神と性格は人物や国や人種によって個々に異なる」と主張している。

シュタルクは科学におけるふたつの「精神構造」について述べている。実用主義の精神構造は現実に始まり現実に終わる。シュタルクは実用主義の精神構造の代表者として、フィリップ・レーナルトと、ニュージーランド出身のイギリス人物理学者アーネスト・ラザフォードを名指しした。ラザフォードは原子核の崩壊の原理について詳述し、原子の構造を解明する手がかりを与えた人物である。シュタルクはそれから正反対の精神構造について述べ、それを「独断主義」と呼んでいる。ここで彼が例として挙げたのが、アインシュタインとエルヴィン・シュレーディンガーだ。

シュタルクがシュレーディンガーを選んだのは興味深い。シュレーディンガーはヒトラーの政策、具体的には物理学者マックス・ボルンが大学を解雇されたことに抗議してドイツを去ったのち、一九三三年にノーベル物理学賞を受賞している。ナチはこの侮辱を忘れなかった。オックスフォード大学とプリンストン大学に短期間在籍したのちの一九三六年、彼は軽率にもオーストリアのグラーツ大学の物理学教授に就任する。一九三八年にヒトラーがオーストリアをドイツに併合したことで、彼の命は危険にさらされた。シュレーディンガーは家族とともになんとかイタリアを経由して逃亡することに成功し、結局ダブリンに新設された先進科学研究所で職歴を終えた。

シュタルクは《ネイチャー》誌に次のように書いている。

［独断主義の科学者は］最初に自分の頭に浮かんだアイデアから、あるいは一般的で物理的重要性があるとみなされる記号間の任意の関係から出発する。……実用主義精神は新たな発見や新たな知識へと絶え間なく進んでいく。独断主義精神は実験的研究を損なうことや、不毛で退屈だと言っていいほど大仰な文章につながる。中世の神学的独断主義と本質的に似ている。

アインシュタインについてレーナルトが頻繁にもらしていた不満のひとつを直接引き合いに出して、シュタルクはこう主張している。「実用主義精神は研究の成果を宣伝したりしない。……実用主義精神の持ち主は、新たな知識を得ることに満足を覚えるのだ」。シュタルクは独断主義の科学者は正反対で「発表する前に、続々と宣伝を開始する」と述べている。

シュタルクは、アインシュタインや彼を模倣する独断主義者からドイツ文化を守る役割を、自ら買って出ている。「私はユダヤ人がドイツの科学に及ぼす悪影響に対抗すべく努力してきた。

なぜなら、私は彼らを独断主義精神の一番の主唱者であり宣伝者だとみなしているからである」。こういったくだりを読むと、そのときまでにアメリカ、イギリスやヨーロッパの他の国々に移住していた多くのユダヤ人科学者も含め、このような極端な意見に反論したがる人間からの投書が《ネイチャー》誌に山のように押し寄せ公開されたと人は想像するかもしれない。しかし、そうはならなかった。《ネイチャー》誌が公開した投書は一通のみ、それもシュタルクの論文が掲載されて半年後のことだった。

ヒトラーの指示を受けて、レーナルトとシュタルクはアインシュタインへの、そしてアインシュタインの身代わりたるすべてのユダヤ人科学者への騒々しい攻撃を続けた。授権法が通過する数週間前に亡命していたにもかかわらず、ユダヤ人の堕落した科学の生きた化身、アインシュタインが、レーナルトとシュタルクの最大の標的であることに変わりはなかった。アインシュタインとレーナルトがバート・ナウハイムで最初に対決してから約二〇年を経てレーナルトとシュタルクの影響力が衰えるまで、アインシュタインはそのまま一番の標的であり続けることになる。

レーナルトがユダヤ人研究者を追放した根底には、アインシュタインの成功に対する憤慨や過激な反ユダヤ主義があった。追放はアインシュタインがアメリカに逃れた直後に開始されている。アーリア人の科学的優秀性についてのレーナルトの主張は、「ドイツ物理学」の原理に示されており、ナチの指導者層に受け入れられた。その結果とられた政策を、多くのドイツの自然科学者は喜んで受け入れた。短期的にではあるがユダヤ人科学者に取って代わり、彼らと競争せずに済むことで利益を得られたからである。アーリア人の科学という奇妙な世界では、さしたる才能もない人々が、理論物理学の数学的複雑さや明敏なユダヤ人理論家からの質問攻めに直面する必要もなく、成功を収めることができた。

しかしレーナルトはユダヤ人からアーリア人科学者への移行を、まったく異なる視点に立って見ていた。レーナルトはほとんどのアーリア人物理学者の才能を、大学にできた多数の空席に推薦できないほど軽蔑していたものの、アーリア人物理学者の勝利は当然の流れだった。ユダヤ人の精神には生来の重要な欠陥があるのだから。一九四〇年、彼は『エーテルと純粋エーテル』の一九二二年版の余白にこう記している。

空間や時間についての愚かなおふざけの「理論」を重視し今日まで保持しているに違いない物理学者は、科学者としてなんと不自然なことか。私に言わせれば愚かなことだ。そのことが、ユダヤ人の空間と時間に対する無能ぶりの根底にある本質だからだ。……立体派がきちんと絵を描くことができないようなもので、ここには、彼らが他人に無理強いしたがる厚かましさと無能さが同居している。

アインシュタインが亡命すると、レーナルトは国民啓蒙・宣伝大臣であるヨーゼフ・ゲッベルスに手紙を書き、アインシュタインと相対性理論にかかわるものすべてを強制的に撤廃し、さらにはユダヤ人であれ非ユダヤ人であれ、アインシュタインの支持者すべてを学術的ポストから外すよう求めた。さもなければ政治的に危険な事態に陥るだろう、と彼は主張している。

レーナルトとシュタルクは思いどおりにことを運んだ。少なくともしばらくの間は、ドイツの科学が望みどおりアーリア人であるドイツ人によって遂行されるのを、彼らは生きているうちに目にすることになる。

# 第一一章　ドイツ物理学

「『ドイツ物理学とは？』と問われれば、私はこのように答える。アーリア的物理学あるいは北欧系人種の物理学、事実を精査し真実を追求する者たちの物理学、科学的研究の基礎を築いた者たちの物理学だと」とフィリップ・レーナルトは四巻からなる大著『ドイツ物理学』の冒頭で述べている。

科学史に不案内な者からすれば、レーナルトのこの最初の一撃は奇妙な主張に思われるに違いない。文学、哲学、歴史といった文化的な印象を当然伴う研究とは異なり、科学においてはその進歩を明確にする研究がどこの国で行われたかを問題にしないのではないだろうか。どうして問題にする必要があるだろう。たとえば、ドイツで発見された新たな知識が英語の学術誌に発表され、韓国で読まれるとしよう。韓国の研究者たちがこの新たな情報を利用して、成果を得られずにいた研究計画を立て直す。ドイツの発見によって韓国の実験における状況が一変する。そして宇宙についての人類の理解が、わずかではあるが前進する。

こういった反応を予測してのことだろう。レーナルトは議論の両方の立場について顧慮している。

「科学は国際的なもので、常にそうあり続ける」と異議を唱える人もいるだろう。しかしこれは当然誤った考えを基盤にしている。実際には、人間が創造するあらゆるものと同じく、科学も人種もしくは血の影響を受ける。一般的に通用している科学的結果が同じ起源であると誤解されていたり、さまざまな国の人々によって提供された科学がドイツの科学と同じや似たものであることが認められていなかったり、科学が生み出されているのは他の民族にもに北欧人種の血が混じっているからなのだということが知られていなかったりするのに、これを国際的と思うことはできない。さまざまな人種が混じった国々では、科学のやり方も異なる。

「ドイツ物理学」のルーツは、とくに第一次世界大戦中に起こった衝撃的なエピソードに遡ることができる。責任を誰に問うべきかに関する意見がその後一致しなかったせいで、ヨーロッパの主導的な科学者の間に国家主義的な熱情が生まれ、戦後の科学界における内紛の土台が築かれることになったのだ。一八三九年のロンドン条約は、大陸で戦争が勃発した場合のベルギーの中立の立場を保証していた。しかしドイツ軍のブレーンは、ベルギーを通過すればフランス東部に集中しているフランス軍の裏をかけることに気づく。ドイツ首相テオバルト・フォン・ベートマン・ホルヴェークは条約を「紙切れ」と呼んで、ベルギーに派兵した。その後事態は「ベルギーのレイプ」と呼ばれる状況に発展する。一五〇万のベルギー人が侵略するドイツ軍から逃れ、六〇〇〇人の民間人が亡くなった。猛撃により、建物二万五〇〇〇棟が破壊された。

ドイツ軍はベルギーのルーヴェンを制圧したが、手に負えない民衆を支配するのに苦労した。ベルギーのゲリラ戦闘員は前触れなく攻撃を仕掛け、損害を与え、古代都市の狭い路地に姿を消す。ドイツ軍部隊の死傷者は驚くべき速さで増加した。ドイツ軍がベルギーの民間人にとった厳しい報復措置は、一九一四年八月二五日の夜、大規模な残虐行為へと発展する。侵略者たちは一万人のベルギー人を家から追い立て、ルーヴェンの食糧を略奪し、二〇〇〇軒の家に火を放った。彼らはさらに、数十万冊の稀覯本やかけがえのない中世の写本が収蔵されているルーヴェン・カトリック大学の図書館も焼き払った。

ルーヴェンの焼き打ちは世界的な抗議を呼び起こした。イギリスはちょうど三週間前にドイツに宣戦布告していたが、それに続いてイギリスの多くの著名な学者たちが、《タイムズ・オブ・ロンドン》紙に破壊に抗議する短い声明を発表した。署名した科学者のなかには、レーナルトが研究所を渡り歩いていた頃に短い間だが世話をしてくれたウィリアム・クルックスや、電子に関する研究でノーベル賞を受賞したJ・J・トムソンもいた。

ドイツは即座に激しい反発を示した。戦争の責任はイギリスにある。イギリス人は戦争責任を一番の経済的ライバルに転嫁しようとしているのだ。作家のルートヴィヒ・フルダ、ヘルマン・ズーダーマン、ゲオルク・ライケが「九三人のドイツ知識人の宣言」を起草した。ヨーロッパ全域の新聞に広く掲載されたこの宣言は、ルーヴェン図書館の破壊は意図的なものではないと主張している。実際、ドイツの兵士たちに戦時の残虐行為の責任があるとは考えられなかったのだ。

ドイツの科学および芸術の代表者として、われわれはこの宣言により、敵が述べている嘘や中傷に対し、文明世界に抗議する。彼らは生き残るための激しい戦い、それも強いられた戦いを繰り広げているドイツの名誉を汚そうとしているのだ。……真実の報道者として、われわれはこういった行為を非難するものである。

それに続いて、現在の戦争を引き起こしたのはドイツではなく、ドイツ兵は「あまりにも抵抗が激しくて、そうせざるを得ない場合を除き」ひとりのベルギー市民も傷つけたり殺したりしなかったし、「心痛を覚えずに」都市に火を放ったりはしなかった、と述べている。宣言はこう結論づけている。

われわれは有害な兵器、すなわち嘘を敵の手からもぎ取ることはできない。われわれにできるのは、敵が虚偽の申し立てをしているのだと世界に知らしめることだ。われわれを信じてほしい！　われわれはゲーテ、ベートーヴェン、カントの遺産を家庭と同じくらい神聖だと考える文明国だ。われわれがこの戦争を文明国らしく最後まで続けることを信じてほしい。

声明書には、ノーベル賞受賞者のヴィルヘルム・ヴィーン、マックス・プランク、ヴィルヘルム・コンラート・レントゲン、そしてフィリップ・レーナルトといったドイツ物理学会の花形の名前も見られる。声明は広範な意見の相違を折衷する内容になっていた。あまりにも強い論調では反発を長引かせ、戦争が終わった際にさまざまな国籍の科学者間の関係修復を妨げるのではないかと案じる者もいたからだ。そうした立場にいたのがマックス・プランクである。彼は当時ベルリンを離れていたが、ヴィーンに聞いた内容から判断して、声明に名前を貸すことに決めた。プランクは留守中だったので子どもたちに署名を頼んだ。数年後、彼はこの決定を後悔し、公に署名を取り消した。一九二一年の《ニューヨーク・タイムズ》紙の調査によると、他にも多くの署名者が同様に感じていたようだ。戦争を生き延びた七六人の知識人のうち六〇人が、署名したことを後悔しているか、あるいは宣言の内容を詳しく見ていなかったと主張している。

宣言だけでは不十分だと感じる者もいた。ヴィーンはイギリスの学術誌のボイコットを主張し、ドイツの科学論文に英語の使用を禁じる規則を作るべきだと主張した。レーナルトは王立協会のランフォード・メダルとともに受け取った賞金を戦没兵士の家族に寄付し、もっと強い口調の宣言を支持していた。レーナルトはこの頃にはJ・J・トムソンとの古くからのつながりを解消している。このケンブリッジの有力者が、電子に関する彼の研究を十分に称賛してくれなかったと信じていたからだ。レーナルトは一九一四年の小冊子『大戦時のイギリスとドイツ』のなかで、ドイツ人科学者はドイツでなされた発見をイギリス研究者のおかげだと考えすぎだと批判している。

イギリス人もユダヤ人も同様に誠実ではないとみなして、敵は弱さのいかなる兆候も見抜くとレーナルトは警告している。

イギリス紳士はこの声明を見たら、われわれの小心ぶりを喜び、心のなかでほくそ笑むだろう。外面的には彼らは自然に何かしらのぺてんをやってのけるだろう。何かが本当に全力で行われるなら、私は喜んで参加するだろう。大砲を向けるならともかく、それ以外にこれらの嘘つきに時間を無駄遣いする価値はないと私は思う。

「九三人」の活動は拡大し、一九一四年一〇月一六日には四〇〇〇人の大学教師、つまりドイツの五三の大学の教授団のほぼすべてが、「ドイツ帝国の大学教師の宣言」に署名した。宣言の目的は、敵の疑いを晴らすことにあった。ドイツの学者たちは信念をもって国軍を支持している。ドイツの教授たちの考えとドイツ軍の考えとの間に哲学的な隔たりはなかった。

おそらくスイスの市民権を持っていたから、あるいは正反対の考えでいることがよく知られていたからだろう。アインシュタインはどちらの「宣言」からも署名を求められなかった。彼は愛国的な国家主義者とは正反対の国際主義者で、とくに生粋のドイツ人にありがちな傲慢な国家主義は歯止めの利かない軍国主義につながると考えていた。国民皆兵制度によって支えられているドイツ軍は、ヨーロッパの安定にとって脅威だった。

ルーヴェン図書館の破壊にショックを受け、署名者の一部が口にした反英感情に怒り、研究者仲間の多くが熱狂的愛国主義の姿勢を示したことに激怒して、アインシュタインは医師の友人ゲオルク・フリードリヒ・ニコライが反対声明「ヨーロッパ人への嘆願書」を書くのに加わった。「嘆願書」の目的は、ヨーロッパの平和を主張し、現在の国境を尊重することにある。署名したのはわずか四人だった。この文書はドイツではけっして発表されなかった。ドイツ国外での発表は一九一七年まで延期され、大衆の意識からあっという間に消え去った。

ルーヴェンの問題や大戦による長引く品不足のせいで、ドイツの科学者たちは対立するふたつの陣営に分裂した。アインシュタインが国際主義者兼平和主義者として活動を活発化させる一方で、レーナルトはますます反動的になった。ドイツの戦後の経済悪化と、その結果必然的に生じた彼自身の財政的悪化の真っただなかで、レーナルトは政府をあやつりドイツ経済を荒廃させているのは社会主義者とユダヤ人だという通俗的な考えを受け入れた。第一次世界大戦の余波とその後の一五年間で、レーナルトはアーリア人の科学的精神と異質な「他者」の科学的精神を区別する思想を発展させていった。

一九三四年に出版した『ドイツ物理学』第一巻は、七二歳の老科学者にとって途方もないカタルシスとなったに違いない。『ドイツ物理学』執筆におけるレーナルトの目的は、表向きには実験物理学についての生涯にわたる講義（誰に聞いても名人芸だった）をまとめることにあったものの、彼は第一巻の序文を、アーリア人の科学的優秀性という原理を具体化したものとして書いている。「今日の対立から序文が生まれ、／研究は無限の価値を求める」という出所不明のエピグラムが冒頭に記され、著者はかつてないほど明確に、自然科学の純粋性を脅かし、ひいてはすべてのドイツ文化を脅かす「ユダヤ的精神」についての警告を伝えている。『ドイツ物理学』はレーナルトにとって犯すべからざるいくつかの原理を基盤にしていた。

まず、すべての価値ある科学的発見はアーリア人による、というのが第一の原理だ。非アーリア人の科学は、最初はアーリア人の成功を基盤にしていたが、時が経つにつれ、非アーリア人の各文化あるいは民族性は、独特な劣等性を示すものへと発展した。

> すでに存在するアーリア人の業績という肥沃な土地に頼ることなく、科学的研究に着手した民族はいない。……こういった異質な民族性は、彼らがもっと長い時をかけて発展したあとでなければ認識できない。入手できる論文があれば、それをもとに、ひょっとしたら日本の物理学についてすでに論じることができるかもしれない。アラブの物理学は過去に存在した。黒人の物理学はまだ登場していない。ユダヤ人の物理学は発展し広く行き渡っている

が、今のところほんのたまにしか評価されていない。

第二は、重要な科学は実験を基盤にしているという原理だ。アーリア人の研究は観察と測定に始まり、観察と測定で終わる。自然に基づいた誠実さが「ドイツ物理学」の特質だった。対照的に、数式的表現を基盤にした科学理論はアーリア人の科学の対極にあり、そういった理論はレーナルトの「常識」の範疇に入らない。抽象概念にすぎないのだ。何ひとつ新たなものに貢献しない。問題を解明するどころか途方に暮れさせるだけだ。

無機的な自然についての十分に実証された知識は、すべて［『ドイツ物理学』の］一貫した、完全に統一性のあるテキストのなかに見出すことができる。……損なわれていないドイツの民族精神［フォルクスガイスト］は、深淵さを求める。自然と一致し、宇宙についての反論の余地のない知識と一致した理論的基盤を求める。……自然に寄り添って考えるということ、つまり自然のプロセスに系統的に従うということは、なかなか正しく行われない。代わりに対面するのが公式だ。その源や価値やテーマの重要性について何も教えてくれない数学的派生物で占められた物理学のテキストを見るのは奇妙なことだ。

第三の原理は、ドイツ文化に今脅威を与えているのは、秘かに、そして悪意をもって彼らの物理学を隠してきたユダヤ人の侵略だ、という考えである。「大戦末期、ドイツ・ユダヤ人が支配を始め、方向性を定めた際に、［ユダヤ人の物理学の］特性が持つすべての力が突然洪水のようにあふれ出した。その力は即座に熱心な支持者を、多くの非ユダヤ人あるいは純血ではないユダヤ人の著作者のなかにすら見つけた」とレーナルトは書いている。

「ドイツ物理学」の世界では、アーリア人科学者が研究を行う唯一の動機は、真実の解明だった。それに対し他の科学者、とくにユダヤ人科学者の動機はもっと悪辣で、彼らは必要とあらば嘘もつくし自己宣伝もする。

検証されていないアイデアを提示するのはユダヤ人の気質に特徴的な軽率な行為だが、これは実際、人から人へと伝わりやすい。個人的利益（おもにユダヤ人の喝采）は得られるものの、全体的に見れば負の影響を及ぼす。ユダヤ人の物理学では、完全に誤りではないと判明した仮定はどれも、画期的事件として称賛されるのだ。

レーナルトは、物理学における主導権をユダヤ人がどうやって狡猾に手に入れたかを説明しながら、アインシュタインに対する過去の不満を再燃させている。すでにアメリカに亡命しているにもかかわらず、アインシュタインは今なお「疑う余地のない正真正銘のユダヤ人」なのだった。レーナルトは次のように書いている。

［ユダヤ人の科学は］錯覚にすぎない。基盤にあるアーリア人の科学は［真実のみを論じ］、有効な多くの理論的選択肢のいずれかひとつに相当するものだが、ユダヤ人の科学はそれの堕落したものである。……この事実は計算というごまかしによって隠されている。……奔放なユダヤ人に特有の厚かましさに加え、仲間のユダヤ人が巧みに協力したこともあって、ユダヤ人の物理学の構築が可能になったのだ。

最後にレーナルトは、自然科学の遺憾な状況を斟酌しても、アーリア人の科学は必然的に勝利を得ると結論づけている。

しかし、［とりわけ］コペルニクスやケプラー、……ライプニッツ、メンデル、そして［彼自身の指導者のひとりである］ブンゼンといった人々を生み出してきた民族は、自己の能力を再び見出すにはどうすればよいかに気づくだろう。フリードリヒ大王やビスマルクの政治的な血筋を引く後継者として総統を見出したように。彼は人種的に同様に異質であるマルクス主義の混沌から民族を救ったのだ。

『ドイツ物理学』は、二〇年間にわたるレーナルトの考えと経験とを具体化したものである。第一次大戦中および大戦後、ドイツの科学者の間では国家主義が高まりを見せていた。彼は今『ドイツ物理学』のなかで包括的に発表していることについて、一〇年以上、演説や著作のなかで同様の内容をこまごまと繰り返し述べてきた。それにもかかわらず、説得できたのはほんのわずかな信奉者にすぎない。その一方で、アインシュタインの理論物理学には多くのアーリア人が押し寄せていた。

しかし今、「ドイツ物理学」の時代が到来した。『ドイツ物理学』の序文はヒトラーが総統になったのとほぼ同時期に発表され、内容もドイツの新たな指導者の信条に近い。それで突然、政府の上層部で受け入れられるようになった。嫉妬、敵意、偏見から生まれた『ドイツ物理学』は、第三帝国の自滅的な科学政策のための哲学的基盤を、まさに適切な時期に提供したように思われる。

ヒトラーが首相に任命された直後、レーナルトとシュタルクはナチ・エリートに自分たちの考えを熱心に伝えようとした。ふたりにとって最大の問題は、ユダヤ人がドイツの大学で優勢に立ち、長年にわたり仲間が教授職に就くのを促してきたことだった。「ドイツ物理学」のもとで増えるであろう欠員を合理的に埋めることのできる有能で熟練したアーリア人は不足していた。それでもレーナルトは、ドイツの大学にアーリア人指導者を確実に甦らせるため、全力を尽くすことになる。

七一歳のレーナルトは新たな称号や責任にとくに関心を抱いていたわけではない。レーナルトの目標は彼の想像が実現すること、つまりアインシュタインを完全に打ち負かし、彼の研究を消滅させ、その後「ドイツ物理学」に従ってドイツの研究機関が刷新されるのをその目で見届けることにあった。しかし年下の子分ヨハネス・シュタルクの場合は事情が異なる。シュタルクは個人的に親しい内務相ヴィルヘルム・フリックからもっと明確な権威を得ようとした。シュタルクの目標は、ドイツ全土の大学教授職の任命と政府に支給される研究費の配分を事実上支配できる、いくつかの高い地位に就くことだった。

まず手始めにシュタルクは、自分を国立物理学工学研究所の所長に任命するようフリックに請願した。長く欲しがってきた肩書きである。しかし、ヴュルツブルク大学でのトラブルと、一九二二年に出版した軽率な『ドイツ物理学の現代的危機』に関する記憶が尾を引いて、この一〇年間に二度、所長への任命を見送られていた。国立物理学工学研究所はドイツの科学すべての中枢で、備品や職員、研究費をドイツ全域の大学システムに分配する役割を担っている。意見を求められた科学者がひとり残らず反対したにもかかわらず、フリック大臣は一九三三年五月、シュタルクを所長に任命した。

レーナルトは政治的考えを同じくする《フェルキッシャー・ベオバハター》紙に、「科学のための記念すべき日：ヨハネス・シュタルクが国立物理学工学研究所所長に任命される」と題した意見記事を寄稿し、シュタルクの任命を祝った。レーナルトはヴァイマル共和国時代の基準が政治的に逆転したことをこの任命は示していると述べ、シュタルクの所長就任について次のように書いている。

シュタルクの就任は、明らかにすでに回避できなくなっていた、いわゆるアインシュタイン的物理学思考の支配が終わったことを示している。そしてこれは科学者の従来の特権を再確認する動きでもある。独力で考え、自然によってのみ導かれるという特権だ。……今でもこういった思考のできる無垢な存在であるシュタルクが、このような要職のトップに立った。……喜ばしいのは科学においてだけではない。シュタルクを国立物理学工学研究所のトップに置くことで、工業技術にも、大きな貢献がなされることになる。というのも、彼は傑出した学者、優れた研究者であるばかりか、実務にも優れた人物だからだ。……おそらく、これほどの適材が所長に選ばれることは今までなかっただろう。

研究所の暫定管理機構は、新たな所長がユダヤ人従業員全員を解雇したことによって、彼が何をするつもりでいるのかを悟った。これによりシュタルクは、教授団のアーリア化をさらに進める段階にただちに進むことができた。彼は理論物理学に配分する研究費を減らし、自らを自然科学研究者の頂点とする堅固な階級制の組織構造を導入し、研究所の諮問委員会からユダヤ人メンバーを追い出した。それに続く委員会の解散により、シュタルクは絶対的権威を獲得した。彼は自分の領域に及ぼす権力をさらに増大させるため、大幅な拡張計画を作り上げた。

一九三三年九月にヴュルツブルクでドイツ物理学会の会合が開かれるまでに、レーナルトとシュタルクは国家社会主義者との関係を活用し、その結果、全大学の人事だけでなく、シュタルクの研究所を通して行われる政府からの研究費の配分も、事実上掌握できた。会合でシュタルクは、自然科学研究を組織化する方法について、考えを発表している。シュタルクは国立物理学工学研究所がすでにドイツの他の物理学部門すべてと連絡をとり、そのニーズへの対応を任されている点を指摘し、国益のために研究所の責任をさらに拡大すべきだと提案した。

科学と産業両方の利益のために物理学研究を組織化する責任は、この重要かつ総合的な指導的立場から生じる。聞いている諸君のなかには「科学研究の組織化」という言葉に即座に拒絶反応を起こす者もいるだろう。疑問も浮かぶかもしれない。科学研究はそもそも組織化できるものなのか、と。もちろん科学的進歩は常に個人の独立した業績から生まれる。……これらの発言はたしかに正しい。しかしそういった人々は科学的組織の目的を誤解している。

シュタルクは「指導者原理の採用」によってドイツの科学を建て直したいと考えていた。ドイツ政府の最上位にある急勾配のヒエラルキーを模倣した指導者原理は、すでに多くの領域で実施されている。シュタルクはドイツ全域の資源を集中管理するために国立物理学工学研究所の拡大を提案した。彼は研究所が負うべき責任を長々と述べた。ドイツ全域のさまざまな物理学研究所や学術部門を統合する、研究所間で必要な橋渡し役、アイデアや支援の源としての役割を果たす、「科学と経済における義務を遂行する」べくその能力増大のために規模と領域を大幅に拡大する、個々の部門の能力を超える研究用機材や人材の供給源としての役割を果たす、そして「物理学研究と産業の間をとりもつ代理人として働く」といった類のことである。

彼は一番の目玉をほぼ最後までとっておいた。聴衆にとっては非常に残念なことに、ドイツの物理学者に向けた演説の最後の数分間に、シュタルクは次のような提案をした。

さらに、国立物理学工学研究所は、物理学論文の監視に携わるだろう。ドイツ国内のドイツ物理学を守り、さらにはその外国への影響力を維持するためには変化を起こす必要があるからだ。

フリック大臣の恩恵とヒトラー総統の支援を希望すると再度述べたのち、シュタルクは聴衆の理解と支援を求めた。

しかし紳士諸君、私にはあなたがたの支援も必要なのだ。研究仲間である諸君もドイツ研究協会の組織［と資金の決定］と物理学における出版の革新を、直接的、間接的に支援することができる。私はドイツ民族の利益と名誉のために、提案した物理学研究の組織化において諸君が連繋してくれることを求める。

いささか鈍感なことに、シュタルクはドイツの学術誌で発表を求めているすべての研究論文を、中央情報センターに集約させるよう提案していた。これはゲッベルスが一般誌向けに規定していたのとよく似たやり方で、そこでは指導者原理がしっかりと定着していた。最後にシュタルクは、計画について伝えたときほどには聴衆の賛同を求めていない。彼はゲーテの詩「魔王」の一節を引用した。「……おまえがいやだというなら、私は力を使おう」。そして意図をさらに明確に伝えるため、こう述べた。「総統は今、祖国に対する責任を引き受けておられる。私は物理学に対する責任を引き受けよう」

シュタルクは計画の目的は研究と出版の自由を保護することにあると出席者に断言したものの、演説はかなりの不安を、とくに理論物理学者の側に引き起こした。マックス・フォン・ラウエはシュタルクに異議を申し立て、アインシュタインと相対性理論に対する彼の反対運動を、カトリック教会がガリレオを黙らせようとしたりコペルニクスの地動説を禁じようとしたりしたことになぞらえた。どれほど一生懸命にシュタルクがもみ消そうとしても、「ドイツ物理学」とは無関係に、アインシュタインの理論は正しいのだ、と。怒ったレーナルトは、フォン・ラウエに賛同する喝采が贈られたのは、「ユダヤ人とその仲間が出席していたおかげだ」と述べている。

同僚の無礼な言動に間違いなく気分を害したものの、シュタルクは自らの大望に固執した。彼は政府幹部との関係をさらに進展させた。レーナルトと同じく、彼はヒトラーと直接連絡をとることができた。ヒトラーは国立研究所を拡大するというシュタルクの壮大な計画に事前に賛同していた。しかし学会の内紛や資金不足が克服不能な障害であることが最終的に判明したため、シュタルクの計画はけっして実現しなかった。

一九三四年の春、シュタルクは二番目に大きな目的を達成した。ドイツ研究協会会長に任命されたのである。これは緊急財団の後継団体で、自然科学研究に対する国の主要な資金提供機関だった。元会長フリードリヒ・シュミット＝オットの免職を命じたのはヒトラー自身である。「総統が望んだから」という理由で、シュミット＝オットの代わりにシュタルクが会長に就任した。

レーナルトはその知らせに喜んだ。シュタルクは今では教員の採用と、ドイツの教授団が必要とする研究資金へのアクセスの両方を事実上支配していた。ヒトラーとのパイプがあるレーナルトは「実力者」となって、どの教授が雇うのにふさわしいか、どこに配属すべきかを決めることができた。彼とシュタルクはともに「ドイツ物理学」の原理に従って、ドイツの大学で自然科学を発展させ続けることができた。

シュタルクは新しい権力を思う存分活用した。手始めに理論物理学への研究費をすべて停止し、「アーリア人的」テーマの実験的研究であっても資金提供を制限した。彼はプロジェクトに資金提供するための委員会の推薦を頻繁に取り消した。「シュタルク会長がだめだと言っているから」と簡潔に述べられるだけで、さらなる理由説明はなかった。

続く数年間、「ドイツ物理学」は幅を利かせ、レーナルトとシュタルクは波に乗った。ふたりが最大の影響力を享受していた一九三五年一二月、シュタルクは「ドイツ物理学」の教義がどれほどドイツを導いているかについて演説する機会を与えられた。ハイデルベルク大学が物理学研究所をフィリップ・レーナルト研究所と改称した際のことである。シュタルクは悪党の顔を甦らせた。ドイツ社会に対する自らの危惧を特定の個人にあてはめるために、彼はその顔で非常に多くの演説を行ってきたのだ。シュタルクはこの機会を利用して、アルベルト・アインシュタインと、その身代わりとも言うべきユダヤ人の科学を罵ろうとした。

おもに物理学においてだが、多くの人々が、結論に到達できる、あるいは少なくとも素晴らしい論文を提示できると信じている。……彼らはふんだんに数学をちりばめた理論を作り上げるに違いない。……この手のアプローチは、自分たちの意見や欲望や利益をあらゆることの尺度に、ひいては科学の尺度にしようとするユダヤ人の特性と一致する。

シュタルクのこういった発言は、おなじみの考えを論じたものだ。演説が佳境に入り、シュタルクは将来注意を向けることになりそうな新たな標的を思い切って名指ししてみることにした。

ユダヤ人の物理学は、……ユダヤ人、さらには非ユダヤの学生や模倣者によって行われ、宣伝されてきた。彼らは必然的にその高位神官をユダヤ人であるアインシュタインに見出した。ユダヤ人はプロパガンダを展開し、彼を史上もっとも偉大な科学者として売り込もうとした。しかしアインシュタインの相対性理論は、基本的に恣意的な定義に基づくまがいものの式を積み重ねたものにすぎない。……アインシュタインの相対性理論を巡る大騒ぎとプロパガンダのあとに、ハイゼンベルクの行列理論とシュレーディンガーのいわゆる波動力学が続いた。これは何物にも負けないほど不可解で形式主義的だ……それに、重要な新たな知識にまったく寄与していない。このような結果になるのは、その出発点、すなわち形式主義的な人間の考えが、間違っているからだ。

シュタルクのほうが声質が若いだけで、傍聴者が目をつぶって聞いていれば、レーナルトがしゃべっているのだと間違えても仕方がなかっただろう。その日の演説の内容は、「ドイツ物理学」のレトリックにあふれていた。これで特別な信頼が得られるに違いないというシュタルクの自己満足の雰囲気が漂っていた。彼はバート・ナウハイムという公の場でアインシュタインに立ち向かったレーナルトを称賛し、アインシュタインの故国からの逃亡を話題にした。幾人かの尊敬されている科学者を非難し、アインシュタインの「ドイツ人の友だちで支持者」と呼び、彼らが「アインシュタインの精神に従って」行動し続けていると非難し、味方の聴衆から励ましの歓声を勝ち取った。

シュタルクは、アインシュタイン支持派の中心的存在であるプランクが今もカイザー・ヴィルヘルム協会の会長であること、アインシュタインの解説者で友人でもあるマックス・フォン・ラウエが今もベルリン科学アカデミーで物理学の論文審査員を務めていること、理論物理学の形式主義者ハイゼンベルク(シュタルクは彼をアインシュタインの精神の権化と形容した)が近々教授職を授けられるらしいことを指摘した。国家社会主義精神に反するこのような残念な状況を考えれば、アインシュタインに対するレーナルトの奮闘は警告だったのだ。文化省の責任ある公式アドバイザーたちは過ちを犯した。物理学の専門家会議の席を埋める前に、そこに理論物理学の研究者を加える前に、フィリップ・レーナルトに相談していれば、はるかにうまくいっていたのに。

この頃には、プランクとフォン・ラウエは手出しができないほど確固たる地位を築いていたが、ハイゼンベルクはそうではなかった。ハイゼンベルクをアインシュタイン的精神の権化、のちには「白いユダヤ人」と呼ぶことで、シュタルクはすでに始まっていた戦いを改めて知らしめた。だがハイゼンベルクを敵に回すことで、シュタルクは知らないうちに、国家社会主義者のなかでの自分の地位も、「ドイツ物理学」の影響力の継続も、危険にさらしていた。

# 第一二章 学会の不純物

一九三三年五月一六日の朝一〇時四五分、ドイツ物理学界の長老マックス・プランクは運転手の助けを借りて車の後部座席から降り立った。首相官邸に沿って延びるベルリン、ヴィルヘルム通りの縁石へと足を踏み出す。冷たい突風が苦しかった冬の記憶を呼び起こしたが、プランクはしばらくじっと立ち尽くし、周囲を見渡した。首相官邸は印象的なロココ式の宮殿で、一八七五年以来ドイツ政府はここに置かれている。プランクは以前、その優美なシンメトリーを調和のとれたプロイセン建築の好例と考えていた。だが、それはもはやあてはまらない。ヴァイマル政府が粗野で近代的な南棟を一九三〇年に建てたせいで変わってしまったのだ。これは無視できない汚点である。しかし好むと好まざるとにかかわらず、変化は避けることができない。

ドイツでもっとも権威ある科学組織、カイザー・ヴィルヘルム協会の会長として、プランクは新首相アドルフ・ヒトラーと「協会の現状と将来の計画について」話す機会を求めていた。彼は首相のオフィスに早めに到着したため、神経を落ち着かせ、ヒトラーの首相就任後に起こったたいくつかの問題について考えることができた。一番の懸案事項は「非アーリア人公務員」の解雇を命じる新法である。「非アーリア人」という言葉は「ユダヤ人」の婉曲表現だ。ドイツの大学の教授団と職員はすべて「公務員」なので、この法は全ユダヤ人教授の継続的な雇用を脅かした。新法を見境なく執行すれば、ドイツの多くの優秀な物理学者、化学者、数学者の解雇につながり、これから先、ドイツの科学の進歩を取り返しがつかないほど遅らせることになる。今回の面談はプランクにとって、ヒトラーに理を説く唯一のチャンスだった。もし言いたいことを伝えるなら、ぬかりなく気を配らねばならないだろう。

秘書に案内されてヒトラーのオフィスに入ると、プランクはもっとも効果的に自分の懸念をヒトラーに理解してもらうためにはどうすればよいかを考えた。そこでユダヤ人の同僚フリッツ・ハーバーを例に挙げることにした。このノーベル賞受賞者は新法に抗議して最近大学を辞職したところである。ハーバーは大戦中に毒ガスの製法を発明して国民的英雄になった。この兵器がなければドイツは初めから負けていただろう。プランクはその問題を婉曲に持ち出したが、ヒトラーはすぐさま警戒態勢を敷いた。「私はユダヤ人自体には何の反感も持っていない」とヒトラーは言った。「しかしユダヤ人はみな共産主義者で、共産主義者は私の敵だ。私が戦うのはそういった連中だ」

「さまざまなタイプのユダヤ人がいます」とプランクは言った。「人間には尊敬すべき者もそうでない者もいます。尊敬すべき者のなかにはドイツのもっとも高尚な文化を持つ古い一族もいます」。彼は多種多様な人間がいるのだから、そのなかで区別するべきだと述べた。「それは違う。ユダヤ人はユダヤ人だ」。ヒトラーは反論した。「ユダヤ人はみな、いがのようにくっつき合っている。ユダヤ人がひとりいたら、すぐにあらゆる種類のユダヤ人が集まってくる。さまざまなタイプの間に境界線を引くのはユダヤ人が自分ですべきことだ。やつらはそうしなかった。だから私はすべてのユダヤ人に対し等しく接しなければならない」

プランクは言った。「尊敬すべきユダヤ人を強制的に移住させれば、ドイツにとって不利になるでしょう。なぜならわれわれには彼らの科学的研究が緊急に必要だからです。追い出したりすれば、彼らの努力の成果が外国の利益になってしまう」

首相はこの意見を無視した。気まずい沈黙のあとにヒトラーは言った。「私が時折神経障害に悩まされていると言う者がいる。中傷だ。私の神経は鋼鉄製だ」。自分の頑強さを証明するかのように、彼は膝に拳を打ちつけ始めた。極めて早口になり、興奮状態に陥った。プランクは黙って退出するほか選択の余地はなかった。

ひと月前の一九三三年四月七日に成立した職業官吏再建法は、内務相ヴィルヘルム・フリックの発案によるものだった。ヨハネス・シュタルクに頼まれて彼を国立物理学工学研究所所長に任命した人物でもある。この法は公務に就いているある種の人々を給付金も年金も与えず集団で解雇するというものだ。解雇が予定されている人々のなかでもっとも多いのは「アーリア人の血統でない公務員」で、一九一四年八月一日以前に公務員として採用されていた人間と、「世界大戦でドイツ帝国あるいはその同盟国のために前線で戦った者、父あるいは息子が大戦で死傷した者」は対象から外された。解雇勧告された者のなかには「過去の政治活動により、常に無条件で国民国家を支持してきたと保証できない者」も含まれた。最終的にこの法により、国の裁量で人々がより劣ったポストへ、そしてより低い賃金へと移行させられることになる。解雇と異動は一九三三年九月三〇日までに行われることになっていた。法の発効からちょうど一か月後である。

法律制定の意図は間違えようがないだろう。法の内容を明確にしたり拡大したりする一連の「命令」が、続く数か月にわたり発布された。最初の命令は一九三三年四月一一日に出されている。「共産党に所属していたり共産党の支援組織あるいはそれに代わる組織に所属していたりした者はすべて［公務員の］無資格者となる。それゆえ彼らは解雇される」というのがその内容だ。この命令ではさらに「非アーリア人」という言葉の定義が次のように明確にされた。「非アーリア人の血筋を引く者、とくにユダヤ人の両親や祖父母がいる者はすべて非アーリア人と考えられる。片方の親あるいは片方の祖父母が非アーリア人ならば［公務員の不適格者として］十分である。これはとくに片方の親や片方の祖父母がユダヤ教を実践している場合にそう考えられる」

公務員はすべて出生証明書、両親の結婚証明書、あるいは軍の関係書類といった証明書類を提出して自分の血筋を証明することを求められた。公務員の血筋について疑問点がある場合には、最終的に「人種調査についての専門家」に判断を求めなければならなかった。

一九三三年の職業官吏再建法は、ユダヤ人の公的生活への参加、とくに大学や医学や法律といった目立つ分野への参加を禁じるためにナチが行った、包括的かつ長期的計画の最初の一撃である。続く一九三五年のニュルンベルク諸法は、誰がユダヤ人とみなされるかをさらに定義し、アーリア人とユダヤ人の性交渉を禁じ、ユダヤ人の大学入学者数を割当制にし、すでに学位論文を書き上げた者を除きユダヤ人学生への博士号授与を禁止した。一九三八年と三九年に通過した法は、ユダヤ人と非ユダヤ人のあいだの職業的・金銭的相互関係を禁じることによって、ドイツ・ユダヤ人の孤立を完成させた。たとえば、ユダヤ人医師はもはやアーリア人の患者を診察することはできない。少数のユダヤ人教授は大戦中に勲功があったために大学での地位にとどまり続けることを許されていたが、その抜け穴も廃止された。

即座に新法の犠牲になったひとりが、プランクの友人フリッツ・ハーバーである。もっとも彼は解雇されたのではなく辞職した。六五歳のハーバーは一九一八年のノーベル賞受賞者で、窒素と空気を反応させてアンモニアを生成することで肥料の製造に革命をもたらした。さらに彼はあまり人道的とは言えないが、塩素ガスや他の兵器になりうるガスを発明したことで、祖国に大きな貢献をしている。ドイツは第一次世界大戦でその毒ガスを使用し、大きな効果を上げた。

ハーバーは一九三三年四月三〇日に文化相ベルンハルト・ルストに宛てて辞表を書いている。そこには彼が一八九八年からベルリン大学で教授職に就いていたことにより、ユダヤ人の両親と祖父母がいるにもかかわらず、大学にとどまる資格を得ていたことが記されていた。「しかし私は、大学を通じて与えられていた学術及び管理機構の適切な処分が済み次第、この特権を返上したいと考えています」と彼は書いている。

ハーバーはさらにこう説明している。

辞職を決意したのは、私が今まで忠実に守ってきた科学研究に関する伝統と、大臣と省が偉大な現代の国民運動の先駆けと称する姿勢との差異が著しいからにほかなりません。私がここで言う伝統とは、同僚を選ぶ際に学術的な地位を志願する者の専門的・人間的資質のみを考慮し、その人種的特質は問題にしないことを意味します。

ハーバーは手紙を締めくくるにあたり、自分のドイツへの貢献を大臣に思い出させた。三人称を使って、彼はこう書いている。「あなたは理解してくれるでしょう。彼は生涯、プライドをもって祖国ドイツに尽くしてきたが、今そのプライドが彼にこの辞表を書かせているのだということを」

フリッツ・ハーバーのその後の物語は短く悲しい。彼は教授を辞職後まもなく、ケンブリッジ大学で臨時の教職に就いた。ひとつには、ドイツ人研究者の間に彼の辞職を巡る反発が起こるのを避けるという意味合いもあっただろう。しかしイギリスに到着後まもなく、シオニストのハイム・ヴァイツマンからの申し出により、ハーバーはイスラエルの南テルアビブに新設される科学技術大学の教授団に迎えられることになった。最終的にヴァイツマンの名を冠することになる研究所だ。ハーバーは新たな国に向かう途中体調を崩し、心臓疾患で亡くなった。

フリッツ・ハーバーの一族は多くがドイツの強制収容所で命を落とすことになる。しかし最初の妻クララとの息子ヘルマンはアメリカへの移住になんとか成功した。しかし一九四六年、ヘルマン・ハーバーは父がツィクロンBの開発にあたったことを恥じて自殺した。これはナチがホロコーストで数百万のユダヤ人を殺害するのに使用した毒ガスである。彼の死は母親の死の再現だった。母親は三一年前、大戦中にイープル近郊の戦いでハーバーの塩素ガスが初めて使われたあと、拳銃自殺を遂げている。

ハーバーの死亡記事を書くにあたり、マックス・フォン・ラウエは友人の複雑な晩年をテミストクレスの晩年になぞらえた。テミストクレスは「ペルシア王の宮廷の厄介者としてではなく、サラミスの戦いの勝者として歴史に残る。……［ハーバーは］何もないところからパンを作り、祖国と人類全体に奉仕し勝利した者として思い出されるだろう」

もうひとりの辞職者はさらに大きな注意を引いた。一九三三年四月一九日付けの《ゲッティンガー・ターゲブラット》に、ジェイムス・フランク教授がゲッティンゲン大学を辞職したという記事が掲載されたのだ。フランクは一九二五年、原子の粒子の相互作用に関する研究でノーベル物理学賞をグスタフ・ヘルツと共同受賞している。フランクは自分にとっての神は科学で、宗教は自然だと以前に宣言しており、自分をユダヤ人ではなく同化したドイツ人だと考えていた。それにもかかわらず、ナチの法のもとでは彼はユダヤ人だった。しかし第一次世界大戦で出征し、一級鉄十字章を授かり、ガス攻撃で重症を負ったため、職業官吏再建法の適用を免れていたのだ。

多くの友人が教授職にとどまるようフランクに助言し、現在の状況は一時的なもので自然に解決すると主張した。ある同僚は彼にこう述べている。「料理は調理したての熱いまま食べるものじゃない」。それにもかかわらず、フランクは抗議の辞職をすることに決めた。彼は数人の友人と会って辞職届の草稿を作り、新聞に発表する前の晩に声明書を書いた。

私は上級機関に辞職を申し出た。私はドイツで科学研究を続けたいと考えている。われわれユダヤ系ドイツ人は祖国からよそ者で敵だという扱いを受けている。われわれの子どもたちは成長して、自分たちが立派なドイツ人だと示すことはけっして許されないのだと知るだろう。戦争に行った者は誰でも国家のために働き続けることが許されている。だが私はこの特権を利用することを辞退する。たとえ、その地位に断固としてとどまることが義務だと考える姿勢が重要だと理解していても。

フランクの辞職に対する反響は大きく、すぐに現れた。ゲッティンゲン大学の教授四二名が、フランクが辞職を公に発表したことを非難した。とくに、ユダヤ人は祖国にとってよそ者で敵だというくだりを引用して、彼らは次のように述べている。

「フランクの辞職は」政府が国家再生を図るべく国内外で行っている政治活動を深刻に妨害する可能性がある。辞職を申し出るのにこのような方法をとるなど破壊行為に等しいとわれわれは考える。ゆえに政府が必要な処分を迅速に実行することをここに希望するものである。

文責者である教授たちは「休日のため、全教授に署名してもらうことはできなかったが、この宣言に彼らも賛成する可能性が高い」と説明を続けている。署名者はさらに、フランクの辞職は「《ベルリナー・ターゲブラット》紙のユダヤ人仲間をいらだたせてさえいる。政府が看過できない致命的な一歩をフランク教授が踏み出したということをこの新聞はすぐに認識した」と述べている。

おそらく意外だったのは、《ゲッティンガー・ターゲブラット》紙がフランクの側に立ち、報道を次のように締めくくったことだろう。「フランク教授の決定は概ね、いや専らと言ってよいだろう、道徳的な決断だと評価されることになる。この一歩によってフランクは一生の仕事と人生を棒に振るが、この事件の影響により、現在の法令で辞職を強いられる他の科学者がわれわれの科学的な生活のためにとどまってくれることを、われわれは心から願っている」

フランクは多くの支援の手紙を受け取ったが、彼を擁護して公の場で抗議する者はいなかった。仲間の物理学者オットー・ハーンは、フランクのためにふたりで抗議団を組織しようとプランクを誘ったが、プランクはそのようなことをしても無駄だとしか考えなかった。「もし君が今日仲間を三〇人呼び集めても、明日になれば一五〇人が彼らを非難しにやって来るだろう。彼らの後釜に座りたいからだ」

数日のうちに、大学は他の六人のユダヤ人教授も解雇している。これは追放の始まりにすぎなかった。フランクはたとえ工場で働くことになってもドイツで仕事を続けたいと考えていたが、雇おうと申し出てくれる会社はない。フランクと家族にとって、事態は急速に悪化していった。彼らはしだいに褐色シャツを着た突撃隊や近所の人々から、身の安全が危ぶまれるほどのいやがらせを受けるようになった。一九三三年一一月、ジェイムス・フランクは妻と娘たちとともにアメリカのメリーランド州ボルティモアに移り、ジョンズホプキンス大学の物理化学教授に就任した。一九三八年には家族でシカゴに移り、マンハッタン計画にもっと積極的に参加することになる。フランクは爆弾の開発の科学的基礎部分に貢献しながら、同時に原子爆弾に関係する政治的・社会的問題検討委員会の議長を務めた。委員会はのちにフランク・レポートと呼ばれることになる報告書を作成し、日本への原爆投下を控えるようアメリカに勧めた。フランクは委員会のレポートを一九四五年六月一一日に、陸軍長官ヘンリー・スティムソンを補佐していた物理学者アーサー・コンプトンに自ら手渡している。スティムソンがレポートを精査したかどうか、あるいは日本の人口密集地に警告なしで原爆を投下するにあたり、レポートのことが考慮されたかどうかはさだかではない。

フランクは委員会のレポートを政府が軽視したことと、その結果起こった大量殺人に愕然とした。彼は長い人生の残りの多くを、敗れた敵に対する処罰の抑制を主張することに捧げた。「もちろん、ユダヤ人社会では復讐したいという気持ちが強い」とフランクは戦後友人のアルベルト・アインシュタインに書き送っている。「もしこのような状態が続くなら、ナチは全世界を堕落させる戦いに勝ったことになるだろう。……私は処罰にも、無実の人間を漸進的に排除していくことにも無関係だ」

平和主義者と言われていたにもかかわらず、アインシュタインはこの意見を認めていない。アインシュタインはこう答えている。「ドイツ人は入念に考えた計画にのっとって数百万の民間人を虐殺した。……可能なら、彼らはもう一度同じことをするだろう。彼らのなかに白いカラスがわずかにいても、何も変わらない。……親愛なるフランク！　この忌まわしい事件に干渉するな！」

ハーバーとフランクの辞職、そして解雇されるユダヤ人教授の増加が世界中から注目され始めた頃、ヨハネス・シュタルクは国立物理学工学研究所の所長におさまっていたが、攻撃の手を緩めてはいない。ユダヤ人はドイツの人口の一パーセントに満たないのに、ドイツの大学の教授職の八分の一以上、ノーベル賞を受賞したドイツ人の四分の一がユダヤ人であるという事実に彼は激怒していた。

《ネイチャー》誌に送った手紙のなかで、シュタルクはドイツの戦いは科学者に対してではなく、ユダヤ人に対してのものだと主張している。シュタルクの考えでは、ヴァイマル共和国時代にユダヤ人は不適切と言っていいほど科学を支配するようになった。ドイツの公務員改革は、科学研究の自由に干渉するものではない。「ユダヤ人の専制支配」が成立する以前のレベルまで、学問の自由を回復させるためのものなのだ。解雇されたり移住を余儀なくされたりしたユダヤ人科学者たちは、ドイツの科学に適切な秩序を取り戻そうとする動きにたんに巻き込まれたにすぎない。

ユダヤ人教授をドイツの大学から排除しようとするナチの運動は、世界中のユダヤ人から大きな否定的反応を引き起こした。シュタルクにしてみれば、この反応はユダヤ人が陰謀を企てているさらなる証拠だった。その陰謀によって科学は乗っ取られたのだ。彼とレーナルトはドイツのみならずヨーロッパの他の場所においても、この陰謀を何としても打ち砕く必要があると感じていた。シュタルクは大体において積極的に法を執行したが、排除されそうになったユダヤ人のためにシュタルクが個人的に便宜を図った特殊な例外もある。

グスタフ・ヘルツのケースも、シュタルクが気まぐれな介入を行った一例だ。ヘルツおよびリヒャルト・ガンスの解雇が差し迫っていることをシュタルクが知ったのは、一九三四年一一月、ドイツ大学講師協会によってだった。シュタルクはヘルツのために次のように指示している。

ヘルツ教授の外見、振る舞い、科学活動にユダヤ人らしいところはまったく見当たらない。

……彼は数少ない第一級のドイツ人物理学者のひとりで、ノーベル賞受賞者でもある。さらに偉大な物理学者ハインリヒ・ヘルツ［レーナルトは彼とともに研究し、彼に好意を抱いていた］の甥で、だからこそこの有名な姓を名乗っている。祖父がユダヤ人だという理由で、この人物に学生を試験する権利がないとするのは類のない誤りだろう。私は彼がそのような個人攻撃をとうてい受け入れず、辞職して国を離れた場合、どこからでも喜んで歓迎されるだろうと確信している。

ガンスについては、シュタルクは「ヘルツほど重要な業績を自慢することはできないが、それでも彼の科学論文は価値がある。アインシュタインのグループともかかわらずにやってきた」と主張している。

このような場合にシュタルクは、一九三三年の法律のもとで誰が法に触れ誰が触れないかを、自分なりに定義していたように思われる。少なくともこの特別な日、この特別な嘆願者に対し、シュタルクはふたりの価値あるユダヤ人科学者を解雇するリスクを理解していた。ガンスのケースからわかるとおり、シュタルクの意思決定における需要な尺度は、科学者がアインシュタインの理論に対しどういったスタンスをとっているか、である。しかし、ほとんどのユダヤ人教授の解雇に、こういった注目は寄せられていない。二年後、ニュルンベルク諸法が成立すると、ヘルツとガンスは学生を試験することができなくなり、事実上大学のポストから外された。ヘルツとガンスは産業界に職を見つけた。彼らは強制収容所へ移送されることを恐れていたものの、結局、戦争努力に絶対必要だからという理由で、会社によって保護されている。ともに戦争中を通してドイツにとどまった。

シュタルクとレーナルトのイデオロギーに関する極端な姿勢に心から賛成するドイツ人科学者は比較的少なかったものの、もっとも経験豊かなドイツ人学者でさえ、ふたりに反対したり虎視眈々と獲物を狙う彼らの注意をあえて引きつけたりするのは自殺行為だった。

シュタルクが権力を握ってまもない頃、シュタルクとレーナルトはある科学者を危険なほど厄介な局面に立たせている。シュタルクは宣伝相から、一二人のノーベル賞受賞者にヒトラーへの支持を表明する短い宣言への署名をさせるよう命じられた。宣言は次のような文面である。「われわれドイツの自然研究者はアドルフ・ヒトラーがドイツ民族の救済者ならびに指導者であることを認め、称賛する。彼の保護と励ましのもと、われわれの科学研究はドイツ民族に奉仕し、ドイツ人に対する世界の評価を増大させる」。これに対しゲッティンゲン大学のヴェルナー・ハイゼンベルクは、文書自体に問題はないが、科学者が政事にかかわるのは妥当ではない気がする、と如才なく答えた。他の受賞者たちも彼に倣った。シュタルクは失敗した成り行きを直接ゲッベルスに報告している。シュタルクはきまり悪い思いをさせられたことを忘れなかった。最終的に、彼は照準をハイゼンベルクに合わせることになる。

さほど有名でない一般の大学教授の振る舞いは、もっと信頼に足ることが証明された。職業官吏再建法により野心的で有能なユダヤ人が競争から外れたため、残った「真のドイツ人」は事実上ずっと容易に大学の仕事に就けるようになった。それでもレーナルトが一九三四年に出版した『ドイツ物理学』に、科学界、とくにアインシュタインの理論を理解するのに必要な数学的能力を伸ばしていた若い物理学者たちは、ひどく驚愕した。

出版後しばらく経って、ある博士課程の学生が次のように書いている。「レーナルトの『ドイツ物理学』が出版されたとき、仲間たちは頭を振ったり仰天したりした。われわれ若手物理学者たちは好奇心から数ページ読み、それから本を脇に押しやった」。その学生は彼の尊敬する教授のひとりが勇敢にも次のように述べたことを思い出している。「『ひどく妙な本だ。物理学の事実をこんなふうに排除するなんてできない』。われわれ学生は教授の言わんとするところを理解した。私は自分の考えが保証され裏づけられてうれしかったことを覚えている」

それにもかかわらず、「ドイツ物理学」は少規模ながら熱心な支持者のグループを引きつけている。彼らの演説や文書はシュタルクとレーナルトにとって価値があることが判明した。一九三三年の職業官吏再建法は、彼らがドイツの大学からユダヤ人教授を効果的に排除するのに必要な力を与えた。全学科の教授約一二〇〇人が、法が施行された直後に職を失っている。そのうち物理学者一〇六人、化学者八六人、その他八五人が科学研究や技術開発にかかわっていた。ほかにも数百人が新政体を十分に支持しないとみなされ、低い地位に降格させられている。

一九三三年に職業官吏再建法が制定された結果、総計約一六〇〇人の自然科学者が即座に職を失った。自分や家族を支える手段が何もない多くの者たちにとって、唯一の選択肢はドイツを去ることだった。なかにはエリートの物理学者、数学者、化学者の見本のような人々もいて、彼らは最終的に連合国の技術開発を手伝い、その技術がナチ・ドイツに対する第二次世界大戦の情勢を変化させるのに役立つことになる。

科学者たちはもっと大きな動きのなかの一部だった。一九三三年から三五年にかけて、職業官吏再建法の施行により、六万五〇〇〇人のユダヤ人がドイツを離れている。出国の第一波のあとドイツにまだ居住していた五六万二〇〇〇人のユダヤ人のうち、さらに三〇万人が人種的あるいはイデオロギー的差別のために移住した。とどまった者たちの運命は、ヨーロッパ全域に広がったドイツ軍による恐怖を反映している。強制収容所で亡くなったドイツ・ユダヤ人は二二万七〇〇〇人。戦後ドイツに残っていたユダヤ人は、わずか二万五〇〇〇人にすぎない。

ドイツの学者たちの移住は、簡単にはいかなかった。安全な天国を提供してくれるであろう国々のほぼすべてが、ユダヤ人の移住を制限する政策をとっていたからである。それに応えて、追放されたドイツの学者に経済的、法的、行政的支援を提供する組織が数多く生まれた。一九三三年にロンドンで創設された学術者支援評議会は、一九三五年末までに六二人の教授を終身在職権のある地位に就け、一四八人の教授がドイツ国外で少なくとも一時的な仕事を見つけるのを手助けしている。

一九三三年、ドイツの解剖学者フィリップ・シュヴァルツはスイスを拠点にしたドイツ研究者救難互助会を創設した。危急の事態に尽力してくれる組織で、最終的にドイツとオーストリアで解雇された大学教師二〇〇〇人をおもにイギリスとアメリカに移住させている。救難互助会の役員会は、ユダヤ系ドイツ人物理学者のそうそうたるメンバーからなっており、ある時期にはマックス・ボルン、ジェイムス・フランク、フリッツ・ハーバーも役員を務めた。フランスとアメリカにも救済団体が生まれている。アメリカの難民研究者救済のための緊急委員会は、解雇されたユダヤ人研究者の名簿を作成し、しばしば複雑なプロセスを経てアメリカの大学に就職できるよう彼らの多くを指導した。最初はぽつりぽつりと現れていた亡命希望者はまたたく間に続々と押し寄せるようになり、救済組織では対処しきれないほどになった。

ドイツでのできごと、そしてとくに自分自身がヨーロッパから追放されたことにより、アインシュタインのユダヤ人としての自己意識は強まった。アインシュタインは一九五二年に当時の混乱を回想して、イスラエルの首相ダヴィド・ベン・グリオンに次のように書き送っている。「世界の国々でユダヤ人が危険にさらされている状況を詳しく知ってからというもの、私は自分とユダヤ人との関係にもっとも強い絆を感じるようになりました」。アインシュタインは聖書のユダヤ教を生涯拒否しても、自分をユダヤ人として特定する遺伝的、文化的、道徳的な特質からけっして逃れられないことをいやというほど思い知らされていた。

アインシュタインは学術者支援評議会の資金集めを手助けするために講演会を開き、ロンドンのアルバート・ホールに一万人の人々を集めた。また、ハイム・ヴァイツマンとともにエルサレムに大学（現在のヘブライ大学）を建設するための模索を続けており、可能性のありそうな学者をパレスチナに移住させていた。そして自らも多くの友人や研究者仲間の移住にかかわった。しかしアインシュタインの評判をもってしても、解雇されたドイツ人学者がこれほどまでに多くては、その要求に対処することは難しくなる。アインシュタインは非常に多くの依頼を受け、対応し、立ち往生したユダヤ人科学者のために何枚も供述書を書いた。一九三〇年代の終わりには、彼の署名は使い過ぎでその影響力をほとんど失っていた。

一九三三年にマックス・ボルンに宛てた手紙のなかで、アインシュタインは次のような落胆を示している。

二年前、私は［追放された科学者のための］助成金の配分方法がばかげていることについてロックフェラーの良心に訴えようとしたが、残念ながらうまくいかなかった。ボーアは今、何らかの行動をおこしてもらえるよう、彼を説得しに行っている。……すでに名声を得た者たちが対処してもらえるのは確かだ。だが、そうでない者たち、若い研究者たちにはチャンスがないだろう」

マックス・ボルンと妻のヘディはアインシュタインの親友で、一九一六年以来、定期的に文通していた。ボルン夫妻はジェイムス・フランクと同じく、ドイツによく同化した非宗教的なユダヤ人で、アドルフ・ヒトラーが台頭するまではドイツを離れようとは思ってもいなかった。だが結局、夫妻に選択の余地はなかった。シュタルクとレーナルトはボルンとアインシュタインの関係を知っていた。彼らは一九二〇年のフィルハーモニック・ホールでの反アインシュタイン講演会やバート・ナウハイムでの討論の際、ボルンがアインシュタインを支援したことを恨んでいた。アインシュタインの友人で、さらには理論物理学者であるボルンが寛大な処置を望むのは不可能だった。

ボルンはゲッティンゲン大学を辞職するにあたり、フランクの例に倣おうと考えていた。しかし、一九三三年四月二五日に教授団から解雇の電報を受け取ったときに、問題は彼の手を離れた。フランクと同じく、ボルンは新法から得られるものはほとんどないと助言されていた。やはりゲッティンゲン大学の教授団の一員だったヴェルナー・ハイゼンベルクが遅ればせながら一九三三年六月に手紙を書き、彼とマックス・プランクがボルンのために介入できると述べている。その手紙はプランクのヒトラー訪問によって、「政府はドイツの科学を遅らせるようなことに着手しない」し、「政治が変化してもゲッティンゲン大学の物理学者たちはいかなる損害も被らない」ことが再確認されると誤解していた。ハイゼンベルクはボルンに「この法律で影響を受けるのはほんのわずかな人間です。あなたやフランクはおそらく大丈夫でしょう」と請け合っている。そうこうするうちにハイゼンベルク自身がレーナルトとシュタルクの悪意に苦しめられることになるが、この時点では励ますほかなかった。彼はこう結論づけている。「だから私は、あなたが今は何も決めず、国の行く末を秋まで静観することを願っています」

ハイゼンベルクは将来を読み違えていた。シュタルクが支配的な地位に就き、レーナルトがヒトラーの裏で糸を引いたことにより、ナチはかつてないほど熱心に学界からのユダヤ人排除を進めた。褐色シャツを着た集団が通りをうろつき、どんどん攻撃的になっていく。ボルンは自分と家族に対する暴力の脅威が高まりつつあることに絶望した。「『休暇』を与えられたあとで、私たちはすぐにドイツを離れることに決めた。夏の休暇用に［北イタリアの］ガルデーナ渓谷のヴォルケンシュタインに部屋を借りてあった。……ペラトナーという農夫からだ。彼は快くすぐに迎え入れてくれた。だから［一九三三年］五月の初めには南チロルに向けて出発した」

ボルン夫妻と三人の子どもたちはあちこちの研究機関を渡り歩くことになる。まず一時的にケンブリッジに滞在し、ボルンは客員講師の職を得た。そこから終身的な地位を確保すべくアインシュタインに助力を求める一方で、自分よりも不運な他の科学者たちを落ち着かせる道も模索するようになった。一九三三年六月、彼はアインシュタインにこう書き送っている。

ほとんど毎週、不運な人々が私のところに自ら足を運んでくる。そして毎日、途方に暮れた人々からの手紙を受け取っている。それなのに私はまったくの無力だ。私自身がイギリスにとって客にすぎないし、私の名はあまり広く知られていないのだから。

私にできることといえば、ロンドンの学術者支援評議会とチューリッヒの救難互助会に助言することくらいだ。だがこの団体はどちらもあまり資金がない。

しばらくの間、ボルンはドイツに戻れるのではないかと希望を抱いていたが、一九三四年には新たな家と働く場を見つけなければならないと考えるようになった。一家は一九三五年から三六年の冬をインドのバンガロールで過ごしている。ここでのボルンは客員講師だった。その後の数か月はモスクワで講義をしている。「もちろんロシアに行くことに乗り気だったわけではない」と彼は書いている。「とても複雑な言葉を新たに覚えること、子どもたちをまた連れて移ること、まったく新たな生活を始めることを意味するのだから」。あちこちを流れ歩く生活を続けるわけにはいかないし、したくもない。だがほかに可能な選択肢もなく、ボルン一家はロシアのビザを申請し、正式にロシアに亡命する長い手続きを開始した。

最終的にボルンの粘り強さ、あらゆるチャンスを追求する不断の努力は報われた。彼がエディンバラ大学に採用されたことで、一家の放浪生活は終わる。ここでボルンは自然哲学テイト教授職を引き受けた。このポストは威厳に満ちた響きがあるが、理論物理学の世界ではエディンバラ大学はあまり進んでいるとは言えない。設備も同僚もほとんどない状況で、トップレベルの理論物理学からボルンは急に引き離された形になった。戦争努力によって差し出された新機軸の研究を行う機会を考えれば、エディンバラにいるのはあまり幸先がよいとは言えなかった。

自分の進みたい道に行きつく手立てが見つからず、ボルンは科学哲学者、認識論者として自己改革を図った。彼はレーナルトの実験主義とアインシュタインの理論の悪意ある戦いを長く支えた矛盾する議論の沼を抜ける新しい小道を切り開いた。「単結晶は透明だ。それなのに、この結晶のかけらが集まると不透明になる」とボルンはあるとき述べている。「理論物理学者といえども、現実世界にできるだけ近接するという理念に導かれているはずだ。そうなって初めて公式が命を持ち、新たな命を生み出す」。かつては理論派の陣営になんとなく並んでいたボルンは、理論と観察の関係をきちんと整えようとして、次のように書いている。「科学的予言の技術を学びたい人には、抽象的な論理に頼らず、自然の秘密の言葉を自然の文書、つまり経験という事実から読み解くよう助言しておこう」

ボルンは一九三九年、イギリスがドイツと交戦状態に入る前日にイギリスの市民権を得たが、一九五二年にドイツに戻っている。驚いたことに、研究仲間たちはボルンをノーベル賞に推薦することをけっしてやめず、彼は一九五四年に受賞した。スウェーデン科学アカデミーは、ボルンの量子力学における初期の功績、とくに波動関数の数式を評価した。ノーベル賞受賞講演で、ボルンは実験物理学と理論物理学の間で繰り返された対立に目を向けている。結局、彼は対立の真っただなかにいたのだ。ボルンの考えでは、そろそろ緊張が緩和されるべきときが来ていた。

私は、絶対的確実性、絶対的正確、決定的真実といった考えは想像の産物であって、科学のいかなる分野でも容認されるべきではないと考えます。一方、可能性を主張するなら、その基盤となる理論の見地によって正しいか、あるいは間違っているかを考えることができます。このように判断を緩めることは、現代科学がわれわれに与えてくれた、もっとも偉大な恩恵だと思えます。というのも、ひとつの真実を信じ、それしかないと信じることは、世界の諸悪の根本的原因だからです。

ボルンは連合国の戦争努力に自ら重要な貢献はしなかったが、ゲッティンゲン大学での教え子や助手のなかには、戦時の科学者として活躍した者もいた。彼が博士課程で指導した学生や研究助手で、アメリカに移住しマンハッタン計画に参加したなかに、ロバート・オッペンハイマー、エンリコ・フェルミ、エドワード・テラー、ユージン・ウィグナーがいる。おそらくもっとも優秀な助手だったヴェルナー・ハイゼンベルクは、ドイツ第三帝国の核兵器開発を率いたが、これは深刻な資金不足で失敗に終わった。歴史家ナンシー・ソーンダイク・グリーンスパンは、ボルンが「スーパースターたちには自分を超えるよう仕向け、あまり才能のない者たちには質は高いが実行可能な業務を辛抱強く割り当てた」と書いている。

知識の継承により、一族の遺伝子の型と同じくらい独自なものが、学者の血統に刻み込まれていく。哲学。論理構成。ものの見方もそうだ。しかし、時には突然変異も起きる。前述したボルンの教え子エドワード・テラーは、今も評価が分かれる。テラーはブダペストで生まれた。父は裕福な弁護士、母は才能豊かなピアニストである。家族は名前だけのユダヤ人で、ハンガリーの生活に十分同化していた。数学者になりたいというテラーの望みは、父親が彼を技術者にしたがったために打ち砕かれた。一九二六年、テラーはハンガリーを出て、化学者としての教育を受けるためにカールスルーエに向かう。しかしそこで彼は初めて理論物理学の洗礼を受けた。これがテラーの人生の分岐点となる。彼は数学の純粋さと宇宙の大きな広がりと理論主義者が研究する背景を愛した。彼は自分の興味ある分野を極めたいと父に承認を求めたが、父親がカールスルーエにやってきて、担当教授からエドワードに成功するだけの才能があると保証されるまで、許しを得ることはできなかった。

その後まもなく、テラーはミュンヘンに移り、ゾンマーフェルトのもとで働いた。テラーが市街電車の事故に巻き込まれ左足を切断したのは、ミュンヘンでのことである。事故のせいで彼は残りの人生を、装具をつけ、目立つほど足を引きずって歩くことになった。ミュンヘンのあと、彼はライプツィヒに、そして最後にゲッティンゲンに移る。そこで彼はジェイムス・フランクとマックス・ボルンを取り巻く特別な才能を持つ人々のグループに入った。

外国人という身分のために一九三三年の職業官吏再建法には引っかからなかったが、それでもテラーは事態がどこに向かっているかを先読みできた。障害のある野心的なハンガリー・ユダヤ人が理論物理学で身を立てるには、ドイツは好ましくない場所だ。教育、研修、実習のために彼はロンドンへ、それからコペンハーゲンに行ってニールス・ボーアのもとで一年間働いた。そして一九三五年にはアメリカのワシントンＤＣに移る。一九三九年、彼はドイツで原子核連鎖反応の実現可能性を示す実験が行われているのを知った。もしこの連鎖反応を制御できれば、ひとつの都市の電力を賄う、あるいはひとつの都市を破壊してしまうだけのエネルギーを放出させることができるだろう。

この頃には、テラーに類まれな才能があることは誰の目にも明らかだった。フェルミとシラードは、平時のエネルギー利用のための原子炉建設に関する研究に彼を引き入れた。しかし、アメリカがヨーロッパで参戦する可能性が見えてくると、研究の方向性が変わった。テラーはマンハッタン計画に加わり、核兵器開発における最高レベルの研究に参加することになる。

テラーが論争に巻き込まれたのは、マンハッタン計画に加わったときのことである。同僚のほとんどは、ドイツの実験を利用した核分裂爆弾、いわゆる原子爆弾の開発を支持していたが、テラーははるかに強い潜在能力を持つ核融合爆弾を目指すほうが利点があると強く感じていた。のちに水素爆弾と呼ばれるようになる爆弾だ。議論によってエドワード・テラーの暗黒面が露呈し、それが他のマンハッタン計画の科学者たちとの関係に影響を及ぼし始める。受動攻撃性の心理状態にあったテラーは、自分の責任を果たすのが頻繁に遅れた。さらに悪いことに、割り当てられた仕事を頭から拒否する場合もあった。テラーの行動は他の科学者たちとの緊張関係につながっていく。すでに彼らは、深夜までピアノを弾くというテラーのはた迷惑な習慣にいらだっていた。

これだけなら、テラーは原子爆弾の開発に参加した目立たない人物で終わっていたかもしれない。しかし一九五〇年にソ連が最初の原子装置を爆発させると、大統領ハリー・トルーマンは、アメリカはさらに強力な兵器で応えると発表した。冷戦の始まりである。アメリカは水素爆弾の開発に乗り出すことになる。水素爆弾を首尾よく設計する仕事がエドワード・テラーとスタニスワフ・ウラムに課せられた。だが再び、計画におけるテラーの役割を巡って争いが起こる。今回はとくに、連鎖反応を起こすために必要な、入手しがたいトリチウムの量に関する彼の計算が問題になった。計画にかかわっている科学者のなかには、テラーが故意に管理者をだましていると考える者もいた。本当の費用が明らかになれば計画が初期段階で打ち切られるのではないかと恐れて、必要なトリチウムの量を低く見積もったというのだ。

成功への称賛を分け合う段になって、さらなる意見の相違が起こった。「私は貢献した。だがウラムは違う」。一九九九年のインタビューで、九一歳のテラーはこう主張している。「思わず険悪な言い方をしてしまって申し訳ない。ウラムがそれまでの開発への取り組みに不満を抱いていたのは間違いない。彼は私のところにアイデアを持ち込んできた。それはすでに私が考え出していたがなかなかみなの賛同を得られずにいたアイデアの一部だった。……いざ、その資料を支持して実際に労力を注ごうとする段になって、彼は拒絶した。言った言葉が『私にはそれが正しいとは思えない』だ」

テラーは一九五二年一一月一日に成功した最初の水素爆弾「アイビー・マイク」の爆発実験には参加しなかった。歓迎されない気がするから、と彼は報道陣に述べている。それにもかかわらず、テラーはプロジェクトの成功で大きな称賛を得た。大衆に大きな誤解を与えていると同僚たちが感じたことを受けて、フェルミはこれを訂正するために、テラーを説得して《サイエンス》誌に水素爆弾の開発に関する『多くの人々の功績』と題する記事を寄稿させた。これは一九五五年二月に掲載されている。テラーはのちに、記事は「方便のための嘘だった」と主張している。

テラーは保守的な「タカ派」で、共産主義者の脅威に対応するには、進んだ兵器を開発し続けるのが一番だと考えていた。彼は共産主義に寛大な同僚や、進歩的な政治観を持つ同僚に警戒心を抱いた。おそらくもっとも有名なのは、一九五四年のマッカーシーによる聴聞会でロバート・オッペンハイマーに不利な証言して、同僚の怒りを買ったことだろう。聴聞会は最終的に、オッペンハイマーを政府のプロジェクトに参加させるか否かの人物調査で彼を不合格にした。

オッペンハイマー博士が私にはまったく理解しがたい行動をとったことが――私は行動したと考えているのですが――数多くありました。私は多くの問題で彼とまったく意見が合わず、彼の行動は私には正直な話、支離滅裂で込み入っているように思われました。この国の重大利益について、私はもっとよく理解でき、もっと信頼できる人間に任せられればと感じています。この非常に限られた意味においてではありますが、もし公事が他の人間に任されているなら、私はもっと安全に感じられるだろうと言っておきたい。……もし賢明さや思慮という点から考えるなら、一九四五年以後の行動から判断して、私は機密情報を取り扱う許可を与えないほうが賢明だと述べさせていただきます」

エンリコ・フェルミはテラーについて、異常な熱意を持った人々のなかでも無類の偏執狂者だったと述べている。結局、同僚とうまくやるのが難しかったこと、奇癖、大言壮語のせいで、テラーはマンガに登場するマッド・サイエンティストのように扱われることになった。スタンリー・キューブリックの一九六四年の風刺に富んだ映画『博士の異常な愛情』に登場する頭のおかしな核科学者のモデルはテラーだと信じている人は多い。テラーは一九九一年のイグ・ノーベル賞「受賞者」に指名された。賞の主催者はテラーの受賞理由を、「生涯にわたり、われわれが知っている平和の意味を変えようと努力し続けたからだ」と述べている。

天才エドワード・テラーは、ロナルド・レーガンの「力による平和」という哲学を心から信じており、レーガンを大いに尊敬していた。だが、同僚たちとの関係は数えきれないほどのできごとによって損なわれ、多くの者はそれを忘れなかった。二〇〇三年に彼が亡くなった際、マンハッタン計画の仲間でノーベル賞受賞者でもあるイジドール・ラービは（彼の家族は彼が子どものときにアメリカに移住した）、「テラーがいなければもっと世界はよくなったと心から感じるよ」と述べている。

# 第一三章 ヒムラーとハイゼンベルク

秘書は静かにノックし、返答を待ってからドアを開けた。それから最敬礼し、親衛隊全国指導者ハインリヒ・ヒムラーに、御母堂が秘書室にお見えですと伝えた。こちらにお連れするべきでしょうか？　ヒムラーが早く通せと短気を起こしたので、若い秘書はあわてて部屋に戻った。しかし「ママ」を出迎える頃には、ヒムラーの態度は劇的に変わっていた。またたく間に四〇年という年月を逆行し、ヒムラーは素敵な「ママ」に判断をすべて委ねていた子ども時代に戻った。

バイエルン育ちのヒムラーは、その地味で気弱そうな外見、社交下手、運動能力の欠如、そして頑固なまでの従順さのおかげで、教師からは称賛され、学校友達からは軽蔑されていた。だが成人すると、この特質のおかげで、母親の妄想すら及ばないほどの政治権力を手に入れることになる。ミュンヘンにある親衛隊司令部で、彼は冷静にものごとを処理していく能率の良さを称賛され、慈悲心などかけらもない点を恐れられていた。しかし敬虔そのもののローマンカトリックの母親の前では、別人のようになる。子どものときにどうしても解消できなかった自暴自棄な気持ちとともに、彼の心の空白部分には、今なお自分の業績を母に認めてもらいたい、母が望むようになりたいという思いがあった。

いくら親密だと言っても、ママが仕事中の息子のもとを訪ねてくることはめったにない。ヒムラーは母親が立ち寄った理由をすぐさま尋ねようと思ったが、考え直した。ふたりの会話には大ミサと同じくらい変更できない儀式のごとき順番があるからだ。まずは母親が息子の健康のことで大騒ぎするのを聞く。十分眠れている？　きちんと食べているの？　彼の腸の具合すら、母親が関心を寄せる重大事だ。ヒムラーはこんなことには慣れっこである。母の尋問にきちんと答え、待機した。

会話が始まって数分後、母親はまったく無頓着に、家族の友人がしばらくぶりに思いがけなく訪ねてきた話を始めた。アニー・ハイゼンベルクを覚えている？　覚えてないの？　そう、彼女もはっきりしなかったの。会ったことがなかったかもしれないわね。アニーはアウグスト・ハイゼンベルクの奥さんよ。ハイゼンベルクさんとママのお父さん、ハイダーのおじいちゃんはふたりとも先生で校長だったのよ。ハイキング・クラブで知り合ったの。それでね、アニーの息子さんのヴェルナーが困ったことになっているんですって。彼女は普通なら大事なハインリヒを困らせたりしない。だが今回は話が別だ。同じ母親として、彼女は友人の不安をわが身に重ね合わせていたのだろう。

アニーが言うにはね、かわいそうなヴェルナーは、親衛隊の週刊紙《ダス・シュヴァルツェ・

コーア》の悪意に満ちた記事の標的にされたというの。最初、アニーはそれをなんでもないことだとあきらめたのだけれど、考えれば考えるほど、ますます心配になってしまって。結局のところ、前にも攻撃されたことはあったのだし。それを書いたのはメンツェルって男だと思うって。そうよ。たしかにメンツェルだと言っていたわ。ハインリヒ、私のために、どうしたらお友達の息子さんを助けてあげられるか、考えてもらえないかしら。

ヒムラーはヴェルナー・ハイゼンベルクが攻撃の的になっているのはよく知っていた。彼はノーベル賞受賞者であるこの物理学者に何度か会ったことがある。夢想にふけっている典型的な学者だ。それでも職業官吏再建法やニュルンベルク諸法によって大学からユダヤ人が一掃された今、ハイゼンベルクはドイツに残っているもっとも優秀な科学者だと考えられている。ユダヤ人が片づいて、レーナルトとシュタルクは今度は「白いユダヤ人」に注意を向けていた。ハイゼンベルクのような理論物理学者たちである。彼らはアルベルト・アインシュタインの悪影響を受けていると考えられていた。

ヒムラーは再び母親の声に注意を向けた。すでに別の話題に移っていたが、彼女が息子と話しにきた理由は、ハイゼンベルクの母親の訪問だった。数分後、愛するハインリヒに健康に留意するようもう一度忠告を与えてから、彼女は昔ながらのバイエルン式挨拶をして帰っていった。

ヒムラーは秘書に命じてヴェルナー・ハイゼンベルクに関する親衛隊のファイルを持ってこさせた。この男はなんと厄介なことに巻き込まれてしまったのか。天才と言われているわりに、まったく利口ではない。何年も潮の流れに逆らって泳ぎ、ナチの新たな論理をものともせず、アインシュタイン、ボーア、その他疑わしい目で見られている理論主義者たちを派手に称賛しているではないか。

ヒムラーは新聞の切り抜きの束を開いた。ヨハネス・シュタルクが教え子の若い学生ヴィリ・メンツェルをけしかけ、一九三六年一月の《フェルキッシャー・ベオバハター》にプロパガンダ記事を書かせている。ざっと読んだところ、いくつかの箇所がヒムラーの注意を引いた。「アインシュタインのような理論家は……彼らの考えをユダヤ人特有のやり方で宣伝し、それを無理やり物理学者に押しつけ……この新種の「科学」を批判した人間をあざ笑う。……アインシュタイン派知識人の高慢なところだ」

さらに読み進むと、メンツェルはレーナルトの『ドイツ物理学』を称賛し、レーナルトが「ドイツの物理学」を「ユダヤの物理学」よりも優れた地位に「独力で」保持したとほめちぎっている。記事はときの声で締めくくられている。「われわれ若い世代はドイツ物理学のための戦いを今後も続けていきたい。そうすれば、ドイツの技術と科学がすでに長きにわたり享受しているのと同じレベルにまでその名を高めることに成功するだろう」

よくあるプロパガンダだとヒムラーは考えた。「ドイツ物理学」の原理を受け入れるかどうかは、帝国に対する科学者の忠誠を調べるのにちょうどよいリトマス紙である。シュタルクは管理者としては無能で、けっして実行に移せない壮大な計画ばかり立てているが、ヒムラーにはレーナルトとシュタルクの熱心さを責めることはできない。それでも、ふたりの科学者が同僚を脅して自分たちの思考様式を強制するのを見ていると、彼らの真意について疑いたくなった。ハイゼンベルクはばかな真似をしている。こんな低俗な記事には反応しないほうがよいと判断すべきだったのだ。メンツェルの記事は、ハイゼンベルクをいらだたせ公の場で彼の無分別な考えをさらけ出させるために、レーナルトとシュタルクが仕掛けた明らかな罠だ。驚いたことに、ハイゼンベルクは危険を認識できていない。彼が何を書いたかを見てみるがいい！

ハイゼンベルクはメンツェルをたんなるゴーストライターだと考えて彼を無視し、真犯人が誰であるかを読者に教えている。「功績あるふたりの大先輩、P・レーナルトとJ・シュタルクをよりどころにして、W・メンツェルは理論物理学に対し……若手科学者の大多数に間違いだと思わせたり、誤解を招いたりする恐れのある主張をしている」。ハイゼンベルクは温情に満ちた言い方で、こう書いている。「この変化した状況を真剣に分析することで、単純な唯物論的世界観から離れ厳正科学へと導かれるのだ」。最終的に、ハイゼンベルクはメンツェルの挑戦に彼自身が考える挑戦で応えている。「この研究は、概してわれわれの知的生活の構造に最大の影響を与えるだろうが、その継続はドイツの若者が科学においてなすべきもっとも高貴な使命のひとつなのだ」

新聞はハイゼンベルクの言葉に次のような前置きをつけ、責任を回避している。「われわれはけっしてこの［ハイゼンベルクの］回答に賛成しているわけではない。それゆえ、物理学の権威であるシュタルク教授に問い合わせて意見を求め、それをこのあとに掲載した」

これが最初からの計画だったのは間違いない。ハイゼンベルクが本音を吐いたら、シュタルクが言葉尻をとらえるというわけだ。シュタルクが何を書いているか、ヒムラーには読まなくてもわかった。彼のやりそうなことならわかる。読んでみるとやはり思ったとおりだった。

シュタルクは次のように始めている。「明確にするためには、先に挙げられたハイゼンベルクによる記事をただちに訂正しておく必要が絶対にある。物理学の専門家ではない読者に、この数十年間の物理学における偉大な発見が理論物理学の功績、それもユダヤ人の理論の功績だという印象すら与えかねないからだ」

シュタルクは、理論物理学はすべてユダヤ人のまやかしだと述べている。ドイツを自然科学の至高へと導いたのは理論ではなく、「実験物理学による入念な観察と測定だ」。真のドイツ人は、たとえばX線、放射線、スペクトル線に対する磁場の影響を発見した。「生産的な実験主義の物理学者は、誰もアインシュタインの相対性理論を研究の出発点として使ったりしない」とシュタルクは書いている。最後にシュタルクは、ハイゼンベルクが提供してくれた機会を利用して、この有能な若き物理学者をユダヤ精神の持ち主だと決めつけた。

ハイゼンベルクは記事のなかで、今日もユダヤ物理学の基本的姿勢を主張し続けている。実際、彼はドイツ人の若者がこの基本姿勢を取り入れ、アインシュタインとその仲間たちを科学の模範とすることとさえ期待している。……学生メンツェルによる記事は、ドイツの若者がユダヤ物理学の影響を避け、レーナルトが最近出版したテキスト『ドイツ物理学』にあふれているのと同じ精神で物理学を勉強したがっているという歓迎すべきしるしだ。この本は「概念の新たな体系」など用いず、物理的現実を反映している。

ハイゼンベルクはあえて危険を冒すような真似をしなければよかったのに、とヒムラーはファイルの最後の新聞記事を見ながら考えた。ママが言っていた《ダス・シュヴァルツェ・コーア》の最近の記事だ。「科学界の白いユダヤ人」というタイトルがついている。彼は記事に署名がないことにすぐに気づいた。陰にシュタルクがいるだろうに、匿名を装っている。だがそんなことは何の役にも立たない。シュタルクのレトリックであることは紛れもない。ヒムラーはまたもや文章をざっと見て、内容のあらましを心にとめた。

……ユダヤ人のみに対して戦うことにとどめている反ユダヤ主義の原始的なタイプは……

……ユダヤ人そのものに対処するのではなく、むしろユダヤ人の精神、つまり彼らが広める悪い精神に対処するのだ……

こういった精神の持ち主がユダヤ人ではなくドイツ人である場合……

……魂がユダヤである人間、ユダヤ人の考え方をする人間についても話しているのだ。

……白いユダヤ人とユダヤ人の役割モデルや指導者との間には、知的な結びつきがある。こういった表現はすべて、レーナルトによって繰り返し述べられ、使い古されたものだ。シュタルクは大言壮語をまくしたてている。ふたりはユダヤ人迫害への強い意欲に燃えていた。しかし目新しいものはない。この記事には名前が列挙されている。ヒムラーはペースを落とし、もっと注意深く読むことにした。

ユダヤ人のアインシュタイン、ハーバー、そして彼らの心の友ゾンマーフェルトとプランク。彼らを野放しにしておけば、数十年で、生産的で現実的なタイプの科学者は絶滅してしまうだろう。国家社会主義の権力掌握は、この危機に歯止めをかけた。

ゾンマーフェルトとプランクがともに高齢で崇敬されていることは、ヒムラーもシュタルク同様知っている。彼らには手出しできない。彼らに言及したのは、たんにシュタルクの真の標的、ハイゼンベルクにたどり着くための手立てにすぎない。

「白いユダヤ人」が自分たちの立場をどれほど心強く思っているかは、ライプツィヒの理論物理学教授ヴェルナー・ハイゼンベルクの行動から明白だ。彼は……アインシュタインの相対性理論が疑う余地のない「さらなる研究のための基盤だ」と宣言し、「ドイツの若者の科学におけるもっとも高貴な使命のひとつは、理論的な概念の体系を発展させ続けていくことだ」と考えている。

シュタルクはナチの指導者層から無能だと思われる原因となった昔の侮辱を忘れていなかった。

ハイゼンベルクは一九三四年八月、恩を仇で返すような真似をした。ドイツのノーベル賞受賞者による総統兼首相を支持する宣言文への署名を拒否したのだ。当時彼は「個人的には賛成だが、科学者が政治的な宣言をするのは不適切に思われる。以前もこういったことは通常の慣行ではなかったからだ。ゆえに私は署名しない」と回答している。……この回答は筆者のユダヤ的精神を実証している……ハイゼンベルクは他にも幾人かいるうちのほんの一例にすぎない。彼らはみな、ドイツの知的生活におけるユダヤ人の操り人形であって、ユダヤ人そのものと同様に消えなければならない者たちだ。

最後のパラグラフは、ヨハネス・シュタルクがそもそも記事の扇動とは無関係であるかのように、彼にその内容についての解説を求めている。シュタルクは解説のなかでまず、《ダス・シュヴァルツェ・コーア》の見識に同意している。「先の記事は基本的に非常に適切で非の打ちどころがないので、さらなる付言はまさに蛇足と言えるだろう」。しかし、賛同しているからといって、お気に入りのテーマについてさらに五〇〇語追加することを彼が思いとどまるはずもない。

ヒムラーは事態の収拾がつかなくなっていることを十分に読み取った。レーナルトとシュタルクに好き放題やらせておけば、彼らのレトリックで頭に血が上った突撃隊に、ハイゼンベルクは殺されるか、もっと悪くすればドイツから追い出されることになるかもしれない。そうなれば他国が喜んで彼を迎えることだろう。少なくともこの件をどう扱うかが決まるまでは、シュタルクとその老指導者フィリップ・レーナルトに攻撃をやめさせなければならない。事態がどう転んでも厄介なことになるだろう。戦争が始まりつつあり、そうなればハイゼンベルクの頭脳が必要となるが、もしヒムラーの部署が状況をたんに無視するだけにとどめていたら、シュタルクに責任を任せることになる。それにママのこともある。まるで科学者のささいなけんかにかかわれるほど手が空いているみたいではないか!

《ダス・シュヴァルツェ・コーア》に最初の記事が発表されてちょうど五日後、一九三七年七月二〇日付けの手紙がライプツィヒ大学のハイゼンベルクの同僚、フリードリヒ・フントから科学・教育・文化相ベルンハルト・ルストに届くと、ヒムラーへの圧力はさらに強まった。手紙には、ハイゼンベルクに対する「良識のあらゆる限界を超えた」シュタルクの「口汚い発言」への苦情が書かれていた。筆者は手紙を「この問題において、国立物理学工学研究所所長がこれ以上われわれの科学の名誉を傷つけることのないよう大臣閣下が取り計らってくださるものと確信しています」という言葉で締めくくっている。

幸運なことに、ハイゼンベルクの処遇に関する決定の多くは、ハイゼンベルク自身によって、ヒムラーの手を離れた。一九三七年七月二一日、ハイゼンベルクはヒムラーに直接手紙を書いて、シュタルクの攻撃に賛同するか、あるいはシュタルクに苦情を述べてハイゼンベルクにさらなる攻撃を加えないよう警告するか、どちらかにしてほしいとヒムラーに求めている。彼はさらに《ダス・シュヴァルツェ・コーア》に掲載された記事上で行われた告発について、正式な調査を要請した。

ヒムラーはハイゼンベルクのアイデアを評価し、徹底した調査を実施した。三人の個人スタッフ（みなかつて物理学を学んでいた）に命じてハイゼンベルクの自宅にマイクを設置させ、ライプツィヒ大学での講義にも参加させた。ハイゼンベルク自身も一日がかりで尋問を受けるためにゲシュタポ本部に何度か連行され、そのことは彼を動揺させた。調査官はハイゼンベルクの性的傾向の調査に極端なほど時間を費やした。この既婚の科学者はホモセクシュアルだと噂されていたからである。ナチの法のもとでは同性愛は犯罪にあたり、罰として強制収容所に収容されることになっていた。

ちょうど一年後にあたる一九三八年七月二一日、ヒムラーは問題解決に至る二通の手紙を書いた。一通は親衛隊中将ラインハルト・ハイドリヒに宛てたもので、ハイゼンベルクは多数の科学者を教育するために必要な人材なので、ドイツには基本的にハイゼンベルクを失ったり沈黙させたりする余裕はないと述べられていた。もう一通はハイゼンベルクへの私信である。

貴君については家族から重々言われていることもあり、特別な配慮のもと精査させた。その結果、私が《ダス・シュヴァルツェ・コーア》の攻撃的な記事を是認しないこと、そして貴君に対しさらなる攻撃を加えないよう措置を講じたことを今日伝えられるのは喜ばしい限りだ。秋にでも、遅くとも一一月か一二月には、ベルリンの私のオフィスで貴君に会えることを願っている。そうすれば今回の件について一対一で話すことができるだろう。

ヒムラーは手紙に「親しみを込めて、ハイル・ヒトラー！」と記したのち、次のような追伸を書いている。「しかしながら貴君はこれから先、学生たちに対し、科学研究結果の認知と科学者個人の政治的見解とを明確に区別したほうがよいと思う」。将来的に、ハイゼンベルクは自分が与える情報源についての言い分を力説し、第三帝国の視点から情報源をどう評価すべきかについて学生に助言することになる。

シュタルクが若者とアインシュタインの関係に基づいてハイゼンベルクを追及したのは皮肉なことだ。ハイゼンベルクの研究は多くをアインシュタインに負っているが、ふたりはさほど近い関係にあるわけではなく、理論物理学の鍵となる概念における根本的な違いはけっして解決しなかったからである。ハイゼンベルクはのちに、科学の進歩に理論が果たす役割についてアインシュタインと交わした会話を回想している。一九二六年にベルリン大学でハイゼンベルクが行った講義にアインシュタインが出席したのち、原子の構造について会話しながら、アインシュタインはハイゼンベルクを散歩に誘った。何年かののちに、ハイゼンベルクはふたりが議論した内容を思い出している。

ハイゼンベルク：優れた理論は直接観測可能な量を基盤としていなければならないのだから、こういったこと［放射の観察］だけにとどめ、それをいわば電子軌道の典型として扱ったほうが適切なのではないかと考えました。

アインシュタイン：しかし君は物理学の理論では観測可能な量だけしか取り上げないと心から信じているわけではないだろう？

ハイゼンベルク：あなたが相対性理論を唱えたときにはまさにそうしたのではないですか？

アインシュタイン：ひょっとしたら、私はそういった論法を使ったかもしれない。だが、それでもナンセンスだ……観測可能な量だけを基にして理論を築こうとするのはじつに不適切だ……理論があって初めて、何を観察できるかが決まる。

ハイゼンベルクは基本的に自分の主張を実験主義者から引き出していた。もっともレーナルトやシュタルクよりはずっと礼儀正しいやり方でだ。ふたりには礼儀正しい繊細さはなかった。

シュタルクとハイゼンベルクとの間のできごとを評価すると、シュタルクが時代とともに進歩していないのが、ヒムラーには明らかだった。シュタルクはもはやいくつかの点で見過ごせない障害となっている。まず、彼は頑固なイデオローグで、絶えず敵を作っているように思われた。ヒムラーが指示した親衛隊による内部報告によれば、シュタルクは国家社会主義の運動には冷静に足並みをそろえていたものの、政治的技量には欠けていた。厳しい制限を設けた彼自身の尺度に合う研究だけを奨励するというこだわりは、国家が実際に必要としている内容とあまりにも頻繁に衝突していた。ヒムラーにしてみれば、優れた研究とは国の利益（ライヒ）にかなう研究である。

さらにシュタルクは、ヒムラーがとくに関心を持っている研究が、ヒムラーにとってどれほど重要かを理解していなかった。彼はオカルトの熱烈な信奉者で、「宇宙氷説」の裏づけとなる証拠を探していたのだ。この説によれば、現代のアーリア人は世界を支配していた古代アーリア文化の末裔だという。ヒムラーは親衛隊のなかにドイツ先祖遺産学術協議会（アーネンエルベ）という研究部門を設置した。ドイツ、フィンランド、スウェーデンへの調査旅行を行い、ヒムラーの主張を裏づけると思われる考古学的・人類学的調査を実施する機関である。

ヒムラーのアーネンエルベの研究メンバーのひとり、カール・ヴァイゲルは、アーネンエルベのプロジェクトのためにシュタルクのドイツ研究協会に資金援助を求めた。シュタルクは申し込みを拒絶し、アーネンエルベは「非科学的だ」と主張した。その後、親衛隊の報告書はヒムラーに送られた。ヒムラーはシュタルクがまったく理解を示さなかったこと、関心を持たなかったこと、ヒムラーの理論にかかわるプロジェクトに資金提供しなかったことを、自分が信じるものへの拒絶と解釈した。

シュタルクはほかにも彼自身が標的になるような失敗をしている。彼はけっしてドイツの科学者からの支援を享受できなかった。シュタルクは権力欲が強く高圧的だと思われたからである。数年前、科学研究の監督責任は支援に熱心な内務相ヴィルヘルム・フリックからベルンハルト・ルストに移っていた。シュタルクは彼と以前つかみあいの喧嘩をしたことがある。おそらく不注意からくるちょっとした行き違いか、政府上層部での陰謀かなにかが原因だったのだろう。シュタルクが国の科学政策について部外者に名誉棄損となる悪口を言ったとルストは主張し、罰として研究予算を半分に減らした。

おそらくもっとも重大な影響を及ぼしたのは、シュタルクが余計なことに首を突っ込む傾向があった点だろう。彼は横領で有罪が確定していた地方の党職員の処罰を求めたために、窮地に立たされることになった。そのことで地方の有力な党役員と衝突したのだ。シュタルクは無意識のうちに司法権に関する党規則を侵害していた。ナチ党は彼を告訴し、免職にするよう求めた。最終的に控告裁判所で、シュタルクがアドルフ・ヒトラーを早くから支援していた功績が認められ、それ以上の裁判には発展しなかったものの、シュタルクは自尊心を傷つけられた。

最後には党内の友人でさえ背を向けた。アルフレート・ローゼンベルクはもはや《フェルキッシャー・ベオバハター》に彼の記事を載せなかったし、《ダス・シュヴァルツェ・コーア》でも彼の意見は歓迎されなかった。長年温めてきた大きなプロジェクトはぶざまに失敗した。シュタルクはドイツ南部の沼地から掘り出した泥炭を錬金術のごとく金に変えるという見当違いの計画に国の資金を大量に投資していたのだ。このごまかしが発覚するのを防ぐために、彼は「自発的に」ドイツ研究協会の職を辞任しなければならなかった。シュタルクに言わせれば、事件が連続して起こったことが何よりの証拠だった。初めからわかっていたことだ。彼に対する陰謀があったのだと。

ドイツの自然科学者のほとんどは、シュタルクとレーナルトの影響力の消滅を満足げに見守っていた。ふたりは自然科学界で幅を利かせていた時期にほとんど友人ができなかったし、シュタルクの指導者原理の解釈のせいで議論はできなかった。「ドイツ物理学」は、職業官吏再建法以前に目覚ましい最盛期を迎えていたドイツの科学への最後の補足説明となった。わずかに残っていた「ドイツ物理学」の支持者は沈黙した。一九四〇年、国家社会主義の指導部は、相対性理論と量子力学を科学研究のための容認可能な基盤として承認することを求めた。アインシュタインと相対性理論に対するレーナルトの二〇年に及ぶ戦いは、とうとう終わった。レーナルトが影響力を及ぼした時代は終わり、引退して久しい教授は世間から忘れ去られた。戦争が始まっていた。戦争は科学研究にさらに実用的な取り組みを求めた。

シュタルクはバイエルンの田舎にある地所に戻り、そこでナチの官僚社会に幻滅した後遺症に苦しんだ。いまだに多くの敵から報復の標的にされており、シュタルクの息子ハンスはポーランドの強制労働者に過度に親切にしたという罪をでっちあげられてゲシュタポに逮捕され、東部の前線に送られた。シュタルクがナチ党を離党しようとした際には、息子の命にさらに危険が及ぶと地方の党役員に脅されて、思いとどまっている。戦争末期にシュタルクの所有地はある親衛隊将校に乗っ取られ、最終的にはアメリカの占領軍に接収された。

一九四五年、シュタルクは連合国軍に逮捕され、戦争犯罪で裁判にかけられた。法廷では、かつて人に向けた悪意が今度は自分に跳ね返ってきた。マックス・フォン・ラウエ、ヴェルナー・ハイゼンベルク、アルノルト・ゾンマーフェルトがみな、彼に不利な証言をした。大西洋の向こうからはアインシュタインが、シュタルクは「非常に自己中心的で、認められたいという気持ちが異常なまでに強く……偏執的な性格だった」という証言書を提出している。一九四七年六月二〇日、法廷はヨハネス・シュタルクを有罪とし、「重罪者」に分類した。七〇歳を超えていたにもかかわらず、彼は四年間の重労働を科せられた。

上訴過程で最初の判決は覆り、彼の罪状は格下げされて「同調者」に分類された。控訴審は、シュタルクが「同僚のなかの非国家社会主義者に一方的に損害を与えるようなことはけっしてせず、国家社会主義をイデオロギーの点で支持していても、それはけっして非難すべき行動にはつながらなかった」としている。彼は一〇〇〇マルクの罰金を支払い解放された。

フィリップ・レーナルトとヨハネス・シュタルクは絶頂期に、ドイツの科学界における絶対的権力者といっていいほどの経験をした。彼らはその両手に何万もの人間の命を握り、ほとんど例外なく権威を悪用した。ふたりの凋落は突然で痛ましいものだったが、転落につながった要因に自分たちが連座していることを気づいていなかったのだからなおさらである。彼らはナチズムの時代に積極的に参加した者たちだった。ある人種が他の人種に比べて優秀だという哲学的な考えを愚かにも支持したことによって、数えきれないほどの命に取り返しのつかない害を与え、最終的に祖国の大量殺戮に大きくかかわることになったのである。

エピローグ

# わが人生に悔いなし

右手の親指と人差し指で慎重に釘をつまんで、フィリップ・レーナルトはハンマーを最初は恐る恐る、次はもう少し力を込めて打ちつけた。水漆喰の塗られた石膏の壁に釘がしっかりささっているかを確かめる。両腕は高齢のために曲がり、誕生日の写真をとるためにその日着用していた体にぴったりしたダークスーツのせいで動かしにくかったが、彼は机から額入り写真を取り上げた。震える手で写真を高く持ち上げ、額についた針金を輪にして釘からつり下げる。一歩後ろに下がって具合を確かめたのち、黒っぽい木の額縁を左右交互に動かして、上下が天井と完全に平行になるよう調整した。

レーナルトは消えてしまうのを恐れるかのように写真を隅々まで眺めた。一見しただけではわからないが、まじめに思索している瞬間の力強さのみなぎった容貌が映し出されている。総統の両眼は、高くてなめらかな額の下から真剣なまなざしを向けている。レーナルトはこの目が輝く深い青で、ひたむきな強さを持つその目を見つめるとどれほどどきどきするか、自分の目で見て知っていた。独特な鼻の下に少しばかりたくわえた口ひげはトレードマークのようになっており、風刺画のネタにされるほどだ。教授が老人らしい微笑みを浮かべると、顔に寄ったしわがさらに深くなる。今日で八〇歳になった。なんという素晴らしい不意打ちだ。これ以上の贈り物は想像できない。

レーナルトは机の前に座ったが、それも一瞬のことだった。興奮を抑えきれず、杖を握ると椅子から半分腰を上げ、再び写真の下隅に記された署名を食い入るように眺めた。総統自身が書いたものだ。再び肖像に目をやる。レーナルトにとって、総統の表情に漂う哀愁は必要なことすべてを物語っていた。総統はすべてを犠牲にし、投獄すらされながらも、祖国を国々の長たる正当な地位に戻したのだ。レーナルトは身震いするほどの喜びを味わい、まさにこの瞬間に、おそらく総統の軍は大戦後のドイツ民族を不当に貶めた人々への厳しい報復を求めているのだろうと想像した。

レーナルトはその日郵便配達人が届けてくれた大きなカーキ色の封筒に注意を向けた。総統が送ってくれたのが写真だけだったとしても、有頂天になっていただろう。ところが手紙まであった。総統からの私信だ。上等な毛織のズボンで指をぬぐってから、手紙を手にとる。内容にざっと目を走らせ、何度も読み返したにもかかわらず、なおくらくらさせるような賛美の言葉にレーナルトは即座に行き着いた。「国家社会主義の思想は、あなたという勇気ある支持者、勇敢な戦士を初めから得た。あなたは科学へのユダヤ人の影響を効果的に抑制し、常に私の忠実で称賛すべき同志であり続けた。このことは決して忘れない」

レーナルトはうなずいた。彼は時代が求めるずっと前から国家社会主義の大義を支援してきたのだ。今にして思えば、衝動的なものだったかもしれない。しかしナチが権力を掌握すると、この賭けは利益をもたらした。党はレーナルトに最高の栄誉を与えてくれたのだ。一九三二年に引退したのち、ハイデルベルク大学の物理学研究所に彼の名前を冠することで、国（ライヒ）は彼に不朽の名声を与えてくれた。彼は学者人生のほとんどをこの研究所の所長として過ごした。フィリップ・レーナルト研究所。彼は思い浮かべ、その言葉を声に出して言いそうになった。

これらの栄誉は大きかったが、教授にしてみればまだ足りないものがあった。大衆は他の科学者に示したような愛情を彼に寄せてはくれなかった。自分のほうが立派な功績を上げているのに。レーナルトは大衆が自分の発見をあまり評価してくれないことへの深い失望からけっして逃れられなかった。陰極線管の放射について説明した功績でノーベル賞を受賞したのが頂点だった。しかしそのときですら、研究仲間も大衆も、彼の貢献の重要性を正しく認識してくれてはいない。レーナルトは非常に多くの発見の中心人物だったのに。彼の指導に感謝すらせずに、強欲ないかさま師や名声を求める者たちは、本来なら彼に捧げられるべき称賛を奪っていったのだ。

レーナルトはペンを取り上げると、一九三五年のハイデルベルク大学フィリップ・レーナルト研究所落成式のプログラムのページにこう書いた。「私は繰り返し栄誉を与えられたが、私の意見は顧みられなかった。六年間そのようなナンセンスに抵抗してきた。今、八〇歳を迎えて、あまりに年老いてしまったため、すでに私が記してきた事例のようにさらなる行動を起こすことはできない」

どうしてこんなに年老いてしまったのだろう。書くことにすらまごつく。首を絞めつける黒いネクタイと老人の薄い皮膚に食い込む糊のきいたカラーに逆らうように首を伸ばす。総統は問題点を明確に指摘した。「ユダヤ人の影響」という問題を。ユダヤ人はアーリア人の研究仲間をだまして彼らの堕落した理論を信じさせた。結託して、偉大な科学者の殿堂における彼のあるべき地位を奪い取った。白いユダヤ人、レントゲンを巡る大衆の見当はずれの大騒ぎは、典型的な例だ。レントゲンはヴュルツブルク大学の有名な教授だ。レーナルトはレントゲンがユダヤ人でないことは重々承知していたが、彼はまるでユダヤ人だった。ユダヤ人の友人で、ユダヤ人のように考えた。レントゲンは何かの手違いからX線の存在に気づいた。彼は自分の発見があたかも科学の魔術の水源から飛び出したかのように、あたかもレーナルトが基礎となる土台の準備に何年も費やしてなどいないかのように、のんきに称賛を受けた。世界はあまりにも不公平だ。きっかけとなるレーナルトの功績がなければ、世界はけっしてヴィルヘルム・コンラート・レントゲンという名を耳にすることはなかっただろう。真の「X線の母」というレーナルトの役割をレントゲンがけっして認めずに亡くなったことは、いまだに心を苦しめている。国（ライヒ）は過失を正し、遅ればせながらレーナルトの発見だと認めてくれたが、そんなことにはほとんど意味がない。遅すぎたのだ。戦争に夢中で、世間はほとんど注目してくれなかった。

レーナルトは手紙に注意を向けた。レントゲンとの一件は、ほとんど個人的な問題である。「ユダヤ人の影響」に触れた際、ヒトラーが考えていたのはまったく違うことだ。アインシュタイン。いかさま師とユダヤ的なぺてん、相対性理論。アインシュタインはずっと大きな脅威を与えた。あのユダヤ人と彼の主張する相対性理論は、レーナルトの唱える「ドイツ物理学」の本質、つまりアーリア的物理学の優秀性の対極にある。大衆はアインシュタインの理論を過去のもっとも偉大な科学思想家たちの功績になぞらえたが、くだらない。アーリア人の精神をばかにしている。レーナルトのアインシュタインへの対処は、最大の試練だった。遺言書に彼はこう書いている。「私が生きている間に人類がこれほどまでに堕落する、つまり人間がフリードリヒ大王からフリードリヒ・エーベルトへ、ニュートンからアインシュタインへと悪化することをわかっていたら、私は若いとき、当代最高の人々に仕えようとは決意しなかっただろう」

想い出をたどるのに夢中になっていたレーナルトは、自分が勇敢な姿勢を示したことへの称賛がいかに小さかったかを思い出していらだった。私がアインシュタインに立ち向かい彼を非難しなければ、どうなっていたかわからない。私はあのユダヤ人のぺてんを研究仲間に暴露した。私のキャリアと、あのユダヤ人が巧みに操っていた力を考えれば、おそらく命さえも危険にさらした。だがそのおかげであのユダヤ人を防戦一方に追い込むことができたのだ。

あのユダヤ人は一九三三年に賞金をかけられてドイツから逃げ出したが、引導を渡したのは私だ。アインシュタインが出国できたのは運が良かった。イギリスに逃げ、それからアメリカに渡ったおかげで、彼が若死にしなくて済んだのはほぼ間違いない。アインシュタインがいなくなって、ドイツの学究生活から二枚舌のユダヤ人を排除する処分が迅速に進んだ。ヒトラーがレーナルトの功績を覚えていてくれて、大仰に感謝を示してくれたことは、老教授の抑圧された生活に新たな意味を与えてくれた。誰よりも犠牲について知っている総統が、レーナルトが受けた苦難を認めてくれている。奮闘した甲斐があったというものだ。

レーナルトの恨みは五年後にドイツのメッセルハウゼンで亡くなるまで彼につきまとっただろうが、一九四二年のその日の明るい気分を忘れ去ってしまうことはけっしてなかっただろう。非常に多くの人々に自分が与えた損害は後悔せず、アインシュタインとその理論に対する自分の評価は正しいと確信して、彼はひとり自室に座っていた。ヒトラーの写真に見降ろされ、世界のこの場所に自分をいざなってくれた経験に満足しきって。哲学的な気分になったレーナルトは、ペンを取り上げると、遠い地方で生まれた、子どもの頃から科学以外のすべての学問を冷笑してきた男のことを大げさな文体で書いた。「アドルフ・ヒトラーがいたこと、そして彼を身近に知ることができたことで、私は十分生きてきた甲斐がある」

＊＊＊

「私は自分の務めは果たした」。病院のベッドに横たわり、長年秘書を務めてくれたヘレン・

デュカスに苦しげに向き直ると、アインシュタインは言った。「そろそろ時間だ。優雅に行くことにしよう」

アインシュタインは数時間前、プリンストン病院に入院したところだった。一九五五年四月一七日。この数日の間に悪化した胸の痛みを訴えてのことだ。アインシュタインが死を予感したのには十分な根拠がある。七年前の一九四八年、医師によって「グレープフルーツ大の」大動脈瘤が発見されていたからだ。現代ならアインシュタインのような局部的な血管の膨張は、外科あるいは放射線学的な処置をするのが普通である。しかし当時は、動脈瘤を治療するための外科的方法は今ほど進んでいない。アインシュタインの医師たちは、手術をするにはリスクが大きすぎると感じた。動脈瘤は漏れ、痛みを引き起こし、今にもはじけそうになっていた。

緊急外科手術を拒否して、七六歳のアインシュタインはできるだけ快適に過ごそうとした。死ぬ前日には、デュカスに火葬を望んでいることを念押しした。アインシュタインが過去二二年間暮らし働いた街の西側を流れるデラウェア川に、デュカスと長男ハンス・アルベルトが遺灰を撒くことになっていた。葬式も彼の死をしのぶ墓碑もいらない。

入院した日の翌朝早く、死ぬまでの数時間に、アインシュタインは自分が非常に充実していた頃に専念していた宇宙の問題を熟考した。アインシュタインはユダヤ人の両親のもとに生まれた。しかしユダヤ人であることについては何の感慨も抱いていなかった。近年の歴史により、「途中で信仰を捨てても、あるいは別の宗教に改宗しても、ユダヤ人はユダヤ人なのだ」と明確に考えるようになっていた。ヨーロッパ・ユダヤ人がナチによってほぼ絶滅したこと、そしてアインシュタイン自身がエルサレムにユダヤ人の大学を創設しようと努力したことで、彼のユダヤ教との一体感は年をとるにつれ強まった。だがアインシュタインの信仰は彼独自のものだった。

私は創造したものに見返りを与えたり罰を与えたりする神は想像できない。神の目的はわれわれ自身の目的をもとにしている。要するに、神は人間の弱さの反映にすぎない。私には肉体が滅んでも人は生きるという考えも信じられない……私は永続する意識ある生という謎について熟考し、われわれがうっすらと知ることのできる宇宙の驚くべき構造について思案し、自然のなかに現れている情報のささやかな部分を謙虚に理解しようとするだけで十分だ。私の宗教は、われわれの脆くて弱い心で感知できる非常に小さな細部に姿を現す限りなく優れた精神を、謙虚に称賛することからなっている。

アインシュタインは一九五五年四月一八日の早朝に亡くなった。七六歳だった。死の床での改宗はなかった。彼は生きているときもそうだったように、死においても自らの信念に忠実だった。

全米で、そして世界中で、アインシュタインが会ったこともない人々が彼の死を嘆いた。死はとくにプリンストンで惜しまれた。地元の人々は、だぶだぶのズボンにしわくちゃなセーター、サンダル履きで毎日町を散歩するアインシュタインを、当たり前のように見かけていた。アインシュタインはプリンストンを「虚弱そうな半神半人たちが堅苦しい足取りで気取って歩く風変わりで仰々しい村」と形容したこともあるが、到着した瞬間から、この小さな学園都市の緑深いたたずまいと名門大学の石造りの尖塔が気に入った。彼は即座に高等研究所と勤務について再交渉し、一年のうち五、六か月間だけ客員研究者として勤めるのではなく、教授団の一員として通年で勤めることにした。一九三四年、彼とエルザはマーサー通り一一二番地に平凡な外観の家を買い、ヘレン・デュカスと、そして一九三六年にエルザが早すぎる死を遂げたあとは、エルザの娘マルゴットと暮らした。

地元での逸話にはこと欠かない。ほとんどが好意的にとられるようなものだ。ふたりの大学生の話もそのひとつである。彼らはある日キャンパスでアインシュタインが自分たちの前を歩いているのに気づき、注意を引こうとたくらんだ。「一＋一は二だ！」とひとりがアインシュタインに聞こえるように言った。「ばかだな……知らないのか？」もうひとりが言った。「一＋一は三だよ！」議論がどんどん活発になって数分後、アインシュタインは不意に立ち止まると学生たちのほうに向き直った。「君たち、君たち」彼はこう諭した。「争う必要はない。君たちはどちらも正しい！」

エキセントリックで思考に没頭しすぎるあまり、普通の生活の平凡なことがらをうまくできない人物として描写した逸話もある。たとえば次のような話だ。ある大学生が夏の終わり、新学年が始まる直前にキャンパスに戻ってきた。若者はひとりの午後を、キャンパスのはずれにあるカーネギー湖でカヌーを漕いで過ごすことに決めた。湖面には別のボートが一艘だけ浮かんでいたが、静止しており、見たところ誰も乗っていないようだ。若者がボートに近づくと、ふたりの男女が船べりから体を起こし、彼に手を振った。その男の乱れたもじゃもじゃの白髪を見れば、誰であるかはすぐにわかる。アインシュタインはボートに櫂をつけるのを忘れていた。彼らは一時間以上も水の上で身動きがとれなくなっていたのだった。若者は彼らを船着き場まで引いていったのだろうか。

ボートにいた女性がポーランド生まれのヨハンナ・ファントヴァだったのはほぼ間違いないだろう。アインシュタインの最後の恋人で、一九三九年にプリンストンに移り住むよう説得された。アインシュタインよりも二二歳年下で、彼女が残した日記には、プリンストンに伝わっているとぼけた天才とはまったく違う男のことが書かれている。ヨハンナはアインシュタインを、非常に用心深く鋭いウィットに富んだ時代の批評家として描いている。彼はジョゼフ・マッカーシー（反共活動の先頭に立った上院議員）の反共キャンペーンや、アメリカに支援されたドイツの再武装や、アメリカの核兵器製造に腹を立てていた。ヨハンナの日記では、アインシュタインは自分自身を機械部分にがたがきている古い車になぞらえた愛想のよい異端者として、生き生きと描かれている。ファントヴァによれば、アインシュタインは病気であっても上質のユーモアを失わないばかりか、長らくうつ状態にあったオウムのビーボに冗談を言って元気づけようとさえしていた。

アインシュタインはプリンストンに来たときには五四歳になっていた。彼の最上の科学は過去のものとなっていたが、それでも地球で最も尊敬される人物だったことに変わりはない。アインシュタインは一貫した道徳律にしたがって人生を送っていた。平和主義で国際主義の彼のメッセージに異議を唱える人は大勢いたが、批判者ですら、アインシュタインが自らの信条に忠実であることは認めざるを得なかった。彼は偏見や排斥をいやというほど見てきたため、そういった姿勢にはいかなる形でも賛成しようとはしなかった。アメリカでは黒人の置かれている立場にとりわけ思いやりを示している。プリンストン育ちの俳優ポール・ロブスンとは長年の友人だった。また、偉大なアフリカ系アメリカ人のオペラ歌手マリアン・アンダーソンが一九三七年の公演後、プリンストンのホテル、ナッソー・インに宿泊を拒否された際には、彼女を自宅に招いている。以来、彼女はプリンストンに来たときにはいつもアインシュタインの家に滞在するようになった。

不運なことに、アインシュタインの平和主義の信念がもたらす救いの前に、海外での事件が立ちはだかった。彼はしだいに好戦的になるアドルフ・ヒトラーの演説を恐れながら監視し、ヨーロッパが再び戦争に向かっているのだと認識した。一九三九年の夏、ロングアイランドの最北端にあるペコニックでの休暇中に、アインシュタインは借りていたコテージにふたりの旧友を迎えた。ハンガリーから亡命した物理学者、ユージン・ウィグナーとレオ・シラードである。彼らはヒトラーがドイツの科学者を身動きできなくする前に、なんとかヨーロッパから逃れることができた。

アインシュタインはアンダーシャツとまくり上げたズボン姿で挨拶し、ふたりを日よけのあるポーチに案内し話を聞いた。彼らの訪問は社交目的ではなかった。ウィグナーとシラードはドイツの物理学者がウラニウム原子の分裂に成功したという知らせを受けていたのだ。アインシュタインが一九〇五年に質量とエネルギーの等価性の研究――エネルギー（E）は質量（m）に光速（c）の二乗を掛けたものに等しい、つまり$E=mc^2$という式で示されるとしたもの――で予測していたように、その反応は莫大なエネルギーを放出する。ドイツの原子爆弾製造を指揮しているのはヴェルナー・ハイゼンベルクだという。時間がない。アインシュタインはその影響力を利用して友人であるベルギーの前王妃で現王母のエリザベートを説得し、ウラニウムの豊富なベルギー領コンゴにドイツを近づけないようにしなければならなかった。

アインシュタインは承諾したが、手紙を書く前に、ローズヴェルト大統領の友人のひとりが、国際的努力を進めるには政府のルートを通すべきだとシラードを止めた。シラードはロングアイランドに戻り、今度は別のハンガリー亡命者、最終的には水素爆弾の父となるエドワード・テラーを伴ってやってきた。

アインシュタインはローズヴェルトを個人的に知っていた。エルザとともに一九三四年にホワイトハウスに招かれ、大統領夫妻と夕食をとり夜を過ごしたことがあったからだ。シラードとテラーの主張で、彼は一九三九年八月二日付けのローズヴェルト宛ての手紙を口述した。しかし職務で多忙だったローズヴェルトがアインシュタインの懸念について知るのは、一〇月初めになってからのことである。最終的に大統領の友人で経済アドバイザーのアレクサンダー・ザックスがアインシュタインの手紙を大統領に読み聞かせた。

要点だけを述べたアインシュタインの手紙は、大統領に危機の重大さを知らせる必要があると感じた背景や、研究者が原子の力をどのように解き放ったかに関する情報をローズヴェルトに提供した。彼は「この新たな現象は、爆弾の製造にもつながるでしょう……非常に強力な新型爆弾が作られるかもしれません」と懸念を表明し、「こういったタイプの爆弾が船で運ばれ港で爆発すれば、周囲の領域もろとも、港全体が壊滅する可能性があります」と警告している。

アメリカで確認されているウラン埋蔵量がごくわずかであること、この新たな脅威を兵器化する作業がドイツの科学者によって順調に進んでいるかもしれないことを考えれば、大統領は「政権と、連鎖反応について研究している在米物理学者グループとの間に永続的な関係を作り上げるべきです」とアインシュタインは示唆した。アインシュタインは、こういった人々が政府機関に情報を与え、ウラニウムの可用性への注意を促進し、さらには核分裂研究を加速させるために大学や研究機関への財政支援を強化するよう政府に助言してくれると予見したのだ。

少し時間がかかったが、ローズヴェルトは最終的にアインシュタインの警告を深刻に受け止めた。彼は軍事司令部のメンバーや、シラード、ウィグナー、テラー、そしてムッソリーニのファシスト・イタリアを逃れてきた物理学者エンリコ・フェルミを含む委員会を立ち上げた。アインシュタインも翌年参加するよう招かれたが、辞退し、のちに国家の安全保障上の理由で除外された。

一九三三年にアインシュタインが初めて移住を決意したとき、アメリカへの入国を婦人愛国社と名乗る団体に反対された。このグループは、ヨーロッパの多くの平和主義団体とアインシュタインの関係から、彼を共産主義者だと非難していたのだ。アメリカ政府との堂々巡りしたやりとりの記録は、一四〇〇ページにわたるＦＢＩのファイルとなって長年保管されていた。ＦＢＩ長官エドガー・フーヴァーはアインシュタインを「極端な過激派」だと主張している。フーヴァーの判断が、事実上アインシュタインのマンハッタン計画への参加を阻止したことになる。

アインシュタインはドイツの脅威についてローズヴェルトに警告し、核分裂兵器に関する研究を推奨したが、核兵器を戦争抑止力、あるいは最悪でも防御的に使用されるだけの兵器と考えていた。彼は広島と長崎で生じた壊滅的な人命の喪失に衝撃を受けた。同様に悩んでいたシラードの後押しを受けて、アインシュタインは原子力科学者緊急委員会という新たな組織の議長に就任し、核兵器の管理に献身し、連合した世界政府という不可能と思われるような構想に対しても貢献した。

アインシュタインは晩年のほとんどをプリンストンで「統一場理論」の研究をして過ごした。これはすべての自然現象の相互関係を包括的に説明する科学的・数学的構成概念だ。結局、この最後の大きな挑戦をやり遂げることはできなかった。それにもかかわらず、アインシュタインはそのような理解に到達することは可能だと信じて亡くなった。「宇宙についてもっとも不可解なことは、それが理解可能だということだ」と彼は書いている。

# 謝辞

著者一同は本書に重要な貢献をしてくださった方々に謹んで感謝を表したい。

一番に名を挙げるべきはパム・ウェクスラー・ヒルマンだ。彼女は夫である私が本書を章ごとに、ときには複数回、夜、明かりを消す前に大声で読み上げるのを聞いてくれた。曖昧だったり理解し難かったりする箇所を特定し、文章の質を向上させるのに、彼女の意見は役立った。

私たちは三人ともエージェントとの付き合いはなかったが、ひょんなことから優秀なエージェントに出会うことができた。クレア・ゲルスは最初からこの計画を認めてくれ、私たちを励まし、執筆中は助言を与えてくれ、今回の、そして将来の計画への関心のために尽力し続けてくれた。

私たちは素晴らしい編集者にも出会えた。最初の出版社が買収されたのち彼とはいったん離れたが、再び出会うことができた。ジョン・スターンフェルドは考え方が私たちと一致している。おそらくさらに重要なのは、どうすればよくなるかを指摘しながら、同時に私たちが最上の仕事をできるよう励ます素晴らしいこつをつかんでいた点だ。ジョンの尽力なしでは本書はこれほど満足のいくできにはならなかっただろう。

私たちのために尽力してくれた、米国国立ホロコースト記念博物館のロナルド・コールマンと同僚のみなさんにも感謝している。私たちが本書に取り掛かり完成させるのに力を貸してもらった。ハンス・リンガーツ教授とパー・カールソン教授は、スウェーデン王立科学アカデミー科学史センターのカール・グランディン教授との仲介をしてくれた。グランディン教授は、フィリップ・レーナルトのノーベル賞受賞の背景に関する情報を提供してくれ、一九二一年のアインシュタインへのノーベル賞授賞に異議を唱えたレーナルトの手紙を資料として使わせてくれた。

ヴァージニア大学放射線・医用画像学科長のアラン・マツモト博士は、本書の執筆を励まし、努力を支援してくれた。

ミュンヘン、ドイツ博物館の文書館長ヴィルヘルム・フュッセル博士は、レーナルトの個人文書と研究書の保管庫にアクセスする許可を与えてくれた。そこで得た資料のいくつかを本書に使わせてもらった。ブライアン・スタムは、シャルロッテ・シェーンベックの重要な学術論文『Albert Einstein und Philipp Lenard: Antipoden im Spannungsfeld von Physik und Zeitgeschichte』を英訳してくれた。

最後にヴァージニア州シャーロッツヴィルの、ブルースが長年所属してきた文筆批評グループに感謝する。シャロン・ホスラー、スーザン・ゲラン、ゲリー・クルーガー、マリアン・デヴォルト、ペギー・ブラウン、シャロン・デイヴィス、リン・ハリソンは彼が執筆を学ぶのを全力で助けてくれた。

http://www.nyiimes.com/leaming/general/onthisday/bday/0314.html

Lacayo, R., & Editors of *Time*. (2014). *Albert Einstein: The enduring legacy of a modern genius.* New York: Time.

Letter from Albert Einstein to FDR, 8/2/39. Retrieved from http://www.pbs.org/wgbh/americanexperience/features/primary-resources/truman-ein39/

Einstein to Roosevelt. August 2, 1939. Retrieved from http://www.dannen_com/ae-fdr_html

Johanna Fantova. Retrieved from http://www.menscheinstein.de/biografie/biografie_jsp/key=3166.html (Translation provided by Birgit Ertl-Wagner)

Letters from alums about Albert Einstein in Princeton Alumni Weekly. Retrieved from http://www.princeton.edu/paw/web_exclusives/more/more_letters/letters_einstein

Schirrmacher, A. (2010). *Philipp Lenard: Erinnerungen eines Naturfor,-chers: Kritische annotierte Ausgabe des Originaltyposkriptes von 1931/1943*. Berlin: Springer. (Translation provided by Birgit Ertl-Wagner)

First Ordinance on the Implementation of the Law for the Restoration of the Professional Civil Service; Fritz Haber's letter of resignation to Minister Rust; Johannes Stark's personal evaluations of G. Hertz and R. Gans for the German University Lecturers Association; Goettingen University lecturers; Professor Franck's resignation; W. Heisenberg's letter to Max Born; My Audience with Adolf Hitler]. In *Physics and National Socialism: An anthology of primary sources*. Basel: Birkhäuser.

Ivry, B, (201 1 , November 25). The man who outsainted Einstein [James Franck material].

*Jewish Daily Forward*. Retrieved from http://forward.eom/articles/146281/the-man-who-out-sainted-einstein/

James Franck. Retrieved from http://www.aip.org/history/acap/biographies/bio.jsp?franckj

James Franck. Retrieved from http://de.wikipedia.org/wiki/James_Franck

James Franck, Letter of resignation to the rector of the Georg-August University in Goettingen. Retrieved from https://www.uni-goettingen,de/de/brief-vomjames-franck-an-den-rektor-der-georg-august-universitaet-vom-17-april-1933/85743.html (Translation provided by Birgit Ertl-Wagner)

Max Born. Retrieved from http://en.wikipedia.org/wiki/Max_Born

Obituary of James Franck. Retrieved from http://de.wikipedia.org/wiki/Datei:Nachruf Franck 1964_G%C3%B6ttingen.jpg

Reich Chancellery. Retrieved from http://en.wikipedia.org/wiki/Reich_Chance]lery

Teller vs. Pauling. Retrieved from http://scarc.library.oregonstate.edu/coll/pauling/peace/video/1958v.3.html

Walker, M. (1995), Nazi science: Myth, truth, and the German atomic bomb. Retrieved from http://www.bibliotecapleyades.net/ciencia/nscience/nscience01.htm

## 第一三章

Cornwell, J. (2004). *Hitler's scientists: Science, war, and the devil's pact*, New York: Penguin Books.

Goudsmit, S. A, (1986). *Alsos*. New York: Tomash.『ナチと原爆　アルソス　科学情報調査団の報告』山崎和夫、小沼通二訳、海鳴社、1977 年

Heinrich Himmler. Retrieved from http://www.newworldencyclopedia.org/entry/Heinrich Himmler

Hentschel, K. (2011). [Introduction; W. Menzel: German physics and Jewish physics; W. Heisenberg: On the article "German physics and Jewish physics"; Das Schwarze Korps white Jews in science; J. Stark comment on W. Heisenberg's reply; J. Stark: Science is politically bankrupt; Heinrich Himmler letter to Wemer Heisenberg]. In *Physics and National Socialism: An anthology of primary sources*. Basel: Birkhauser.

Himmler: A mommy's boy monster. Retrieved from http://www.express.co.uk/expressyourself/284679/Himmler-A-mummy-s-boy-monster

Holton, G. Werner Heisenberg and Albert Einstein. Retrieved from http://www-personal.umich.edu/~samuels/2 14/0ther/news/Holton.html

Walker, M. (1995), Nazi science: Myth, truth, and the German atomic bomb. Retrieved from http://www.bibliotecapleyades.net/ciencia/nscience/nscience01.htm

Werner Heisenberg. Retrieved from http://www.informationphilosopher.com/solutions/scientists/heisenberg

Werner Heisenberg. Retrieved from http://www.fampeople.com/cat-werner-heisenberg_6

## エピローグ

Albert Einstein Retrieved from http://www.cssforum.com.pk/off-topic-section/general-knowledge-quizzes-iq-tests/6849-albert-einstein.html

Dr. Albert Einstein dies in sleep at 76; world mourns loss of great scientist. Retrieved from

Press.

Physik und Politik. (1922, June 30). *Neue Zürcher Zeitung*, (860). (Translation provided by Birgit Ertl-Wagner)

Religious views of Adolf Hitler. Retrieved from http://en.wikiquote.org/wiki/Adolf_Hitler%27s_religious_views

Schoenbeck, C. (2012). *Albert Einstein und Philipp Lenard: Antipoden im Spannungsfeld von Physik und Zeitgeschichte* (Trans. Brian Stamm). Bayreuth, Germany: Springer.

Walker, M. (1995). Nazi science: Myih, truth, and the German atomic bomb. Retrieved from http://www.bibliotecapleyades.neVciencia/nscience/nscience01.htm

## 第一一章

Albert Einstein: Pacifism and Zionism. Retrieved from http://www.sparknotes.com/biography/einstein/section8.rhtml

Hentschel, K. (2011). [Foreword to *Deutsche Physik*; Organization of Physical Research; A big day for scicnce: Johannes Stark appointed president of the PTR. In *Physics and National Socialism: An anthology of primary sources*. Basel: Birkhauser.

Manifesto of the 93 German Intellectuals. Retrieved from http://wwi.lib.byu.edu/index.php/Manifesto_of theLNinety-Three_German_Intellectuals

Max Planck. Retrieved from http://www.sparknotes.com/biography/planck/section5.rhtml

The Rape of Belgium. Retrieved from http://en.wikipedia.org/wiki/The_Rape_of Belgium

Walker, M. (1995). Nazi science: Myth, truth, and the German atomic bomb. Retrieved from http://www.bibliotecapleyades.net/ciencia/nscience/nscience01.htm

Wolff, S. L. (2003). Physicists in the "Krieg der Geister": Wilhelm Wien's "Proclamation." *Historical Studies in the Physical and Biological Sciences, 33*(2), 337-368.

Wolff, S. L. (2006). Die Ausgrenzung und Vertreibung von Physikern im Nationalsozialismus--welche Rolle spielte die DPG? In D. Hoffmann & M. Walker (Eds.), *Physiker zwischen Autonomie und Anpassung* (pp. 91-138). Weinheim, Germany: Wiley-VCH.

## 第一二章

Albert Einstein. Retrieved from http://www.princetonhistory.org/collections/albert-einstein.cfm

Anti-Jewish legislation in pre-war Germany. Retrieved from http://www.ushmm.org/wlc/en/article. php?Moduleld=10005681

Ash, M. G., & Sollner, A. (1996). *Forced migration and scientific change, Émigré German-speaking scientists and scholars after 1933*. Berlin: German Historical Institute.

Bentwich, N. (1953). *Rescue and achievement of refugee scholars*. The Hague: Martinus Nijhoff.

Beyerchen, A. D. (1980). *Wissenschaftler unter Hitler*. Cologne: Kiepenheuer & Witsch. (Translation provided by Birgit Ertl-Wagner) 『ヒトラー政権と科学者たち』常石敬一訳、岩波書店、1980 年

The Born Einstein Letters. Retrieved from http://archive.org/stream/TheBornEinsteinLetters/Born-TheBornEinsteinLetters djvu.txt

Der "Vater der Wasserstofibombe" ist tot. Retrieved from http://www.sueddeutsche,de/politik/edward-teller-der-vater-der-wasserstofibombe-ist-tot-1.93184l

Edward Teller. Retrieved from http://www.spiegel.de/spiegel/print/d-28591090.html

Edward Teller. Retrieved from http://de.wikipedia.org/wiki/Edward_Teller

Edward Teller. Retrieved from http://education.llnl.gov/archives/edward-teller# l

Edward Teller. Retrieved from http://en.wikiquote.org/wik~Edward_Teller

Fritz Haber. Retrieved from http://en.wikipedia.org/wiki/Fritz_Haber

Hentschel, K. (2011), [Introduction; Law for the Restoration of the Professional Civil Service;

Nobelprize.org: The Official Site of the Nobel Prize. Retrieved from http://www.theguardian.com/science/across-the-universe/2012/oct/08/einstein-nobel-prize-relativity

Einstein, A. (1920). *Relativity: The special and general theory*. New York: Henry Holt.『特殊および一般相対性理論について』金子務訳、白楊社、2004 年

Elzinga, A. (2006). *Einstein's Nobel Prize: A glimpse behind closed doors*. Sagamore Beach, NY: Science History.

Explore 100 famous scientist quotes. Retrieved from http://www.todayinsci.com/QuotationsCategories/N_Cat/NobelPrize-Quotations.htm

Friedman, R. M. (2001). Einstein must never get a Nobel Prize: Keeping physics safe for Sweden. In *The politics of excellence: Behind the Nobel Prize in Science* (Chap. 7). New York: Henry Holt.

Fundamental ideas and problems with the theory of relativity. Retrieved from http://www.nobelprize.org/nobel_prizes/physics/laureates/192 1 /einstein-lecture.html

Grandin, K., director of the Royal Swedish Academy of Science Center for the History of Science. Personal communication. Letter from Philipp Lenard complaining about Albert Einstein being awarded the Nobel Prize.

Hughs, V. (2006, September). Einstein vs, the Nobel Prize: Why the Nobel Committee repeatedly dissed this "world-bluffmg Jewish physicist." Discover. Retrieved from http://discovermagazine.com/2006/sep/einstein-nobel- prize/

### 第九章および第一〇章

Ash, M. G., & Sollner, A. (1996). *Forced migration and scientific change: Émigré German-speaking scientists and scholars after 1933*. Berlin: German Historical Institute.

Beer hall putsch. Retrieved from http://www.historyplace.com/worldwar2/timeline/putsch2.htm

Cornwell, J. (2004). *Hitler's scientists: Science, war, and the devil's pact*, New York: Penguin.

Erwin Schroedinger. Retrieved from http://www.nobelprize.org/nobel_prizes/physics/laureates/1933/schrodinger-bio.html

Gustav von Kahr. Retrieved from http://de.wikipedia.org/wiki/Gustav_von_Kahr

Hentschel, K. (2011). [The Hitler Spirit and Science; Max von Laue's review of Johannes Stark's "The current crisis in German physics"; Albert von Brunn's review of "100 authors against Hitler"]. In *Physics and National Socialism, An anthology of primary sources*. Basel: Birkhauser.

Hitler, A. [Letters to Philipp Lenard]. Philipp Lenard's bequest, archives of the Deutsches Museum, Munich, Germany, Box NL Lenard 2012-7a.

Hitler speech on Enabling Act 1933: Complete text: The last day of the Weimar Republic. Retrieved from http://worldfuturefund.org/Reports2013/hitlerenablingact.htm

The law that enabled Hitler's dictatorship. Retrieved from http://www.dw.de/the-law-that-enabled-hitlers-dictatorship/a-16689839

Lenard, P. [Transcription by Mr. Pleissen of a speech given by Lenard in Heidelberg, spring 1922, sent to Philipp Lenard's Heidelberg address on November 9, 1936]. Philipp Lenard's bequest, archives of the Deutsches Museum, Munich, Germany, Folder 3 NL Lenard 2012

Lenard, P. *Lenard's Faelschungs-Buch* [a red notebook with a handwritten title in red pencil on the first page, "Faelschungs-Buch (Autobiogr. wichtig)]. Philipp Lenard's bequest, archives of the Deutsches Museum, Munich, Germany, Folder 3 NL Lenard 2012.

Loewenstein, A. Pragmatic and dogmatic physics: Anti-Semitism in *Nature*, 1938. Retrieved from http://www.relativitycalculator.com/pdfs/critique_nature_magazine.pdf

Morris, D. G_ (2005). *Justice imperiled; The anti-Nazi lawyer Max Hirschberg in Weimar Germany*. Ann Arbor: University of Michigan

231.

Glasser. O. (1934). *Wilhelm Conrad Roentgen and the early history of the X-rays*. Springfield, IL: Charles C. Thomas.

Hillman, B. J., & Goldsmith, J. C. The rise of medical imaging. *In The sorcerer's apprentice: How medical imaging is changing health care*, New York: Oxford University Press.

Lenard, Philipp. (1958). S.v. in *Great men of science*. London: G. Bell and Sons.

Pietzsch, J. (2014). Perspectives: A helping hand from the media. Nobelprize.org: The Official Site of the Nobel Prize. Retrieved from http://www.nobelprize.org/nobel_prizes/physics/laureates/1901 /perspectives.html

Roentgen, W. K. (1896). On a New Kind of Rays (*Ueber eine neue Art von Strahlen*). *Nature,*

*53, 274-276*. Retrieved from http://onlinelibrary.wiley.com/doi/10.3322/canjclin.22.3.153/pdf

von Lenard, P. E. A. (1906, May 28). On cathode rays (Nobel lecture). Nobelprize.org: The Official Site of the Nobel Prize. Retrieved from http://www.nobelprize.org/nobel_prizes/physics/laureates/ 1905/lenard-lecture,pdf

## 第七章

Alfred Nobel: His life and work, Nobelprize.org: The Official Site of the Nobel Prize. Retrieved from http://www.nobelprize.org/alfred_nobel/biographical/articles/life-work/

Alfred Nobel's will. Nobelprize.org: The Official Site of the Nobel Prize. Retrieved from http://www.nobelprize.org/alfred_nobeywill/

Award ceremony speech. Nobelprize.org: The Official Site of the Nobel Prize. Retrieved from http://www.nobelprize.org/nobel_prizes/physics/laureates/1905/press.html

Banquet menu. Nobelprize.org: The Official Site of the Nobel Prize. Retrieved from http://www.nobelprize.org/ceremonies/menus/

Dress code at the Nobel banquet: What to wear? Nobclprize.org: The Official Site of the Nobel Prize. Retrieved from http://www.nobelprize.org/ceremonies/dresscode/

Early memories of Nobel ceremonies and laureates, Nobelprize.org: The Official Site of the Nobel Prize. Retrieved from http://www.nobelprize.org/ceremonies/eyewitness/morner/index.html

Grandin, K., director of the Royal Swedish Academy of Science Center for the History of Science. Personal communication.

Lenard, P. *Lenard 's Faelschungs-Buch* [a red notebook with a handwritten title in red pencil on the first page, "Faelschungs-Buch (Autobiogr, wichtig)]. Philipp Lenard's bequest, archives of the Deutsches Museum, Munich, Germany, Folder 3 NL Lenard 2012,

Nobel banquet, Nobelprize.org: The Official Site of the Nobel Prize. Retrieved from http://en.wikipedia.org/wiki/Nobel_Prize#Nobel_banquet

Prize amount and market value of invested capital converted into 2013 year's monetary value. Nobelprize.org: The Official Site of the Nobel Prize. Retrieved from http://www.nobelprize.org/nobel_prizes/about/amounts/prize_amounts_14.pdf

Schimnacher, A. (2010). *Philipp Lenard: Erinnerungen eines Naturforschers: Kritische annotierte Ausgabe des Onginaltyposkriptes von 1931/1943*. Berlin-Heidelberg: Springer Verlag: Berlin-Heidelberg, 2010. (Translation provided by Birgit Ertl-Wagner)

von Lenard. P. E. A. (1906, May 28). On cathode rays (Nobel lecture). Nobelprize.org: The Official Site of the Nobel Prize. Retrieved from http://www.nobelprize.org/nobel_prizes/physics/laureates/ 1905/lenard-lecture, pdf

## 第八章

Award ceremony speech. Nobelprize.org: The Official Site of the Nobel Prize. Retrieved from http://www.nobelprize.org/nobel_prizes/physics/laureates/1921/press.html

Clark, S. (2012, October 8). Why Einstein never received a Nobel Prize for relativity.

*anthology of primary sources*. Basel: Birkhäuser.
Kostro, L. (2000). *Einstein and the ether*. Montreal: Apeiron.
Schirrrnacher, A. (2010). *Philipp Lenard: Erinnerungen eines Naturforschers: Kritische annotierte Ausgabe des Originaltyposkriptes von 1931/1943*. Berlin: Springer. (Translation provided by Birgit Ertl-Wagner)
Schoenbeck, C. (2012). *Albert Einstein und Philipp Lenard: Antipoden im Spannungsfeld von Physik und Zeitgeschichte* (Trans. B. Stamm). Bayreuth, Germany: Springer.
Van Dongen, J. (2007, June). Reactionaries and Einstein's fame: "German Scientists for the Preservation of Pure Science," relativity, and the Bad Nauheim Meeting. Physics in Perspective, 9(2), 212-230. Retrieved from http://arxiv.org/ftp/arxiv/papers/1111/1111.2194,pdf
Weyl, H. (1920). Die Diskussion über die Relativitatstheorie. *Die Umschau*, 24, 609-611 [hardcopy annotated by Philipp Lenard in his own handwriting]. Philipp Lenard's bequest, archives of the Deutsches Museum, Munich. Germany. Box NL Lenard 2012-7b.

## 第五章

Allgemeine Diskussion über die Relativitatstheorie: 86. Naturforscher-Versammlung, Bad Nauheim, 19.-25.9.20. (1920). *Physikalische Zeitschnft, 21* (23/24), 649-699. (Translation provided by Birgit Ertl-Wagner)
Bad Nauheim. Retrieved from http://en.wikipedia.org/wiki/Bad Nauheim
Bad Nauheim, Die Gesundheitsstadt. Retrieved from http://www.bad-nauheim,de/tourism.html
Cornwell. J. (2004). Hitler's scientists: Science, war, and the devil's pact. New York: Penguin. 『ヒトラーの科学者たち』松宮克昌訳、作品社、2015 年
Hentschel, K. (2011). [Foreword to *Deutsche Physik*; Albert Einstein: My reply. On the Anti-relativity Theoretical Company, Ltd. (August 27, 1920); Albert Einstein: Letters to the Prussian Academy of Sciences and the Academy's response (March 28-April 5, 1933)]. In *Physics and National Socialism, An anthology of primary sources*. Basel: Birkhäuser.
Moszkowski Affair. Retrieved from http://www.mathpages.com/home/kmath630/kmath630.htm
Nobelprize.org: The Official Site of the Nobel Prize. Retrieved from http://www.nobei prize.org/nobel_prizes/ physics/laureates/
Schirrmacher, A. (2010). *Philipp Lenard: Erinnerungen eines Naturforschers: Kritische annotierte Ausgabe des Originaltyposkriptes von 1931/1943*. Berlin: Springer. (Translation provided by Birgit Ertl-Wagner)
Schoenbeck, C. (2012). *Albert Einstein und Philipp Lenard: Antipoden im Spannungsfeld von*
*Physik undZeitgeschichte* (Trans. B. Stamm). Bayreuth, Germany: Springer.
Van Dongen. J. (2007, June). Reactionaries and Einstein's fame: "German Scientists for the Preservation of Pure Science," relativity, and the Bad Nauheim Meeting. *Physics in Perspective, 9*(2), 212-230. Retrieved from http://andv.org/fip/arxiv/papers/1111/1111.2194.pdf
Walker, M. (1995). Nazi science: Myth, truth, and the German atomic bomb. Retrieved from http://www.bibliotecapleyades.neuciencia/nscience/nscience01.htm

## 第六章

Dr. Lewis E. Etter. Retrieved from http://www.findagrave.com/cgi-bin/fg,cgi?page=gr&GRid=62454112
Etter, L. E. (1945). Post-war visit to Roentgen's laboratory. *American Journal of Roentgenology, 54*, 547-552.
Etter, L. E. (1946). Some historical data relating to the discovery of the Roentgen rays. *American Journal of Roentgenology, 56*, 220-

stories. Retrieved from http://artoflivingsblog.com/albert-einstein-real-life-stories

Einstein vs. Bohr: How their career long debate led to parallel universes. Retrieved from http://www.im posemagazine.com/bytes/einstein-vs-bohr

Lenard, P. [1927 invitation to the National Socialist Working Party convention, missing its RSVP stub]. Philipp Lenard's bequest, archives of the Deutsches Museum, Munich, Germany, Box NL Lenard 2012-7a.

Schoenbeck, C. (2012). *Albert Einstein und Philipp Lenard: Antipoden im Spannungsfeld von Physik und Zeitgeschichte* (Trans. Brian Stamm). Bayreuth, Germany: Springer.

### 第三章

Einstein. A. (1997). *The collected papers of Albert Einstein* (Vol. 8. Docs. 449 and 562). Princeton, NJ: Princeton University Press.

Einstein, A. (1918, November 29). Dialogue about objections to the theory of relativity (*Dialog* über *Einwaende gegen die Relativitaetstheorie*; Trans. Wikisource). *Die Naturwissenschaften*. Retrieved from http://en.wikisource.org/wiki/Dialog_about_Objections_against_the_Theory of_Relativity

Einstein's theory of fidelity. *Telegraph*. Retrieved from http://www.telegraph.co.uk/news/worldnews/northamerica/usa/1523626/Einsteins-theory-of-fidelity.html

Esterson, A. (2007, November). An examination of the revised PBS web pages. Retrieved from http://www.esterson.org/einsteinwife3.htm

*Kurzbiographie Eduard Einstein*. Retrieved from http://www.einstein-website.de/biographien/einsteineduard.html (Translation provided by Birgit Ertl-Wagner)

Lacayo, R., & Editors of *Time*. (2014). *Albert Einstein: The enduring legacy of a modern genius*. New York: Time.

NBCNews.com. (2006, July 10). New letters shed light on Einstein love life. Retrieved from http://www.nbcnews.com/id/13804030/ns/technology_and_science-science/t/#.UoAQObD8Z8

Philipp Lenard. Retrieved from http://en.wikipedia.org/wiki/Philipp_Lenard

Renn, J., & Schulmann. R. (2001). *Albert Einstein and Mileva Marić: The love letters*. Princeton, NJ: Princeton University Press.『アインシュタイン愛の手紙』大貫昌子訳、岩波書店、1993 年

Schirrmacher, A. (2010). *Philipp Lenard: Erinnerungen eines Naturforschers: Kritische annotierte Ausgabe des Originaleposkriptes von 1931/1943*. Berlin-Heidelberg: Springer. (Translation provided by Birgit Ertl-Wagner)

Schoenbeck, C. (2012). *Albert Einstein und Philipp Lenard: Antipoden im Spannungsfeld von Physik und Zeitgeschichte* (Trans. B. Stamm). Bayreuth, Germany: Springer.

Smith, D. (1996, November 6). Dark side of Einstein emerges in his letters. *New York Times*. Retrieved from http://www.nytimes.com/1996/11/06/arts/dark-side-of-einstein-emerges-in-his-letters.html

Teibel, A. (2006, July 10). Newly unsealed documents throw light on another Einstein lover. *USA Today*. Retrieved from http://usatoday30,usatoday.com/tech/science/discoveries/2006-07-10-einstein-letters-love_x.htm

### 第四章

Allgemeine Diskussion über die Relativitätstheorie: 86. Naturforscher-Versammlung. Bad Nauheim, 19.-25.9.20. (1920). *Physihalische Zeitschrift*, 21 (23/24), 649-699. (Translation provided by Birgit Ertl-Wagner)

Hentschel, K. (2011). [Foreword to *Deutsche Physik*; Albert Einstein: My reply. On the Anti-relativity Theoretical Company, Ltd. (August 27, 1920); Albert Einstein: Letters to the Prussian Academy of Sciences and the Academy's response (March 28-April 5, 1933)]. In *Physics and National Socialism: An*

# 参考文献

WEBへの最終アクセスは2014年9月5日。

## 序文

Kostro, L. (2000). *Einstein and the ether.* Montreal: Apeiron.

Lacayo. R., & Editors of *Time.* (2014). *Albert Einstein: The enduring legacy of a modern genius.* New York: Time.

Relativity Retrieved from http://en.wikipedia.org/wiki/Relativity

## 第一章

Albert Einstein. Retrieved from http://en.wikipedia.org/wiki/Albert_Einstein

Ash, M. G., & Sollner, A. (1996). *Forced migration and scientific change: Émigré German-speaking scientists and scholars after 1933.* Berlin: German Historical Institute.

Bentwish, N. (1953). *Rescue and achievement of refugee scholars: The story of displaced scholars and scientists, 1933-1952.* The Hague: Martinus Nijhoff.

Dukas, H., & Hoffmann, B. (1979). *Albert Einstein: The human side.* Princeton, NJ: Princeton University Press.『素顔のアインシュタイン』林一訳、東京図書、1991年

Elisabeth of Bavaria, Queen of Belgium. Retrieved from http://en.wikipedia.org/wiki/Elisabeth_of_Bavaria_(1876%e2%80%931965)

Getting up close and personal with Einstein. (2012, March 31). *Jerusalem Post.* Retrieved from http://www.jpost.com/Health-and-Science/Getting-u p-close-and-personal-with-Einstein

Hentschel, K. (2011). [Foreword to *Deutsche Physik*; Albert Einstein: Letters to the Prussian Academy of Sciences and the Academy's response (March 28-April 5, 1933)]. In *Physics and National Socialism: An anthology of primary sources.* Basel: Birkhauser.

Isaacson, W. (2007). *Einstein: His life and universe.* New York: Simon & Schuster.『アインシュタイン　その生涯と宇宙』二間瀬敏史監訳　武田ランダムハウスジャパン　2011年

Philipp Lenard. Retrieved from http://en.wikipedia.org/wiki/Philipp_Lenard

Schirrmacher, A. (2010). *Philipp Lenard: Erinnerungen eines Naturforschers: Kritische annotierte Ausgabe des Originaltyiposkriptes von 1931/1943.* Berlin-Heidelberg: Springer Verlag: Berlin-Heidelberg, 2010. (Translation provided by Birgit Ertl-Wagner)

Un-German literature to the bonfire: Nightly Rally by the German Student Union. (1933, May 12). *People's Observer,* North Germany ed. English translation retrieved from www.cyberussr.com/hcunn/volkisch.html

Weissman, G. (2010). X-ray politics: Lenard vs. Roentgen and Einstein. *FASEB Jourual,* 24,1631- 1634.

## 第二章

Art of Living Blog. Albert Einstein real life

［ろ］


［わ］

# 索　引

［あ］



［い］



［う］



［え］

【著者】

ブルース・J・ヒルマン (Bruce J. Hillman, MD)

医学博士。医師。医療制度研究者、臨床被験者、医療記事や高級誌や学術誌の寄稿者として頭角をあらわす。ヴァージニア大学医学部教授で前放射線医学科長。医学記事、書籍の担当章、論説を300以上発表しており、一般向けの著書に2010年のThe Sorcerer's Apprentice: How Medical Imaging Is Changing Health Care（オックスフォード大学出版局）がある。米国放射線学会雑誌をはじめとして3つの医学雑誌の編集主幹を歴任。文芸作品のオンライン雑誌ホスピタル・ドライブの編集次長を務めたことがあり、ザ・コネティカット・レビュー、コンパスローズ、エスロン・スポーツ文学などの雑誌に8つの短編を発表。

ビルギット・エルトル＝ヴァグナー (Birgit Ertl-Wagner, MD, MHBA)

医学博士。ルートヴィヒ＝マクシミリアン大学磁気共鳴画像科教授兼グロスハーデン大学病院神経放射線科医。ドイツ語で教科書を5冊執筆している。夫は歴史学者ベルント・C・ヴァグナー。夫妻はドイツ、ミュンヘンで3人の子どもとともに暮らしている。

ベルント・C・ヴァグナー (Bernd C. Wagner, PhD)

コンサルティングと企業戦略の分野で成功を収めた後、ITサービス業の上級管理者を務める。ドイツのミュンヘン、イギリスのエディンバラ、ドイツのボーフム大学で歴史と哲学を学んだ。ボーフムではアウシュヴィッツをテーマにした論文を執筆している。論文をもとに、アウシュヴィッツで行われた大量虐殺へのドイツ産業の関与を詳述した本を執筆するとともに、関連するテーマの本2冊の共同編者を務めている。

【訳者】

大山晶（おおやま　あきら）

1961年生まれ。大阪外国語大学外国語学部ロシア語科卒業。翻訳家。主な訳書に『ヒトラー・ユーゲント』『ヒトラーとシュタウフェンベルク家』『世界の神話伝説図鑑』『図説朝食の歴史』『世界を変えた100の本の歴史図鑑』（以上、原書房）、『ヒトラーとホロコースト』（ランダムハウス講談社）、『ナチスの戦争1918-1949』（中央公論新社）がある。

The Man Who Stalked Einstein
How Nazi Scientist Philipp Lenard Changed the Course of History
by
Bruce J. Hillman, Birgit Ertl-Wagner and Bernd C. Wagner

First published in the United States by Lyons Press, Guilford, Connecticut U.S.A.
This translation published by arrangement with Rowman & Littlefield
through Tuttle-Mori Agency, Inc., Tokyo

アインシュタインとヒトラーの科学者（かがくしゃ）

ノーベル賞学者（しょうがくしゃ）レーナルトはなぜナチスと行動（こうどう）を共（とも）にしたのか

2016年2月26日　第1刷

著者…………ブルース・J・ヒルマン
ビルギット・エルトル＝ヴァグナー
ベルント・C・ヴァグナー

訳者…………大山 晶（おおやまあきら）

装幀…………川島進

発行者…………成瀬雅人
発行所…………株式会社原書房

〒160-0022 東京都新宿区新宿1-25-13
電話・代表03（3354）0685
http://www.harashobo.co.jp
振替・00150-6-151594

印刷…………新灯印刷株式会社
製本…………東京美術紙工協業組合


**ISBN978-4-562-05293-6, Printed in Japan**